プライド2　捜査手法

濱 嘉之

講談社

目次

警視庁の階級と職名

キャリア（警視総監～警部補）　ノンキャリア（警視長～巡査）

階　級	内部ランク	職　名
警視総監		警視総監
警視監		副総監、本部部長
警視長		参事官、方面本部長
警視正		本部課長、署長、隊長
警視	所属長級	本部課長、署長、本部理事官
	管理官級	副署長、本部管理官、署課長
警部	管理職	署課長
	一般	本部係長、署課長代理
警部補		本部主任、署上席係長、署係長
巡査部長		署主任
巡査長※		
巡査		

警察庁の階級と職名

階　級	職　名
階級なし	警察庁長官
警視監	警察庁次長、官房長、局長、各局企画課長
警視長	課長
警視正	理事官
警視	課長補佐
警部	
警部補	

※巡査長は警察法に定められた正式な階級ではなく、職歴６年以上で勤務成績が優良なもの、または巡査部長試験に合格したが定員オーバーにより昇格できない場合に充てられる。

●主要登場人物

高杉隆一……田園調布警察署管内の駐在の息子。同じく、同管内の駐在の息子である本城清四郎、大石和彦とは同い年の幼馴染。高校卒業後、警視庁に入庁。昇任試験に合格し警視庁警視となり、丸の内署で刑事課長として勤務。

本城清四郎……私大卒業後、警視庁へ入庁。現場一筋の巡査部長で、組織犯罪対策部勤務。

大石和彦……東大卒業後、キャリアとして警察庁へ入庁。警察庁警視正。警備局警備企画課第二理事官。

警視庁組織図

```
        警視総監
          │
        副総監
          │
 ┌──┬──┬──┬──┬──┬──┬──┬──┬──┬──┬──┐
 総  警  交  警  地  公  刑  生  組  警  方
 務  務  通  備  域  安  事  活  織  察  面
 部  部  部  部  部  部  部  安  犯  学  本
                         全  罪  校  部
                         部  対       │
                             策      東
                             部      京
                                     都
                                     内
                                     の
                                     各
                                     警
                                     察
                                     署
```

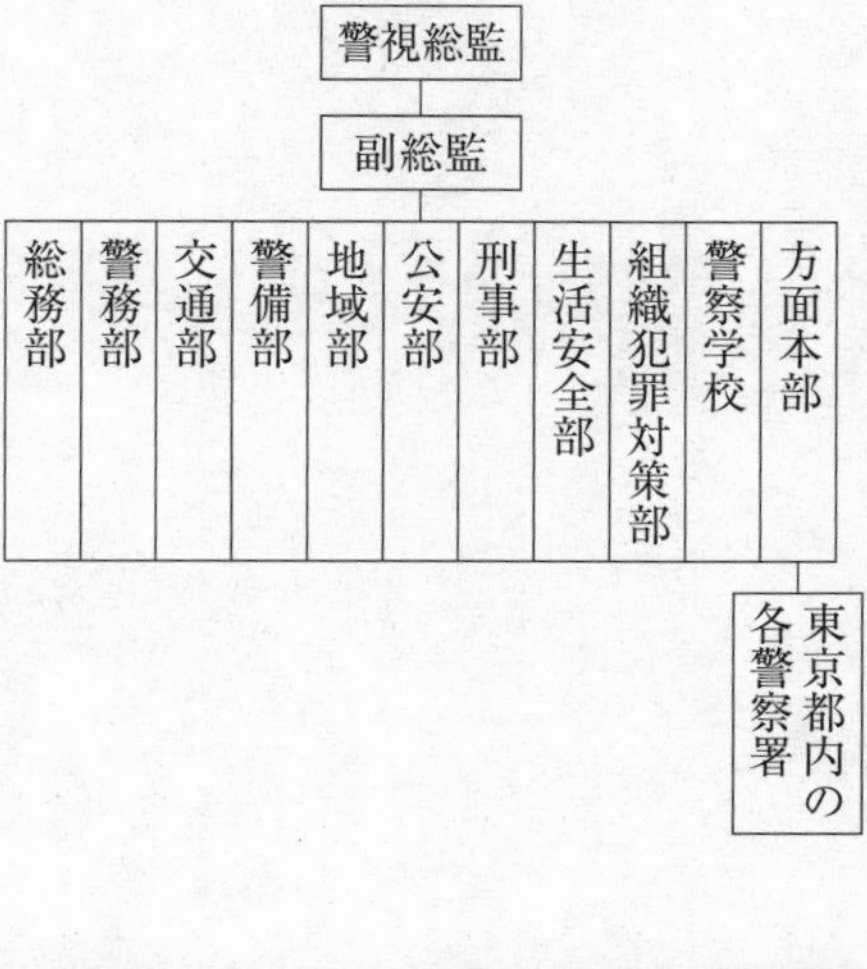

プライド2　捜査手法

プロローグ

「こんなにたくさんあるんですか？」

二〇〇四年（平成十六年）四月、本城清四郎《ほんじょうせいしろう》は警視庁本部七階にある組織犯罪対策部長室で資料を見せられて、思わず声を上げた。

「偉そうに警視庁といっても、これだけの未解決事件があるんだ。それも警視庁警察官が被害者になっている事件だけでも十指に余るのが現実だし、九年前の長官狙撃事件でさえ、今も公安部はオウムによるものと、当時の指揮官の誤判断に忖度《そんたく》しているようだが、このままではお宮入りの可能性が高いからな」

組対部長の住友昭彦《すみともあきひこ》警視監が悔しさをかみ殺すように言った。

「この中でマル暴関連の事件を一年間で洗い直すのですか？」

「数年のうちに本城長《ちょう》さんも警部補昇任だからね。若くしてマル暴の生き字引のように言われている本城長さんに、何とか一つの事件でも手がかりを見出してもらいたいと思っているんだ。昇任して異動してもどうせまた、すぐに組対《そたい》三課に戻ってもらうことになるんだろうが、巡査部長時代の最後のご奉公と思ってやってもらいたい。ご遺族や行方不明になっている方のご家族に対する、せめてもの警察としての責務を果たしたいと思っている」

住友組対部長の言葉には、先ほどの悔しさよりも、さらに使命感を帯びたような重い響きがあった。清四郎は、部長に示された資料にもう一度目を通して答えた。

「私にも気になる事件がいくつかあります。早速、これから着手したいと思います」

「コールドケースと言えばドラマのタイトルにもなっているようだが、そんなに甘いものではないことは私自身もよくわかっているつもりだ。もちろん、これに専従して徹底解明してくれと言っているわけでもない。今でも事件化できそうなものを早急にピックアップして、その後の動きがあれば潰して行きたいと思っている。さらに、現在捜査中の事件にも現場は本城長さんを必要としている部分が大きいことはよく知っているからな。ただ、これまでの本城長さんが手掛けた事件に対する捜査思考で、もう一度見直してもらいたいんだ。これは決して後ろ向きの仕事ではないことだけは理解してもらいたい」

「承知しました。できる限りのことをやってみます」

コールドケース（cold case）とは、迷宮入りして捜査が打ち切られた未解決事件のことである。

「コールドケースに関する捜査費については、三課の理事官ではなく、組対総務課の理事官から直接受け取ってくれ。領収書はいらないからね」

「承知しました」

USBメモリにデータを移した清四郎は、パソコンを持って同じフロアにある組対第三課に向かった。課内に清四郎の姿を認めた庶務担当管理官が課長室に電話を入れた。課長の了解が取れたようで、理事官、庶務担当管理官に伴われて課長室に入ると、課長の大平修三《おおひらしゅうぞう》警視正がデスクから応接セットに移動しているところだった。大平組対三課長もキャリア警察官だった。

「おう、本城長、部長直々のお呼び出しで驚いただろう？」

「初めて一人で部長室に入りました」

「そうだろうな……係長クラスでも、滅多に一人で入ることはないからな。ところでコールドケース担当の件だったんだろう？　どんな感触だった？」

「未解決事件があんなにたくさんあるとは思いもしませんでした。当課関連だけでもこの十年間で十五件もあったのですね」

「そうなんだ。コールドケースに関しては全て事件発生署に捜査本部は残され、当然ながらうちの捜査員も何人かは専従しているんだが、そうかといって、彼らを定期異動を超えて残すわけにもいかないし、昇任配置していく者もいるからな。皆、忸怩《じくじ》たる思いで捜査本部を出て行くんだ」

「そうなのでしょうね……」

「その点で言えば、本城長が担当した事件は全て解決しているし、それも、バックグラウンドが複雑で当初は手のつけようがなかった事件までも、全ての容疑者を検挙している」

「それはチームに恵まれたからです」

「それもあるだろうが、全ての事件で警視総監賞の二級以上を取っているのは本城長だけだ。事件解決にどれだけ重要な役割を果たしたかはよくわかる。私も前任の羽村《はむら》先輩からこの職務を引き継いだ時、最初に名前が出た捜査員は本城長だったからな。住友部長が二千人を超える組対部員の中から、本城長を名指しで呼んだのも、そんな背景があってのことだ」

「組対部には組織犯罪対策情報分析室だけでなく、総務課以外に四つの課があるのに、それを横断して私が一人でやるのは荷が重いです」

「そこが部長の発想の違いなんだ。マル暴事件中でも、拳銃使用事件となると薬物銃器対策の組対五課が出てくるだろうが、その背後に国会議員や海外のマフィアが絡んだりしていると、捜査員の指定だけでもバラバラになって、捜査本部を統一することができないだろう。船頭が多いのは決して事件捜査にはいいことじゃない。その点で本城長はそんな複雑怪奇な事件を幾度も解決してきた実績がある。私も部長からこの話を聞いた時には二つ返事で承知するのと同時に、部長の本気度がわかったものだよ」

「そうですか……実は、今回、平成元年から今年まで十六年分のデータの中から、主だった事件を七件ピックアップしてきました」

「ほう、バブル真っただ中から今日までか……世界も大きく変わったからな」

「はい、バブル崩壊後、オウム事件、九・一一テロ事件、拉致被害者の帰国と北朝鮮問題……本当に世界激変の十六年だったと思います」

「その七件の中で、最も注目しているのは何だい？」

「二つあります。一つは永田町《ながたちょう》を中心としたマル暴絡みの詐欺事件、もう一つが渋谷《しぶや》区内で発生した不動産奪取案件で、北朝鮮による拉致問題にも裏で関係するものです」

「ほう、マル暴担当が永田町と公安の外事警察のテリトリーに興味を持ったのか?」

「マル暴も朝鮮総連も悪徳政治家も出てくるのです」

これを聞いた担当管理官が口を開いた。

「うちが扱った永田町案件は一件だけで、おそらく政権交代が起こった際に『野党に転落した政党の事件をやっても仕方がない……』ということで捜査を断念した案件だろう。私が係長の時のことだから記憶にあります」

「そういう背景があったのか……あの時の新党も入れ替わりが激しかったからな……おまけに当時の殿様総理までも反社会的勢力との付き合いがばれて辞任したんだったな」

「世の中が混乱の時代ですから、反社会的勢力も元気になっていたのです」

管理官の説明に大平課長が訊ねた。

「もう一つの不動産奪取事件というのはどうなんだ?」

管理官が首を捻りながら答えた。

「それは記憶にありません」

大平課長が理事官に訊ねた。

「理事官は心当たりはないのか?」

「渋谷にあったホテルの乗っ取り事件ではないかと思います。稲山会《いなやまかい》の幹部が経営していたホテルだったのですが、この幹部が失踪しただけでなく、その愛人が一九九〇年にオーナーになっていた事件だと思います」

「なるほど……そんな時代だったわけか……捜査の中断も仕方なかっただろうな。永田町に不動産奪取か……確かに経済ヤクザが絡んだ事件だな……後段の拉致問題と関連する端緒はなんなんだ？」

「今、理事官がおっしゃったとおり、ホテルを実質的に乗っ取った愛人が、その後、北朝鮮利権をちらつかせながら外務省官僚をたぶらかし、さらに一等陸佐を含む何人かが不自然死を遂げています。さらにその後、これに警察官僚も関わってきます」

「警察官僚か……相関図のようなものは描けるのか？」

「はい、できると思います。ただ、わかりやすい相関図を描くには、警視庁公安部公安総務課内にある相関図ソフトを活用するのがベストかと思います」

清四郎はかつて地面師の捜査を行った時に、当時、捜査二課にいた幼馴染の高杉隆《たかすぎりゅう》一《いち》に情報提供した。その際に、地面師と反社会的勢力のつながりを示す部分が記された相関図を隆一から受け取っていた。

「公安総務課？　どうしてそんなことを知っているんだ？」

「実は、私の幼馴染が捜査二課の係長をやっていた時に、そのソフトを教えてくれて、捜査二課でも同様のソフトを使いたい旨の話をしておりました」

「ほう、初めて聞いたソフトだな。公総課長は同期生だ。私から話をしてみてもいいのだが、私もそのソフトを見てみたいものだな」

「私もソフトそのものは見ていないのですが、プリントアウトされた資料を見た時に愕然としました」

「その資料はまだ手元にあるの？」

「備忘録と一緒に保管しています」

「見せてくれる？」

国家公安委員会規則の一つである、日本の警察官が犯罪の捜査を行うに当たって守るべき心構え、捜査の方法、手続その他捜査に関し必要な事項を定める「犯罪捜査規範」の第十三条に「備忘録」に関する項目がある。そこには「警察官は、捜査を行うに当り、当該事件の公判の審理に証人として出頭する場合を考慮し、および将来の捜査に資するため、その経過その他参考となるべき事項を明細に記録しておかなければならない」と記載されている。

清四郎は自席に戻って当時の備忘録と相関図資料を手に取り、大平組対三課長に示した。

「なるほど……さすが公安部だな……こんなソフトを自前で作っていたのか……」

大平組対三課長はすぐさま応接セットに置かれている電話に手を伸ばして短縮ダイヤルを押した。

「おう横山《よこやま》、俺だ。今、大丈夫か？　実はつかぬことを聞きたいんだが、公安部に相関図ソフトというものがあるそうだな？」

「相関図ソフト？　聞いたことがないな」

「公安総務課のソフトらしいんだが……お前が知らないとなると、今はあまり使われていないということなのか……」

公安総務課長の「確認して連絡する」との返事を受けて、大平組対三課長は改めて相関図資料を確認しながら言った。

「公安部も宝の持ち腐れか……。うちにあればあらゆるマル暴事件をデータ化できるのにな……」

そう言いながら、資料の「関係者一覧」に記載されている三十五人の名前に目を通している時、一瞬で顔つきが変わった。

「警察OBの政治家もいるのか……」

そして相関図にもう一度目を移した。

「なるほど……よくできている。こいつとこいつが、ここでつながっていたのか……政治家と銀行とヤクザもんか……パチンコ業界の裏側も丸見えだな……。うーん……これをソフトで明らかにできるというなら、早急にうちでも対処したいものだな……」

大平組対三課長は相関図に出ている百人以上の関係を細かく見ながら頷いていた。そこに電話が入った。

「そうか……あったか。俺にも見せてくれよ。部外秘というわけじゃないんだろう？どうしても共有しておきたい情報もあるんだ。北朝鮮関係も出てくる重要案件なんだ」

一時間後、大平組対三課長と清四郎は二人で警視庁本部十四階にある公安部公安総務課長室に入った。大平組対三課長が横山公総課長に、公総の相関図ソフトからプリントアウトされたとする清四郎が保管していた資料を示して言った。

「実はこういう資料が、公総のソフトによるものだということで、相談に来たんだ」

横山公総課長の脇には、精悍な顔つきで四十代そこそこの、一見して警察官には見えない背広姿の男性が同席していた。清四郎は、男性をどこかで一度見たことがあるような気がしていた。横山公総課長は大平組対三課長から受け取った資料を眺めて、その男性に手渡しながら言った。

「上原《うえはら》理事官、これ、うちの資料なの？」

公安総務課の理事官と言えば、次期署長が約束されているポジションで、清四郎が考えても、その若さからスーパーエリートに違いないと思えた。すると上原理事官が清四郎を見て思わぬことを言った。

「あなたは高杉君の幼馴染の本城さんですか？」

咄嗟《とっさ》のことに、清四郎は唖然とした顔つきになって「はい」と答えて、ハッと思い出していた。

「杉並《すぎなみ》の警備課長だった上原さんですか？」

「そうです。本城さんは杉並にいたの？」

「はい、杉並のマル暴担当でした。ほとんど本部の捜査本部派遣要員だったので、所属には顔を出していませんが……隆一から上原さんの話は聞いたことがあります。何でも、世話係だったとか……」

「そうです。警察学校では僅か一週間の付き合いでしたが、思ったとおりに伸びてくれました」

「現補や昇任試験勉強の仕方も習った……と聞いています」

「そうでしたね。彼は今、丸の内署の課長でしたね」

「そう聞いています」

本城清四郎と高杉隆一は、幼稚園時代からの同い歳の幼馴染である。これにもう一人、現在はキャリア警視正となった大石和彦《おおいしかずひこ》を加えた三人組は、それぞれの父親が警視庁田園調布《でんえんちょうふ》警察署管内にある駐在所の駐在で、その子ども同士という関係だった。三人は子どもの頃から親戚づきあいというよりもむしろ家族のような関係で、小学校は大田区立の違った学校だったが、卒業までは田園調布警察署が管内の児童相手に実施している少年剣道教室で一緒に稽古し、夏休みには三家族で必ず一緒に出掛けるような間柄だった。

隆一は高校卒業と同時に、父親の職業である警視庁警察官の道を選んでいた。それでも隆一は警察学校時代に巡り合った上原のアドバイスを受け入れて夜学に通い、大学在校中に巡査部長試験に合格すると、大学卒業の二年後には警部補試験にも合格していた。一方、清四郎が警視庁警察官の道を選んだのは決して本人の強い希望ではなく、就職活動が上手くいかず「しかなかった」からだった。

この時清四郎は、数週間前に隆一と酒を飲みながら話したことを思い出していた。

「清四郎は杉並署時代に警備課長で上原さんという人がいたのを知っているか？」

「ああ、超エリート課長として有名だったようだが、俺は捜査本部の派遣要員だったから、顔もよく覚えていないんだ。何で知っているんだ？」

「僕の初任科の時の世話係で、あの方に会わなければ今の僕はないと思っているんだ」

「世話係？　ああ、前に勉強の仕方を教えてくれて『優等で卒配（卒業配置）しろ』と言ってくれた……という、あの先輩が上原さんだったのか……俺なんか世話係の先輩の名前も覚えていないな。いい人と巡り合えていたんだな」

「確かに人には恵まれていると思う。清四郎はどうなんだ？」

「いないわけじゃないけど、卒配の時の箱長の篠原浩二《しのはらこうじ》さんと元マル暴担当で担当係長だった本橋《もとはし》さんかな」

「その篠原巡査部長とはまだ付き合いはあるのか？」

「いや、篠原長は東北大学を出たエリートで、警部まで一発一発で上って行ったそうなんだが、辞めてしまったらしい。三鷹《みたか》で可愛がってくれた本橋係長は捜査四課に戻ったところまでは知っているけど、その後のことは知らないんだ」

「そうか……それは残念だったな……。同期会はやっていないのか？」

「うちは教官と助教があまりうまく行っていなかったからな。その影響で教場全体がなんとなく教官派と助教派に分かれてしまって、俺のような無所属のところにはどちらからもお呼びが掛からない状態だ」

「大卒は難しいんだな」

「それよりも、お前の方が周りから敬遠されてしまっているんじゃないのか？」

「うちは場長が二人とも早い時期に辞めてしまって、後期の勤務割は勝手な奴だったし、会計副場長は二人ともどこにいるのか知らないからな……。それでも数は少ないが、卒配同期と剣道係の二人とはたまに会っている。本来なら僕が同期をまとめていかなければならない立場であることはわかっているんだけど、その暇がなかったのも事実だ。教官、助教には申し訳ない気がしている。今年が卒配二十年目の節目なので、一応、人事二課にクラス名簿の作成を頼んでいるところなんだ」

「クラス名簿か……それもまた機密書類の一つだな……」

「確かに……捜査二課や公安部がいると空白になって出てくるかもしれないな」

「そういうもんなんだ……」

上原理事官はふと顔を傾けて清四郎の幼馴染の隆一を思い浮かべるような表情を見せたのち、横山公総課長に向かって説明を続けた。

「なるほど……。課長、このプリントアウトは私が二年前に捜査二課の情報担当係長に渡したものに、ほぼ間違いないと思います。その時の二課の係長が、今、話題に出た高杉課長です」

「公安資料を部外供与したのですか？」

「はい、結果的に公安事件としても事案解明できたことですし、その端緒となったのが、この本城さんの取り調べによるものと、人事第一課の表彰担当から報告を受けています。当時の公総課長で、その後警務部参事官兼人事第一課長になられた武井《たけい》課長には事後報告でしたが了解していただきました」

「武井さんに……そういうことでしたか……。公安部だけで持っていても事件化できなかった……という判断ですね」

「はい。私の独断で行いました」

「そうでしたか……どうりで担当管理官は知らなかったわけですね」

「ソフトの存在は申し送りになっているはずで、その使用状況のチェックは担当管理官も行わなければならないことになっているはずなのですが、私も着任早々で、そこまで確認しておりませんでした。ここに参る前にデータ確認したところ、使用頻度も低いことがわかりましたし、担当管理官も使用方法を熟知しておりませんでした」

「そうでしたか……ところで、そのソフトはそんなに利用価値があるものなのですか？」

「公安総務課の事件担当が最近事件化できていない理由がわかるような気がします。この数年で新たなデータの追加がほとんどありません」

「なるほど……そのソフトはどこで使うことができるのですか？」

「課長のデスクのパソコンでも使用可能になっているはずです」

「えっ？　引継ぎを受けていないな」

「デスクトップにアイコンがあるかと思いますが……」

横山公総課長はバツが悪そうな顔つきになって同期の大平課長を見て言った。

「俺が一番悪いみたいだな」

「いや、総務課長なのだから仕方がない。公安部八課、一隊を全て管理しているんだ。過去の事件など見る暇がないのは理解できる」

横山公総課長は頭を掻きながら席を立って上原理事官に言った。

「上原理事官、申し訳ないが、ちょっとシステムを立ち上げてもらえるか？」

上原理事官は課長のデスク上にあるパソコンが起動しているのを確認して、課長にパスワードで相関図ソフトのプロテクト解除をしてもらうと、システムを起動して簡単な説明を始めた。

「大平、お前もここに来て一緒に見てみろ。こりゃ面白いぞ」

上原理事官が起動画面から相関図のページを開き、人と人のつながりの線にカーソルを合わせてクリックすると、線でつながった二人の人物の関係と、その他の関連事件、事件毎の関連者等の一覧表が出てくる。そこに示された他事件の関連者の名前をクリックすると、その者を中心とした新たな相関図がモニターに広がる仕組みだった。

横山公総課長が上原理事官に訊ねた。

「上原理事官。ここには何人分のデータが詰まっているんだ？」

「まだ、千二百人位かと思います。このシステムを構築したのはオウム事件が始まった当時の公総にいた警部補で、当時のチヨダの理事官と警備局長の了解を得て創ったものと聞いています」

「いち警部補が警備局長の了解を得るのか？」

「警備局長の直轄で動いていたＩＳの初代班長で、オウムの死刑囚だった信者を運営していたとも聞いています」

ＩＳとはIntegrated Support（統合的補助）の略で、幅広い情報収集と分析により、公安部の分掌事務全体をカバーするチームのことである。また、公安警察において「運営」とは、協力者として選定した者に継続して報告を求めることをいう。

「なんだって？　その警部補は今どうしているんだ？」

「とっくに辞めて、政治の世界に入った……というところまでは聞いています」

「政治？　政治家か？」

「いや、政党関係者ではないか……という話です。時々、テレビの国会放送で衆議院の第一委員会室の後ろに立っている……という話をマスコミ関係者から聞いたことがあります」

「そういう人物がいたのか……。するとここにある相関図の裏付けも、その元警部補が調べたものなのか？」

上原理事官はパソコンのモニター画面をターミナルと呼ばれる黒い画面、ＤＯＳプロンプトの画面にして、ソフトを検索して言った。

「間違いありません。このデータ入力は全て彼自身が行ったものです。ただし、ソフトの設計者はもう一人いるようです」

「上原理事官もまるでプログラマーのようだな」

「いえ、これはプログラミングの基本中の基本段階です。最近は小学生でもやっている子がいます」

「小学生か……俺は幼稚園児と同じもしくは、それにも及ばない……というところか……」

横山公総課長が自嘲的に言うと、大平組対三課長が訊ねた。

「そこに、ここで四、五人の名前を加えて新たな相関図を作ることは可能なのかな？」

「それは可能ですが、何か裏付けがありますか？」

大平組対三課長が清四郎に向かって言った。

「本城長、先ほどの備忘録から主だった者の名前と仕事、事件概要を説明してくれ」

清四郎が五人の名前等を告げると、横山公総課長が驚いた声を出した。

「それは公安部、というよりも外事第二課のトップシークレットに近い名前だが……そんな事件に絡んでいるのか？」

「おそらく拉致問題に関わってくるかと思います」

「岡広組《おかひろぐみ》まで関わっているのか？」

「岡広組が都内で最初に騒動を起こしたのが八王子《はちおうじ》です。その時にあった霊園問題と都内のホテル乗っ取り事件が、中京圏で問題になった、国会議員が関与した疑いがあるパチンコ関連とゴルフ場脱税関連の二つの事件に密接に関わっているのです」

「そうなのか……」

上原が頷きながら十数分かけて軽快にパソコンに清四郎の言葉を打ち込んだ。

「一応、データ化しました。これが、他の連中とどうつながるか見てみましょう」

上原がモニター画面を元に戻し、検索エンジンに新たに加えた者の固有名詞を打ってリターンキーを押した。

「おおっ。これは……」

横山、大平両課長がほぼ同時に声を上げた。

「横山、どうする」

「参ったな。まさにパンドラの箱を開けた気分だ。こんな名前までこのデータに入っていたのか……」

清四郎はその画面を見てもたいした感動はなかったが、打ち込んだ上原理事官の手が僅かに震えているのが気になっていた。

大石和彦が外務省出向から在ロシア日本大使館参事官に三年間赴任して帰国した二〇〇三年四月、世界はまだ混乱の中にあった。その最大の原因が二〇〇一年九月十一日に発生したアメリカ同時多発テロ事件だった。

和彦が帰国してついた新たなポジションが、警察庁警備局警備企画課第二理事官だった。警備公安警察の中でも公安情報と呼ばれる分野を統括するそのポジションは、全国公安警察の情報担当の世界で「チヨダ」と呼ばれていた。このチヨダのトップの理事官を「校長」、その秘書役的担当官を「先生」と呼ぶのが創立時からの習わしだった。その理由は当初この組織が東京都中野区にあった警察大学校と警視庁警察学校の敷地内にあり、当初は「サクラ」という呼称だったものが、霞が関に移転したことで「チヨダ」さらに「ゼロ」と呼称を変えながら、再び「チヨダ」に戻った経緯がある。そして、その場所は公安警察の中でも、情報を担当する者の中の極めて一部の者にしか知らされていない。

一般的に全国警察の中で公安部門が警備公安警察と呼ばれるのは、警察庁の組織の中で刑事局や交通局と同格の部局として警備局が存在し、警備局の中に公安課が存在しているからである。

警視庁を除く四十六道府県警にも同様に警備部公安課が設置されているが、警視庁では警備と公安が分かれて、警備部、公安部が存在する。これは警備部の中に十個隊、総勢三千人の機動隊とこれを指揮・管理・運用する警備第一課や、通称SP(Security Police)と呼ばれる要人警護任務に専従する警察官を運用する警護課や、東京ならではの皇室関係者を警護する警衛課等があるためである。また公安部は警備対象毎に公安総務課から公安第一、第二、第三課、外事第一、第二、第三、第四課に分かれて、総勢三千人を擁しているためである。

和彦はチヨダの校長として全国から集まる公安情報の中から、担当課員が有効情報と認めた情報を確認しながら的確な指示を出していた。この情報の中で最も気に留めていたのが北朝鮮情勢だった。これは、三年間の在ロシア日本大使館勤務時代は日ロ、米ロ、欧ロ、中ロ、北ロ間の情報収集に専念していたため、日本の外交情報、特に日本の対中、対北関係に触れることが稀だったからである。

駐ロ時代、和彦は在ロシア日本大使館に外務省から赴任していた外交官から、ロシア経由の情報を積極的に得ていた。

「一九九一年十二月二十五日、ゴルバチョフがソビエト連邦初代大統領を辞任し、大統領権限をエリツィンに譲ったことにより、エリツィンはロシア連邦の初代大統領となりました。その翌日、ソ連最高会議が連邦を正式に解体してソビエト社会主義共和国連邦が崩壊し、ようやく十年です。この間にロシアは激変しました」

「一番変わったのは何ですか？」

「首都モスクワとサンクトペテルブルクの市民生活でしょう。それに極東では日本ブームが起きつつあります」

「日本でも都内にはロシアンパブが増えましたね。あのオウム真理教の幹部でさえ、錦糸町《きんしちょう》にあったロシアンパブに入りびたりだったようですから」

「オウムですか……一九九五年当時のことですね。ロシアでも盛んに動いていたようですね」

「その頃の北朝鮮情勢をご存じですか？」

「当時北朝鮮の国防委員会委員長の任にあった金正日《キムジョンイル》は、ソビエト連邦の崩壊によって北朝鮮クーデター陰謀事件を知って、多くのソ連留学経験者を旧ＫＧＢのスパイとして粛清したようです」

「それは国家体制が変わったロシアとしても面白くないのではないですか？」

「当然そうでしょうね。北朝鮮に対する不信感があったことは確かでしょう。一九九四年七月八日には、国家主席の金日成《キムイルソン》が急死しました。金正日は国家元首の地位を正式に継承はしなかったものの、事実上の最高指導者として統治を開始したわけです」

「ロシアはどういう対応だったのですか？」

「ロシアは外交ルートを断絶していたようです。北朝鮮は後ろ盾の旧ソ連が無くなり、中国との関係も金日成と国家主席江沢民《こうたくみん》の間で冷却化していた最中、金正日の外交政策は完全に手詰まりの状態だった……というのが実情でしょう」

「当時の日本は、政治上の『禁じ手』とも言われた、二大政党制の樹立に向けた権力者同士の大談合政権で、この前年には対韓国の慰安婦関係河野《こうの》談話が発表されたばかりでしたからね」

さらに和彦がロシア二年目の二〇〇一年一月、アメリカでは共和党のジョージ・ウォーカー・ブッシュが大統領に就任し、四月二十六日、日本に新たな政権が誕生した。外交も国防も経験したことがない総理の誕生だったが、日本国民の多くは、この清新な総理に期待せざるを得ない社会情勢だった。

ところが思いもかけない事態が起こった。新政権発足から一週間も経たない五月一日の午後、北朝鮮の三代目トップと目されていた金正男《キムジョンナム》の一行四人がシンガポールから日本航空のビジネスクラスで成田空港に到着したのである。事前に情報を得ていた入管係官がすぐさま身柄を拘束すると、正男は偽名で作られたドミニカ共和国の偽造パスポートを所持していた。その当時、法務省の内部部局である法務省入国管理局のトップの本省局長は検察官、ナンバーツーの官房審議官が外務省官僚という人事だった。運が悪いことに、法務大臣も外務大臣も外交経験のない情実入閣だった。このため、正男らしき者の身柄拘束はあっという間にマスコミに漏れ、その姿も映像に捉えられて報道対象となってしまった。

「政治を非難するのは決して褒められたことではないのですが、あまりに稚拙な対応でしたね。総理も外相も二人とも外交にはズブの素人でしたし、中でも外相の外交認識はひどすぎました」

「そうでしょうね。正男はそれ以前にも度々来日していましたが、公安当局は知らないふりをして泳がせて、将来の北朝鮮対策を練っていた。関係各国の情報機関の間でも、金正男の偽造旅券行使は周知の事実であり、逮捕せずに尾行・監視するのが不文律でしたからね」

「それは外務省の朝鮮班も同様だったようですよ。北朝鮮の次期トップがディズニーランドファンなんて、これ以上の民主化への道筋はないじゃないですか。しかし、その目算も正男の将来と共に、日本政府の拙速な行動によって一瞬のうちに崩壊してしまったのですからね」

「このニュース画像に最も怒りを覚えたのは正男の父・金正日だったといいます」

「そりゃそうでしょう。親父の金日成自身が一九九四年に訪朝したジミー・カーター元アメリカ合衆国大統領にも『自分が一番愛する孫』と正男を紹介していましたし、金日成に直接祝福された金正男は『皇太子』の地位を確定したと目されていたわけですからね。しかも正男はその翌年の一九九五年に朝鮮人民軍の大将、翌一九九六年には、新設された秘密警察の朝鮮人民軍保衛司令部の責任者になっていたほどです」

正男は一九七九年からの十年間を北朝鮮の外で生活していた。モスクワ、スイスのベルン、ジュネーブ、そして北京だった。特に中国では上海の経済発展ぶりを見て北朝鮮の改革開放を志すようになったと伝えられていた。

「海外経験も豊富で将来性もあったのですからね」

「正男は留学中に英語、フランス語は堪能に、ロシア語、中国話もほぼ会話できるようになっていたようで、特に情報技術に関心が高く、北朝鮮のIT政策を主導する朝鮮コンピュータセンターを設立させています」

そのような中でも、金正日は表面上「先軍政治」を掲げ、要求が受け入れられないと交渉決裂や武力衝突を辞さない態度をちらつかせるいわゆる「瀬戸際外交」を展開していた。

金正男事件の頃に起こったのが「アメリカ同時多発テロ事件」だった。

イスラム過激派テロ組織アルカイーダによって引き起こされたこの事件を契機として、翌年、ジョージ・W・ブッシュ大統領が一月二十九日の一般教書演説で、朝鮮民主主義人民共和国、イラン・イスラム共和国、イラク（バアス党政権）の三ヵ国をテロ支援国家と認め「悪の枢軸」として名指しで批判したことにより、北朝鮮敵視政策もまた国際的緊張を生んだ。アメリカは「先軍政治」を掲げ、「瀬戸際外交」をちらつかせる北朝鮮との緊張関係に際し「斬首作戦」の決行を辞さない姿勢に至っていた。このアメリカの「斬首作戦」のターゲットとされたことで、本気で焦ったのが当時の北朝鮮の第二代最高指導者となっていた金正日だった。

しかし、驚くべきことが起こった。

二〇〇二年（平成十四年）九月十七日、日本国の首相が初めて北朝鮮の平壌を訪問し、国防委員長の金正日と会談したのだった。

ロシアでその第一報を聞いた和彦は警察庁警備局外事課の同期生に電話を入れた。

「誰が段取りをしたんだ？」

「外務省アジア大洋州局長ということだ」

「カウンターパートは誰なんだ？」

「『ミスターX』と呼ばれている人物で、未だに明らかになっていないようなんだ」

「官邸は知っているだろう？」

「それが、交渉に当たっていたアジア大洋州局長も知らされていなかったらしい」

「そんな外交交渉があるのか？　おまけに金正日は拉致を認めたんだろう？」

「そのようだ。そして来月には五人の拉致被害者が帰国予定だよ」

「日本国内は大騒ぎだろう？」

「拉致被害の事実が確定した直後の日本の世論は沸騰しているし、拉致を認めていなかった日本国内の政党や、在日朝鮮人社会も強い衝撃を受けた様子だな」

「すると現政権は安泰になった……ということか？」

「当面はそうだろうが、国内はまだまだだな」

「それにしても、日本が単独で北朝鮮と接触をすることはないはずだろう？　アメリカの意向を伺わない限り交渉はできないはずだ。何といっても『悪の枢軸』なんだからな」

「アメリカとも密に連絡を取り合っていたようだ」

「それにしても、日朝の間に入ったのが何者か……だな」

「そこが全く不明なんだが……一つ気になることがあるんだ。実は二〇〇〇年七月に、アメリカ在住の女性ジャーナリストが来日した際、投宿したキャピトル東急ホテル内で、当時の総理とひそかに面談して、ホテル内から北朝鮮に宛ててFAXを送信していたんだ。しかも、その内容は外務省にまで漏れていた……という未確認情報があったんだ」

「女性ジャーナリスト？　それも未確認情報？　意味がわからないな。おまけに二〇〇〇年七月なら前総理だろう？　それもいろいろ問題を抱えた状態で就任して三ヵ月程度だしな……。しかも、あの人に北朝鮮関係者と接点を持つような才覚があったとは思えないんだが……」

「そのあたりのことが全くわからないのでこちらとしても苦労している」

「FAXの内容はわかっているんだろう？」

「それが朝鮮労働党に対して『万事、前に進んでいる』というものだったらしい」

「朝鮮労働党にか……何があったんだろう。そのジャーナリストの身分はわかっているのか？」

「文昭子《ぶんあきこ》という、御年七十歳のジャーナリストだ」

「七十歳の女性ジャーナリストか……それにしても結構な年齢だな。人定は取れているのか？」

「実は、その件に関して、警視庁公安部員が松川《まつかわ》情報官に以前から情報を送っていたらしい。松川情報官の情報ルートはチヨダでも掴めていないからな。松川情報官は外務省アジア大洋州局長を個別に呼んで話を聞いていたようだ」

「又しても元公安部の情報マンか……」

「元……なのか？」

「公安部を離れた……という話だった」

「何があったのだろうな」

「全くわからない。それが警視庁公安部の世界だな……」

「いいのか悪いのかよくわからんが、警視庁公安部だけでキャリアは部長以下外一《そといち》（外事第一課）の管理官まで含めると五人いるんだからな……それが全部すっ飛ばされていたのかと思うと、既に組織の体《てい》をなしていない気がするが……」

「松川情報官のところに届いているだけで十分なんだろうな」

自分で言いながらも、どこか釈然としない和彦だった。

日朝関係はその後「日朝平壌宣言」が合意され、日朝国交正常化交渉が動き出したものの、拉致被害者の「死亡」事実や、核・ミサイル問題を巡り、対立は解消されなかった。

第一章　日本のヤクザ社会と宗教

二〇〇四年（平成十六年）四月、愛知県内の反社会的勢力岡広組系の組事務所で、本部執行部の若頭がフロント企業対策の責任者である若頭補佐に言った。

「宗教ほど金になる話はねえからな。どうせ野郎らも税金は払っちゃいねえ。税務署も奴らがどれだけ稼いでいるのかわからないのが、俺たちにとってもありがたいところだ」

「この教団の内部抗争ではついに死人まで出てしまったようです。三分裂しているそれぞれのグループに、これまた三つの系統の政治家がついていやがるから狙い目なんです」

「政治家も宗教頼みになってしまってはおしめえよ。金蔓になりそうなグループはどこなんだ？」

「東京と神奈川の都県境を中心にして盛んに土地を買い占めて様々な宗教施設や霊園

を作っているグループがあるんですが、ここがこれから一番面白くなりそうなんです」

「宗教施設に霊園用の土地か……二束三文の土地を百倍にして売っている連中だ。石屋も押さえとけよ」

「兄貴、よくご存じですね。あそこがまた朝鮮から石を持ってくるんですが、その石の中に実に巧い造作をしてシャブを詰めて送ってくるんですよ」

「ほう、いい商売やってやがるな。東京の連中も使っている石屋なのか？」

「いえ、九州博多の仏壇会社のオーナーが地元で育てた石屋らしく、大物大臣一族の墓も相当手がけたそうで、去年、関東進出を果たしたそうです」

「なるほど……博多のどこの組なんだ？」

「本部長の伊東《いとう》の親分のところです」

「直巳《なおみ》のところなら安心だな。オウムで失敗した静岡の連中のようにならねえようにしてくれよ」

「あんな馬鹿な連中と付き合うからあんなことになったんですよ。こちらの団体は新興宗教の中でも五本の指に入るところで、しかも、ターゲットのグループが教祖を抱えているようですから大丈夫です。都内に美術館も造るって話です」

「美術館か……相当金を持っているな……ついでに画商も押さえておくことだな。昔、京都にいた画商のように、裏では政治家にもつながっているような奴を探しておけ。マネロンに画商は役に立つからな」

世界平和教だけでなく、多くの宗教は内部分裂を繰り返しながら現在に至っている。キリスト教やイスラム教のように二大派閥が血で血を洗う戦いをして現在に至っている歴史もある。日本では神道と仏教から派生した新興宗教がほとんどで、多くの団体で内部分裂が起こっていた。

その頃、岡広組内でも組織内の対立問題が発生していた。

「せっかく、静岡の武闘派が関東進出を果たしたというのに、本部直轄の企業舎弟が舎弟頭の俺を通さずに関東の雄と呼ばれる博徒の本拠地、花の銀座《ぎんざ》に店を出すとはどういう了見なんだ？」

岡広組の最大派閥となっていた愛知県に本拠地を持つ武闘派系の組長が言うと、側近の舎弟頭補佐が答えた。

「総長の今度の女が、キタのクラブのママなんですが、これが東京進出をしたがったそうなんです」

「キタのクラブ？　何という名の店なんだ？」

「あの白珠《はくじゅ》です」

「なに？　あの池上《いけがみ》電機の会長の女だった奴か……。確かにあのシマは舎弟分のテリトリーだからな……総長も俺に言えなかったんだな……それにしても、この時期、銀座に店を出させることはなかろうに……」

「女のバックには池上電機の主要取引銀行の一つ興和《こうわ》銀行も付いていますから、金は何とでもなったでしょう。しかも情報では興和も金融ビッグバンとやらで、他の大手都市銀行と合併して本拠地を大阪から東京に移す予定らしいです」

「銀行に先んじて東京進出か……俺たちよりも一歩先に行っているということか？」

「開店の日には、池上電機だけでなく関西の大手電鉄や銀行のトップも押し寄せたらしいです」

「そこまで目立った動きをされれば、銀住会《ぎんじゅうかい》を筆頭とする関東二十日会《かんとうはつかかい》も黙っていないだろうな」

関東二十日会は、関東地方に本部を置く博徒系暴力団の親睦連絡組織のことである。

「銀座でドンパチやれば警察も黙っちゃいないでしょう？」

「銀座で抗争が起これば、本格的な大戦争となって、寝ている警視庁を起こすことになりかねん。関西の警察と警視庁は全く動きが違うからな。五代目若頭は警視庁の公安部の警部補と祇園《ぎおん》で飲んでいるのを何度も目撃されているし、当時の京都のドンも酒席に呼び出されたと聞いている」

「たかが警部補ふぜいとの席に、大政《おおまさ》の親分が呼び出されたのですか？」

「昔、話題になった金屏風を持っているのかどうか、警部補の前で聞かれたそうだ」

「警部補ごときに弱みでも摑まれていたんですかね」

「そんな訳ないだろう。若頭が滅法気に入っていたらしい。そうでなければ祇園で会うことはないだろう」

「ところで、公安というのはどういう部署なのですか？」

「俺もよくわからん。ただ、以前聞いた話では、普段、組に出入りしている四課の連中とは全く違って、警視庁の公安の連中は全国どこにでも顔を出してくるらしい。おまけに、政財界のトップとも裏でつながっているのか、南禅寺《なんぜんじ》の御前や、嵯峨野《さがの》の親父さんともすぐに連絡を取ることができるということだった」

マル暴は未だに警察の暴力団担当のことを、かつての捜査四課のままの「四課」と呼んでいた。

「南禅寺の御前といえば、総理大臣でも動かす御仁ですよ」

「だからよくわからんのだ。奈良の爺さんから南船場《みなみせんば》の親父にまで、その男のことは知られていたそうだ。ある時はその警部補が南船場の親父に『そろそろ、例のホシを出さんかい』と啖呵を切ったと言われている」

「阿呆なのか、頭がどうかしているとしか思えませんな……」

「それが警視庁という得体の知れん組織の怖いところだ。兵庫県警本部長やっても、警視庁の部長にもなれないと聞いたことがある。日本警察の五分の一近くが警視庁らしいからな」

「そんなにいるんですか？　案外、その警部補というのはキャリアなんじゃないですか？」

「阿呆。キャリアなら上から圧力をかければ一発で動きは止まる。そうじゃないから気味が悪いんだ。とにかく、公安だけは動かさないようにしないと、俺らの足元すくわれるぞ」

「公安……面倒みてやっている四課の野郎に聞いてみますわ」

「奴らでも知らないと思うがな。なにせ、総本部の若頭とタイマン張って酒を飲む警察がいたら、奴らの仕事はないだろう？」

「確かにそうですな……なんだか、気持ち悪いですわ」

舎弟頭補佐が肩をすぼめたのを見て舎弟頭が言った。

「それよりも気を付けにゃならんのが、シャブの取引に公安が絡まないようにすることだ。公安が目の敵にしているのは中国と北朝鮮ということだからな」

「公安は海外にも目を向けている……ということですか？」

「共産主義に、なんだろうな。オウムも北朝鮮とロシアにつながっていたからボロボロにされた……という話だ」

「気を付けておきます」

「おっと、肝心なことを言い忘れていた。例の小娘が乗っ取った渋谷のホテルの件だが、その後上手く行っているのか？」

「その名古屋の金貸し屋の娘が思った以上の悪ダマで、東京の墨田組《すみだぐみ》とうちを両天秤に掛けていやがることがわかって、今、彼女の弟を叩いているところです。何でも滅法金になる話を姉の方が持っているらしく、野郎の結婚式に出た若いもんの話では、有名な国会議員だけでなく、プロレスや格闘技等の興行の幹部も顔を揃えていたようです」

「娘は当時まだ二十五、六だっただろう？　そういう客は、あのアホな弟の筋ではないんだな」

「違います。姉弟の親父にしても朝鮮系の金融の親玉ではありますが、同じ愛知県でも田舎の方ですから、そんな人脈を作るのは姉の筋しかありません」

「そうだろうな……そうでなければ墨田組のフロント企業で大掛かりな仕手を打つような野郎の愛人にはならんだろう。とはいえ、その野郎も行方知れずになってしまったそうだな。土地の売買から、株の仕手、絵画の売買までなんでもござれの小悪党だったんだが……」

「それが、行方不明になった途端に、この愛人女がホテルごと乗っ取ってしまったんですからね。元々この女は男を喰って生きているような奴で、ろくでもない財界人として有名な男の愛人だった……という話も出ています」

「ろくでもない財界人？」

「大昔、千人以上が検挙された、あの大選挙違反野郎ですよ」

「あいつともつながっているのか……ゴルフ場つながりもあるのだろうが、確かにただ者ではないな。それにしても、金になる話というのが気になるな」

舎弟頭が思わず腕組みをしながら言うと、舎弟頭補佐が言った。

「どうやら北朝鮮絡みのようなんです。しかもそこに例の悪徳商法の宗教団体が関わっているらしいんです」

「悪徳商法の宗教団体？」

「マスコミでは霊感商法とも言われているようですが、警察は詐欺商法の一つとして悪徳商法と認定しているんです」

「そうか……世界平和教……とか言ったかな、この辺でも国会、県議の選挙で奴らが与野党構わず応援して政治家を取り込んでいるようだが……奴らの言う『霊感』そのものが嘘に始まっている……ということになると、俺たちにとっても狙い目かもしれんな」

「奴らの目的が今一歩わからないんです。あの宗教団体の教祖は韓国人ですよ。タダでも日本と韓国は決して良好な関係ではないし、うちの組内でも韓国系、朝鮮系とは本気で腹を割っているとは言えません。戦前、戦中、戦後のどさくさで韓国や朝鮮から大勢が日本に来たのは事実で、彼らには彼らなりの言い分がありますからね。組員が三十人かそこらだった組織を、一代で全国規模の組織に育てた、本家の三代目が社長をしていた港湾荷役会社では、前科持ちや住民票のない者が多かった港湾労働者を団結させ、組合を結成させたと言います。その中にはキョッポと呼ばれたコリアンが多かったと聞いています」

「なるほどな……俺たちみたいに好きでこの道に入ったのとは違ったんだろうからな……。そうかと言って、そういう連中がその世界平和教とやらを応援しているわけではなかろう？」

「もちろんです。世界平和教といっても、結局はキリスト教徒の割合が多い韓国のキリスト教の分派のようです。当然ながら、うちらの侠道精神の考え方とは基本的に違います。関東の稲山会や福山組《ふくやまぐみ》のように右翼団体を作っているところもありますからね」

「分派か……そうだな、右翼はともかく、任侠の精神は武士道につながっているんだからな。それにしても、世界平和教の奴らは日本で何をやろうとしているのか、お前が責任を持って調べておけ。もしかしたら今後俺たちにとっては敵になる存在かもしれんからな」


ある日久しぶりに清四郎は隆一と新橋《しんばし》近くのガード下で酒を酌み交わしていた。ここは和彦とも一緒に集合する場所だった。

「ところで、ＦＢＩという組織はどういうところだったんだ？」

「何もかも、日本よりけた外れにデカいな。組織も予算も日本警察の数十倍、部門によっては数百倍の違いがある」

「能力も高いのか？」

「これまで、ＦＢＩが舞台になったいろいろな映画が作られているだろ。十年前に映画の『羊たちの沈黙』を観た時には、まるでおとぎ話のように感じていたが、あれはよく取材できていたと感心したよ」

「十年前であんな感じだったのか？」

「そうだっただろうと想像できるほどのシステムだった。プロファイリングの重要さがよく理解できたよ。それから考えると、今の日本の刑事事件捜査はあまりにお粗末だ。特に犯罪手口データの分析はまだしも、前歴者の個人情報などは全く機能していない」

「組織犯罪対策はどうなんだ？」

「僕も全てを見てきたわけじゃないが、コンピュータの活用が凄まじいんだ。誰もかれもが当たり前のようにパソコンを使いこなしているし、本部から現場の警察官への画像転送も全てオンラインでやられているんだ」

「画像が来るのか……敵《かな》わないな……。それから捜査員の能力はどうなんだ？」

「アメリカは警察組織がバラバラで、例えばニューヨークでも州警察、市警察、ハイウェイパトロールと全て独立している。警察官全体の能力は決して高いとは言えないが、ニューヨーク市警は警視庁が交換留学しているだけあって、相応のレベルだな。警視庁が見習わなければならない点も多いと思った」

「例えば？」

「制服警察官は、もっと積極的に表に出るべきだと思ったな。確かに、日本の交番制度は優れていると思うが、それは住宅地優先にして、繁華街では機動的な運用が大事だと思う。特に犯罪が多い新宿《しんじゅく》、渋谷、池袋《いけぶくろ》、六本木《ろっぽんぎ》、銀座あたりには複数人での常時警戒が必要だ。都心の交番で警察官を待機させていては、これからの犯罪に対応できないと思う」

「しかし人の数がなあ……歌舞伎町なんか、以前は歌舞伎町交番の他に、『新宿・四《よつ》谷《や》警察署新宿地区交番（通称マンモス交番）』として、運用されていたじゃないか。しかし、それも四谷だけになってマンモスではなくなっているくらいだからな。歌舞伎町の実態を知らない阿呆な幹部が、監視カメラだけで済まそうとした結果だ。あそこで育ったワルどもが今後とんでもない犯罪を引き起こすことになると思うぜ」

「そうなんだろうな……監視カメラというよりも、日本警察の場合はほとんどが防犯カメラという後ろ向きの姿勢だからな……ニューヨーク市警では、監視カメラでバンバン手配犯人を捕まえているし、おとり捜査も当たり前のように行われている」

「おとり捜査か……楽しいだろうな。やってみたいよ」

「アメリカンフットボールのスーパーボウルと、メジャーリーグベースボールのオールスター戦とワールドシリーズでは、毎年、必ずと言っていいほど詐欺商法のようなおとり捜査をやって指名手配犯人を捕まえているんだ。のこのこ出てくる手配犯人も、日頃使っている偽名が捜査機関にバレているとは思っていないんだな」

「詐欺商法は笑ってしまうが、そうだよな、『ゴールデンプレミアムチケットが当選しました』と、コミッショナー名義で送られてくれば、指名手配犯人だってホイホイ出て行ってしまうんだろうな……しかし、日本にはそれほど熱狂させてくれる国民的スポーツがないからな……」

「まあ、そこはアメリカならではの発想なのかもしれない。発想の転換というところにアメリカの面白さがあるのは事実だな。ところで、清四郎は今、何を狙っているんだ？」

「今、組対三課のコールドケース処理を命じられている」

清四郎は定期交流で八王子署から組対三課に異動となっていた。

警視庁の定期異動は例年二度、二月と八月に実施される。これは四月に行われるキャリアの異動の前に体制を整えておくためとも言われていた。そして慣例として「定期異動」とは言わずに「定期交流」と呼ばれている。なぜ「交流」かと言うと、「刑事から公安」「公安から人事」等の異なった分野への異動があるためだ。さらに同じ異動でも所轄から本部への転勤だけでなく、本部から満期除隊のような形で所轄に異動する場合もあり、さらには所轄から所轄への「横滑り」と言われる人の動きも多かった。

清四郎の場合は散々待たされた挙句の本部異動だった。

「コールドケース？　お宮さんか？」

日本では犯人不明のまま捜査打ち切りとなる「迷宮入り」をもじって「お宮入り」という場合が多い。この捜査を担当する者を、組織内で「お宮さん」と呼んでいる。近年、ＤＮＡ型鑑定や指紋照合のコンピュータ活用等の新たな法科学技術による残留証拠物の再分析や、別事件における証言等々によって解決されることも増えている。

「組対三課だけでも結構あるのに驚いたものだよ」

「ターゲットは絞り込んでいるのか？」

「今のところ、都内では稲山会だな。これを倒すために関西や中京から乗り込んできている反社会的勢力と、宗教団体がらみの様々な案件が立て続けに起こっている」

「稲山会か……それに関西、中京ヤクザと宗教団体の癒着か……講習で聞いたことがあるが、今でも本当にあるんだな……」

「ああ、それに政治家までキッチリくっついているから嫌になるんだ」

「政治家？　国会議員か？」

「その場合もあるし、都議なんかも多いな。宗教団体も全国規模の有名な団体が、結構内部分裂していたりしてな。そのそれぞれに与野党や、与党の派閥違いの国会議員がくっついていたりするんだ」

「政治家の後援組織か……清四郎の守備範囲も広がる一方だな」

「案外面白いよ。去年会った和彦の友人のように、マル暴とくっ付いている芸能プロダクションとか、芸能人とかスポーツ関係者とか、話を聞きに行くと顔色を変えてくるからな」

「興行の世界は未だにそんなものなんだろうな。それで、事件捜査そのものは進んでいるのか？」

「今のところは裏付け捜査だから順調だけどな。これから関係者への取り調べになるから、そのツメをしなければならないんだ」

「取調官なのか？」

「そうなることもあるかもしれないな。どういうわけか俺が調べれば落ちるんだよ。幹部もそこをわかっているから、事件が佳境に入った時や重要事件の時には必ずいい相手を任せてくれるんだ」

「被疑者なのか？」

「いや、被疑者調べは素人でもできる。なぜなら被疑者は最低でも十日は身柄を拘束されているからな。幹部を含めた捜査関係者が調書のミスを見つけてくれるから、調書の取り直しができるだろう？　一番大事なのは重要参考人の調べだ。参考人調べは任意捜査だから、ケツを捲《まく》られてしまえば終わりだからな。適度に脅し、宥《なだ》めすかしながら落とすんだ。その駆け引きというか、相手の様子を窺いながら話を進めるのが楽しくてさ」

「清四郎でも脅すことがあるのか？」

「そりゃあるさ。いい取調官というのは役者にならなければならないからな。前に、割と有名な芸能プロダクションの幹部を調べた時、『刑事さん、本気で役者になる気はありませんか？』って、スカウトされたよ」

「それも才能だな……。いろいろな世界の人たちと話をしてきた結果なんだろうな」

「確かにいろいろな世界の人ではあるが、警察官になってからは、ほとんどが田舎のおっさんたちだからな。それよりも、子どもの頃から田園調布の『有力者』と呼ばれていたおじさんたちと話していた時の方が、案外役に立っているような気がする。これも親父のおかげかもしれないけどな」

「それは僕も同じだ。どういうわけか怖いもの知らずになっている自分に、はたと気づくことがある。何にせよ、事件が上手く解決することを願っているよ」

「どうもありがとう。俺なんか現場ばかりだから、年中取り調べをやっているんだけど、最近やっと気づいたのは、以前は小馬鹿にしていた少年犯罪の捜査員の能力の高さなんだ」

「少年事件か……確かに、刑事部とは違って犯罪の垣根がないからな……」

「そうなんだ。殺しから泥棒、詐欺まで何でもやらなければならないんだから、捜査手法もよく知っているんだな。おまけに、成人の捜査と違って、捜査機関の持ち時間が短いだろう？　取調官に指定された段階で計画的に調べを進める癖が付いているんだな。勉強になるよ」

「そういうものなんだな……刑事ばかりやっていると少年犯罪に目を向けることは少ないが……、確かに大変と言えば大変だよな……少年事件は暴走族のような集団犯罪が多いからな。彼らが悪の世界から足を洗ってくれればいいんだけどな……」

「そこなんだ。都内にも幾つかの大きな組織ができていて、少年事件課の事件担当係長から『今後、彼らの行動をきちんと把握しておかなければならない』と言われたんだが、少年法の『健全育成』が基本になっているため、犯罪少年のデータは二十六歳になった時点で抹消されてしまうらしい」

「えっ、何だって？　そんなことをしたら犯罪者のプロファイリングなんてできなくなるじゃないか」

「俺もその点を訊ねたんだが『それが日本の法律なんだ』と、その事件担当係長が嘆いていたよ」

「しかし……それはどう考えてもおかしな論理だ。すると、少年時代に犯した犯罪は二十六歳になった段階で、なんの痕跡も残らない……ということなんだろう？」

「犯歴、補導歴としては残るが、その内容までは残されないらしい。どんなに凶悪な事件であっても、ある程度の時間が経ってしまうと裁判所でも抹消してしまう……ということだったな」

「判例でも残らない……というのか？」

「一部の判例では、固有名詞を隠して残されるんだろうな。少年は守られているんだが、そこが盲点になってはならないと思うんだけどな」

「当然のことだ……」

隆一の脳内に「少年犯罪」という言葉が、この時初めて残された。隆一がようやく腕組みを解いて、ぬるくなった日本酒のぐい飲みを一口で空けると、これを見ていた清四郎が笑いながら言った。

「それにしても、相変わらず酒が強いな」

「それはお前も一緒だろう。もう二合熱燗を頼もう。それよりも、今、マル暴がオレオレ詐欺に深く関与している……というのは本当なのか？」

隆一の問いに清四郎が笑って答えた。

「捜査二課が扱ってきた、これまでの頭脳的詐欺と比べれば、オレオレ詐欺はショボい手口ではあるんだが、詐欺の手口もピンキリになっているんだよ。最近は普通の学生までもオレオレ詐欺の主犯になっているくらいだからな。オレオレ詐欺は世間の裏で流通している『名簿商法』が基本になっている。いわば、ちょっと裏の世界の知識がある者であれば、その気になりさえすれば簡単に人を騙すことができる案件だ」

「名簿商法か……」

「今や、名簿屋がぼろ儲けしている。奴らは企業だけでなく、様々な役所からもデータを盗んでいる」

「名簿屋の本業はなんだったんだ？」

「最初は一部のマスコミ関係者だったようだけど、これにバブル時期からまず、不動産屋の情報が加わり、そして保険会社、年金関連の役所からの情報、住民票データ、交通系ＩＣカード情報が民間調査会社に渡されるのをインターセプトして、ますます膨大なデータになっていったんだな。そして、そのデータを必要に応じてソートすることによって、犯罪組織が欲しがるデータに書き換えられてきたわけだ」

「そういう流れがあったのか……マル暴が一番狙っているターゲットはどこなんだ？」

「マル暴の中でも組織がしっかりしているところは土地だな。その中でも地面師詐欺が一番だろう」

「地面師か……八王子事件の時にも出てきたな……しかし、地面師詐欺はプロとプロの戦いだけに、相応の情報能力が必要とされるんだろう？」

「地面師と言っても所詮は反社会的勢力の手駒の一人だからな。数多い地面師の中のトップクラスと言われている連中は数年に一度仕事をするだけで、後は海外で遊んで暮らしているんだ。それでいて国内の不動産情報は常に入手している」

平然と答える清四郎に隆一は首を傾げて訊ねた。

「地面師はチームプレーで動いていて、相互に連携を取っているものだと思っていたが……」

「反社の立場から見れば、地面師は所詮パシリと同じで、ほとんどが縦の線で動いていると言っていいな。地面師同士が横の連絡を取り合うのは極めて稀な場合だよ」

「なるほど……地面師の上部団体である反社が敵対している場合もあるからな。八王子事件の時はそこまで見えていなかったな……」

「反社同士の敵対だけでなく同じ反社の中でも、二次団体で競い合っている場合もあるんだ。他人の土地を自分のもののようにして売り払うわけで、元手がかからないからな。そうかといって、誰も目もくれないような土地じゃ仕方がない。利用価値を見越した事前の情報分析が必要なんだ。簡単に姿を見せてパクられる地面師なんていうのは、所詮素人だな」

清四郎の説明に隆一が訊ねた。

「そうなのか……地面師に狙われる企業というのは、かつての総会屋と企業のような関係か？」

「まあ、似て非なるものなんだが、不動産業者という、資格を持った者をパシリのように使いこなすことができるか……が、詐欺の成否にかかってくるんだ。しかも、誰かが不動産登記の変更を役所の係員の前で『善意の第三者』を装って実行する役者でもなければならないからな。総会屋のように、単に組織のミスを探している連中とは、やや趣が異なるな」

「確かに不動産物権変動に関しては、当該土地の登記に勝る対抗要件はないからな」

「その土地の登記変更をいかにもっともらしく行い、さらにその後に所有者が移転して、善意の第三者の地位を得るか……が大きな問題となることはわかっている。バブルの時期に、どれだけ多くの製造業の零細企業や中小企業のトップが反社会的勢力に騙されてきたか……という問題もある。東京の商業的中心地だけでなく、住宅地や新たな公共路線が敷かれた地域の地価は、あっという間に吊り上げられたからな」

清四郎の言葉に隆一も頷かざるを得なかった。それほど、当時の東京は異常な世界の中にいた。成功する者と破綻する者の比率は五分五分で、勝者に属する者は爆発的な資金を手にすることができる時代だった。

「そういう時、反社会的勢力のフロント企業は活発に動くんだろうな」

「そういうところを見逃さないのが奴らなんだよ。ある意味、そこに反社会的勢力の中でも勝ち組と負け組の分かれ目があると言えるんだ。関東と関西を比べると圧倒的に関西が強いのが現実だな」

「しかし、地面師を例に挙げると、不動産屋や名簿屋等、いろいろな条件を考えても地元の関東の方が圧倒的に強いような気がするけどな」

「関東組の多くはバブル期の地上げで儲けてはいたんだが、その後の処理で失敗して不動産屋は潰れるわ、名簿屋もアンダーに入ってしまうわで、手足がなくなってしまったんだ。下を育てる努力がなかったんだな。その点で言えば、関西は下部組織を見殺しにしなかった点で、下部組織仲間の横のつながりができていたんだ」

「なるほど……関西の方がまだ任侠の世界が強かった……ということか……」

「任侠と言えるかどうかはわからないが、フロント企業という生き方をいち早く見出したのが岡広組だった……ということだな。バブル後のしのぎの面を見ても、岡広組の場合は覚せい剤等の薬物は『原則ご法度』にしていたが、関東はアリアリだったたからな」

「岡広組だって覚せい剤で捕まっている者は多いと聞いているが……」

「だから、『原則』ご法度なんだ。シャブで捕まる組の連中は自己責任で、総本部は守ってくれないんだよ」

「見捨てられるのか？」

「『原則』そうだな」

「原則か……どうやって救ってやるんだ？」

「パクられた組員とその共犯に当たる者は絶縁、その他の組員は組長以下全員を破門というのが通例のようだな。しかし、暴対法ができて以来、絶縁された奴が戻ってきた……なんて話も耳にするようになったけどな」

「それは人材不足が原因なのか？」

「まあ、そんな所だろうな。シャブでしか生きていくことができなくなった組も多いようだしな」

「シャブの密輸ルートも変わってきているんだろう？」

「そうだな……ただ、売る側にとっても日本はお得意さんだ。先方のシンジケートが常に売り先を探しているから、ルートは残されているだろうからな」

「すると警察だけでなく、麻取も狙いが絞りやすくなるんじゃないのか？」

「シンジケートも手を替え品を替え……で、運び屋も女子大生を使うなど、巧妙化しているんだ。中でもシャブの場合には、他の物に混ぜ込んで密輸する手法が増えているから、水際対策は困難を極めているらしい」

「警察としては、情報の入手が第一……というところか？」

「そうだな。その点でいうと、芸能人の動きを見ておくのが一番わかりやすいな。ターゲットに絞り込んだ芸能人は徹底的にマークしているからな」

清四郎が得意げな顔つきで言ったのを聞いて隆一は驚いて訊ねた。

「そんなにいるのか？」

「いるな。一時期もてはやされたときに結婚して、その後売れなくなった連中がいいターゲットだ。初めてタトゥーを入れた奴なんかはターゲットになるし、日頃、遊んでいる場所でだいたい判るものだ」

「場所か……不良芸能人がたむろする場所もあるんだろうな」

「そういう場所を見つけ出すのも面白いんだ。通常、芋づる式に薬物事犯の犯人が捕まるのはこのパターンが多いんだ。しかも、犯人を捕まえたことを一勾の間は秘密にしておくことが大事で、芸能人の所属事務所と被疑者の親にだけ伝えておくんだな。そうすると事務所の担当マネージャーたちが実に慌ただしく動き出すんだ。それを追っていくと関係者につながってくる……というわけさ」

一勾とは、逮捕後の初めの十日間の勾留をいう。さらに勾留が延長された場合を、日数にかかわらず二勾（第二勾留）と呼ぶ。

「そういう目立つ事案は副署長が記者会見したがるんじゃないのか？」

「所轄の署長と副署長の能力を見極めたうえで、捜査本部の設置場所を決めるのが、組対三課長が得意とするところなんだそうだ。俺は上の人たちの判断はよく知らないが、俺を可愛がってくれている組対三課の管理官が時々教えてくれるんだ。なんでも、これは『公安的手法』というやつらしい」

「公安的か……。確かに、署長、副署長がみんな優れているか……といえば決してそうじゃないからな。なんで、こんな奴が署長なんだ……と思うこともよくあるさ。島部を除いても九十七の警察署があるんだ。署長の上には方面本部長や本部の課長や機動隊等の執行隊長もいるわけで、天下の警視庁といえども、そんなに人材なんて育っちゃいないのが現実だよ」

「そうなんだよな……所轄の課長の中にはとんでもないバカもいるからな。ああいうのを見てしまうと、昇任意識が薄れてしまうんだよな」

「清四郎、それはちょっと違うと思う。お前のように良識も常識も持っていて、しかも、仕事もできる者こそ昇任して部下を育てていかなければならないんだ」

「昇任試験の勉強の仕方は隆一に教えてもらったから、一次試験は受かるようになったんだが、論文試験となると文章能力がないから困っているんだ」

「昇任試験の論文問題なんて文章能力は必要がない。九十九パーセントが型どおりの様式に当てはめるだけだ。過去問の模範解答を見てみればよくわかるはずだよ」

「そういうものなのか……。まあ、やってみるさ。それよりも今は、目の前の仕事をするのが嬉しくて仕方がないからな」

「そういう生き生きとしているお前を見るのも嬉しいけどな」

隆一が笑いながら言うと、清四郎も笑って答えた。

「うちの嫁さんや、向こうの両親も、俺の出世に関してはあまり興味がないらしくて、どちらかと言えば、家業を継いでほしいような雰囲気なんだ」

「不動産業か……。清四郎は何でもできそうだから、商売も向いているのかもしれないけど、僕としてはもう少しの間は世のため人のために働いてほしいな」

「まあな、安い給料で我ながらよく働いていると思うけどな」

「清四郎、お前、今、月に使う金はどれくらいあるんだ？」

「仕事以外では四、五十万位かな。それぐらいの金は、マンション一部屋契約成立すれば、何の問題にもならない額だからな。とはいえ、その金をくれるのは『嫁さん』だけどな」

「いいご身分じゃないか」

「彼女の兄貴の仕事のフォローをさんざんしてやっているからな。その結果として、数十倍の利益があることを両親はよく知っているから、その分の手当として嫁に手渡しているんだ。俺たちよりも、もうひとつ上の世代のおっさんたちにとっては、そのフォローをできるかどうかが、本人たちの老後の保障になるかどうかの瀬戸際の判断なんだ」

「なるほど……一族の盛運をお前が握っている……というわけだ」

「それほどのものじゃない。ただ俺は単なるアドバイザーなんだが、一つ間違えば、マンション一棟を失うような損失を帳消しにしてやれたことに、先方が喜んでくれているだけの話だ」

「マンション一棟か……やはり三多摩でも二十三区に近い場所は反社会勢力の狙い目になっているんだな……」

「そうだな……今のところ、中央線で言えば武蔵境《むさしさかい》までだが、近い将来、一気に八王子あたりまでその範囲になってしまいそうな雰囲気だな」

「一気に八王子か……八王子は拳銃発砲事件も起こっているようだからな……」

「あの案件は岡広組本家筋と、関東二十日会傘下の抗争で、大事件に発展する問題ではないと思っている。ただし、岡広組本家筋の動きで、気になる話も出ている」

「本格的な関東進出でも始まるのか？」

「メガバンクの合併や統合がいよいよ始まることによって、関西に拠点をもつ大手銀行の本社が東京に一極集中することになる。そうなると、関西ではなんとか誤魔化してきた銀行ぐるみの不良債権が一気に噴き出すことになるんだ」

「一昔前のイトマン事件のようなものか？」

「そうだな。あれよりもさらに複雑になっていると思う。俺も今、内偵中なんだ。今、隆一が言ったイトマン事件そのものは、一九九一年にだいたい片が付いた形になっているが、その時手を出すことができなかった多くの政治家やフィクサー連中が、再び新たなスキームを作って動き始めているんだ。そしてそこに必ずと言っていいほど、宗教団体が絡んでくる。中には赤坂《あかさか》や麻布《あざぶ》あたりの寺が、土地を売って境内にあった檀家の墓を三多摩の霊園に移そうとしているからな」

「それも酷い話だな」

「それが現実さ。相応の土地を持っている寺は境内に納骨堂を造って儲けているところもあるしな」

「人が増え、世代が替わると、必ず人生の終末問題は避けてとおることはできないからな……最近、うちの親も自分の墓の心配をするようになったよ」

「長男で駐在をやっている人は少ないらしいからな。お前の嫁さんの実家だってそれなりの不動産はあるんだろう？」

「よく知らないんだ。女房もあまり興味がないらしくて、両親の墓は麻布の寺の境内にあるから何の心配もしていないんだが、今の坊主の息子が出来損ないで、ろくにお経も上げることができないと嘆いていた」

「出来損ないといっても、一応、修行はしているんだろう？」

「それもよく知らない。結婚してまだ一度も法事がないんだ。墓参りだけは行ったが、今の住職はなかなかの人物だった」

「後継ぎがない社寺も多いと聞くからな。俺たちがそれなりの歳になった時は外国人の和尚なんてのが結構増えているかもしれないな……」

「仏教はいいとしても、宗教によってはなかなか難しいかもな。後継ぎも大きな問題ではあるんだが、最近では墓地の問題が取り沙汰されているんだ。日本国内の墓地の埋葬は火葬が原則となっているからな。しかしイスラム教の埋葬方法は土葬が一般的とされているから、日本にあるイスラム教徒が埋葬できる霊園は全国にわずか数ヵ所しか存在していないんだ」

「そうなのか……それは知らなかったな。そんなことまで勉強しているのか……」

「霊園問題を捜査した時にたまたま知っただけのことだ。ただ、最近、ムスリムの犯罪者や被害者も増えてきているから、無縁仏が出た場合など、今後の捜査にも大きな問題になる可能性があるな。特に二〇〇一年のアメリカの九・一一事件以降、ムスリム対策は喫緊の問題になっているんだ」

「なるほど……イスラム教の埋葬問題一つとっても、国際問題になりかねない……ということか？」

「今後、そこも考えておかなければならないだろうな」

　隆一の言葉に清四郎が首を傾げながら訊ねた。

「ところで、警察庁での仕事というのは、お前にとって有益だったのか？」

「はっきり言ってわからん。まあ、人とのつながりというか、キャリアや準キャリ、そして道府県警から出向してきている仲間と横の関係ができたことは、今後の仕事をするうえでいいことなのかもしれないが、部外者との付き合いがほとんどなかったからな」

「国会質問の答弁書なんかも作っていたんだろう？　国会議員とか、その秘書との付き合いはないのか？」

「皆無だな。それを担当するのはもうひとランク上の人たちだ。警部クラスじゃ相手にされない」

「そういうものなのか……俺の担当係長は今回異動してきた人だが、何でも警部補時代に内閣情報調査室というところにいたことがあったらしく、国会議員やその支援団体との付き合いも多いんだぜ。宗教団体に関しても、係長から教えてもらっているんだ」

「内調はまた特殊な世界だからな。僕も今一つよくわからない。公安出身者が多いし、内調を卒業しても公安に戻る人が多いんだけどな」

「うちの係長も公安出身だと言っていた」

「そうだろうな……公安から組対三課か……よほど現場を知り尽くして仕事ができる人なんだろうな」

「そういうものなのか？」

「そうじゃなければ警部になって、他の部門から一本釣りはされないよ」

「一本釣りか……」

清四郎はまた一つ知らない幹部の世界を垣間見たような気がしていた。

第二章　事件捜査

麴町《こうじまち》警察署は警視庁百二署の筆頭署であると共に、四十七都道府県警察の中でも序列がトップの警察署である。

警視庁内最大の警察署である新宿署や、渋谷、池袋、麻布、立川《たちかわ》、八王子の各署のように、五百人を超える署員は抱えていないが、皇居外周の半分、国会、といった最重要保護対象を一手に引き受けているのが麴町署である。

朝一番で派遣先の新宿署長に挨拶を終えると、清四郎は荷物をまとめて昼前に麴町署に着いた。捜査本部の設置は翌日の午前九時となっていた。

組対三課担当の捜査本部勤務が続く清四郎は、現場から現場に移動する生活にはすっかり慣れていた。これは本部勤務の警部補以下の捜査員ならではの日常の姿で、一つの事件が片付くと次の事件に取り掛かるのだ。本部の係長である警部クラスになると一人で三件、四件の事件を同時に担当するが、警部補以下はチームごとに派遣される場合がほとんどだったが、清四郎の場合は遊軍担当が多く、専ら単独の移動だった。

捜査本部の遊軍とは、大規模事件の際に設定されるチームで、日々刻々と変化する捜査結果を見て、特定の捜査対象を持たず、必要に応じて活動できるよう待機しているチームである。常に捜査全体を把握しておく必要があり、他のチームが警部補をキャップとして動くのとは違い、事件捜査経験が豊富な警部が頭になっている場合が多い。

麹町署では、まず担当課長に挨拶に行き、捜査本部が設置される部屋に案内された。すでに顔見知りになっている組対三課第二事件担当の第二係長である露木《つゆき》誠一郎《せいいちろう》警部と麹町署の刑事・組対係員が部屋の準備を行っていた。

清四郎を認めるなり露木係長が声を掛けた。

「おう本城長、いつもすまんな。今回は本橋管理官の直系の遊軍に入ってもらうから、部屋が別になる」

着任早々、清四郎は命を受けた。

本橋管理官は清四郎が卒配した三鷹署で係長として可愛がってくれていた本橋栄一《えいいち》警視だった。捜査本部で遊軍の役割は実に多彩で、実力がある者しか任じられない。

ほとんどの場合、捜査指揮官の直轄に置かれ、警部以下、六、七人態勢で動くのが通例だった。

「杉並での活躍は皆が知っている。今回の事件概要のチャートを先に渡しておく。明日朝一で刑事・組対部長以下の捜査会議が開かれるが、遊軍は須崎敏男《すざきとしお》係長を頭に別動隊として動くことになる。遊軍は皆三課員だが、いいメンバーを揃えている。一緒に勉強しながら、事件をまとめてもらいたい」

警察捜査で用いられる「チャート」とは、人間関係を示した相関図とその説明書きなどのことである。現場を任される警部補が事件の全容を図で示すもので、この出来の良し悪しで警部補の能力が判断されると言っても過言ではない。

「他のメンバーの方は……」

「皆、捜査管理システムの運用準備のため本部でパソコンの調整中だ。知ってのとおり事件班は現場から現場の渡り鳥だからな。警部補以下は本部に専用のデスクもないのが実情だ。本城長のパソコンも明日一緒に麹町のサーバに接続する予定だ」

「了解しました」

捜査管理システムとは、警視庁刑事部捜査第一課特殊班が創ったシステムで、調書等の捜査書類が全てシステム化されたもので、この時は捜査第一課と少年事件課のみで試験を兼ねた運用が行われていた。このため、捜査第一課と少年事件課の捜査員は全員にパソコンと携帯用プリンターが貸与され、警視庁管内百二警察署につながっている「けいしWAN」と呼ばれるオンラインシステムに入れるようになっていた。さらに捜査本部が置かれた警察署とは、捜査員が所持しているアクセス権限の指定があるため、捜査本部を替わるごとに、各警察署のサーバとの接続ポイントを変えなければならなかった。つまり、昨日まで麻布警察の捜査本部で勤務していた者が明日から新宿署の捜査本部に移る際に、麻布署とのアクセスを切って、新たに新宿署のサーバにパソコンを設定して、署長、担当課長にアクセス権限を持たせる必要があった。

この頃、清四郎はほとんどブラインドタッチで特殊なシステムである捜査管理システムのパソコン操作ができており、捜査一課が主催する捜査管理システム講習の組対三課内の講師もできるレベルだった。

清四郎は捜査本部設置の手伝いを終えると、本部員が到着する午後三時頃まで、事件チャートを確認しながら、デスクキャップの露木係長に質問をしていた。

「ヤクザもんオンパレードの事件のようですが、こんなに政治家も絡むのですか？」

「そうなんだよ。おまけに、一番触れたくない宗教団体が絡んでいる」

「日本の宗教団体でなくても、日本の文化庁が管理しているんですね」

「管理ではなく管轄庁という文言を用いるんだけど、管轄庁は認証や認定、特例認定、監督権限を持つ行政機関のことなんだ。東京都以外の道府県内にも境内建物を備える宗教法人は、知事ではなく文部科学大臣がそれを担うことになっているんだ」

「なるほど……以前から霊感商法と呼ばれる悪徳商法で有名だった世界平和教ですよね」

「そう、それでも野放しにされていた背景には、こういう国会議員の存在があるんだ。かつて公安部が積極的に事件化しようとしていた時期もあったんだが、上からの圧力がかかって捜査そのものが止まったという報告も受けている」

「指揮権発動……というやつですか」

「指揮権というのは、法務大臣が検事総長に対し具体的事件について指揮しうる権利を言うんだが、この時の圧力というのは検事総長に対してではなく、警視総監や公安部長に対して、都知事を含む政治家一派からの圧力というのが事実のようだ」

「公安部でも圧力に負けてしまうものなんですね」

「トップ次第だな。所詮は役人……特に、それがキャリアとなれば自分の将来に関わってくるからな」

「そういうものですか……」

「そういうものだな。その点で言えば、うちの課長もキャリアだが、なかなかいい根性をしていたらしい。警察庁時代には兵庫県警で摘発しようとしていた事件に、地元の政治家が関わっていたことがわかってストップがかかったんだが、それを無視して事件捜査をさせたようだ。結果的に大阪地検特捜部も入って事件化できたらしいんだが、刑事局長が激怒して、一時期他省庁に飛ばされていたそうだ。しかし、その刑事局長もチョンボがバレて管区警察学校長に飛ばされると、速攻で戻ってきた……という話だ」

「警察庁刑事局長……二時間ドラマでしか聞いたことがないポストですね」

「刑事局長の弟がルポライターをやっていて、探偵ごっこをする……とかいうやつだな。まあ、俺たちとは縁がない世界だが、キャリアにとっては将来、長官か総監を狙う憧れのポジションだからな」

「ということは、その当時の刑事局長は政治家の顔色を窺っていた……ということですよね」

「まあ、警察官僚あがりの政治家だったらしいが、歴代、警察出身議員の評判は良くないからな」

「そうなんですか……なんだか残念な気がしますね……ところでこの世界平和教が政

界に大きく影響を与えるようになった経緯は何なのですか？」

「一言で言えば、教祖の二枚舌に巧く騙された……というところかな。教祖は韓国では日本を『サタンの国』『エバ国家』と言ってはばからなかったんだからな」

露木係長は清四郎の質問に淡々と答えていた。

「エバ……は、旧約聖書に出てくる『アダムとイヴ』の『イヴ』のことですよね」

「そう、旧約聖書『創世記』に記されている最初の人間のことだ。天地創造の終わりにヤハウェによって創造されたとされているものだ。ただ、これにも笑い話があってな」

そう言うと、露木係長が笑いながら話を続けた。

「ドイツのルネサンス期の画家でアルブレヒト・デューラーという人がいたんだ。彼はラファエロやレオナルド・ダ・ヴィンチといった有名な芸術家たちと親交があったんだが、彼が残した絵画の中に『アダムとイヴ』があるんだよ。現在はマドリードにある世界有数の美術館のプラド美術館に所蔵されているんだけどな。この絵の中のアダムとイヴには臍《へそ》があるんだよ」

「臍……ですか」

意味がわからない清四郎が思わず訊ねると、露木係長が笑顔のまま答えた。

「そもそも、旧約聖書ではアダムは土から創られて、イヴはその骨から創られたことになっている。それなのに臍があるのはおかしいだろう？　これらはミケランジェロの先例に従ったもので、このような過ちが権威あるカトリックの総本山にまかりとおっていると指摘する人が十七世紀になって出てきたんだ」

「言われてみれば確かにそうですよね……それを言ったのは医者ですか？」

「サー・トーマス・ブラウンという、十七世紀イングランドの著作家で、医学、宗教、科学、秘教など様々な知識に基づいた著作で知られる人だ」

「さすがに火あぶりにはされなかったのでしょう？」

「まあな。イングランドだったからよかったんだろうけどな。『サー』の称号を得ている人物だからな」

「露木係長は何でもよくご存じなんですね」

清四郎が真顔で感心したように言うと、露木係長は声を出して笑って答えた。

「俺、哲学科出身だからな」

「そうなんですか？」

「警察には少ないらしい。物事を素直に受け入れない……と、昔から上司に言われていたよ」

「哲学を学ぶには歴史の知識が必要なのですか？」

「一口で哲学と言っても実に幅が広くて、俺自身も未だに哲学の定義を答えることはできないんだ。十九世紀以降の自然科学の発展が大きいと思うんだけど、いわば結論が出ない学問の一つだろうな」

「そういうものなのですか……結論が出ない……というと法律も似たようなものですよね。同じ大学で同じ教授に学んでいても、一つの事件にある者は有罪、他の者は無罪を主張するのですからね」

「そうだな……所詮、人が作ったものだからな。宗教だって同じだろう。同じ日蓮宗でもその解釈によって大きく差ができるんだからな」

「世界平和教も教祖が替われば分派ができると思いますか？」

「可能性は大だな」

「世界平和教の特徴というのは何ですか？」

「そうだな……この宗教の特徴の一つに、堕落の経緯と復帰の歴史を説明する際、韓国は『アダム国家』、日本は『エバ国家』とされ、先に堕落したエバがアダムにはべることは当然であると説かれているんだ」

「『はべる』……ですか……。『身分の高い人のそばに付き従っている。かしこまってその席などにいる』という意味ですよね。とんでもない発想ですね」

「それを信じる日本人もいるのだから仕方がないんだ。まあ、日本人と言っても、その多くは僑胞が多いのだろうけどな」

「『きょうほう』？　どういう意味ですか？」

「韓国語や日本では一般的に『キョッポ』といわれているが、在日韓国・朝鮮人を示すことが多いな。朝鮮を植民地支配し民族の尊厳を踏みにじった日本はエバと同じで、韓国に贖罪しなければならないとされている。合同結婚式では、日本人女性と韓国人男性のカップルが多く生み出されているんだが、結婚した日本人女性は韓国人の夫や家族に尽くすことが求められているんだ。サタンと姦淫したエバである日本とアダムとされる韓国という構図で規定されているんだな」

「それは教義にあるのですか？」

「教祖本人がセミナー等で『原理講論』として説いているから間違いはないだろうな」

「反韓感情が湧く日本人がいても仕方ないですね」

「それ以上に反日感情が強い韓国人が多いということだろう」

「どうして、そんな発言をする教祖を日本の政治家が讃えなければならないのですか?」

「第一には、世界平和教が主張する、反共主義を利用するためだな」

「しかし、このチャートを見ると、この教祖は北朝鮮の金日成主席と義兄弟という立場になっているじゃないですか?」

「だから二枚舌と言ったんだよ。この教祖は朝鮮半島の統一というのが第一の目的で、その共通の敵と看做《みな》したのが日本だったわけだ。日本を叩くための手段として、相手が共産主義であってもまず手を結ぶことには目を瞑《つぶ》ったわけだな」

　露木係長が憮然とした顔つきになって答えたため、清四郎があえて訊ねた。

「そういう教団と手を組んだ日本の似非《えせ》右翼の連中の目的は何だったのですか?」

「政治家を懐柔する目的、さらには第二次世界大戦中に軍への調達物資等で得た資産を活用して、フィクサーという立場を得るためだったのだろう。いつの時代も本当に悪い奴らは裏で手を握るのは早いからな」

「日本の政治家は騙されているだけ……ということですか?」

「政治家は政治家で、選挙で当選しなければ意味がない人種だろう? 日本は、地元への利益誘導がなければ当選を重ねることができない……という、民主主義国家としては寂しい国だからな。目先の選挙を支援してくれる教団に懐柔されていったんだ」

「どうしてこの国は、民主主義が成熟していかないのでしょうか？」

「都道府県知事と都道府県議会に無能な者が多いからだろうな。本来、利益誘導を目指すのはその地位の者の仕事なんだが、それをも国会議員に任せようとしている。だから国会議員も世界の中の国家に目を向けることができない。国会議員の数を現在の半数以下にしてしまえば、もう少しはまともな国会議員が育ち、国民の意識も変わってくることだろうな」

「確かに、都道府県議会の議員が何をしているのか、ほとんどの市民は知りませんよね」

「その無能な議員連中に踊らされている国会議員連中が、世界平和教なんかに騙されるんだよ。そしてアメリカに対しては盲目的に追従してしまう。アメリカ大統領が皆優れているか……といえば、決してそうではないだろう？」

「確かにそうですね……。今現在も、この教団は政治家に圧力をかけることができるのですか？」

「できるな。少なくとも教祖と直接会ったことがあるような、特別な人間関係があった者は、何らかの恩恵を受けていたのかもしれないな」

「利権……ですか？」

「パチンコ関連だけでも大きな利権だ。しかも、その監督官庁が警察となると、チャートに出てくるような警察ＯＢが表に出てしまうんだ」

「なるほど……警察と宗教は直接結びつかないような気がしますが、世界平和教が行っていたような極めて違法行為に近い霊感商法の取り締まりはできなかったのでしょうか？」

「一口に霊感商法といっても、結果的には『鰯の頭も信心から』というように、その宗教を信じるからこそ、お布施として金を払うわけだからな。かつてのオウムのように、拉致監禁をしたり、薬物を使ったりしたわけじゃない。立証が難しいのも事実だ。おまけに宗教法人法によって宗教団体は税制上だけでなく多くの特権を持っている」

「どうしてそこまで宗教団体を優遇するのでしょうか？」

「最大の理由は天皇を中心とする神道の保護だろう。それは明治政府以来アンタッチャブルの世界だったからな」

「神道か……確かに、神道を悪く言う日本人はあまりいませんよね」

「神道を優遇する以上、その他の宗教も同様にしなければならないわけだ」

清四郎は思わず「ああっ」と声を出した。清四郎にとって、ずっと頭の中でつっかえていた問題がようやく解決した思いがしていた。これを見ていた露木係長が笑いながら言った。

「しかし、宗教といっても、オウムのように人を惑わせてはいけないし、国家を転覆させるようなことをしてはいけない。ましてや外国の手先になって、日本の国家体制を変革させるようなことをさせてはならない。だから、世界平和教に対して公安が動いていたんだろう」

「でもダメだったわけですね。今回の案件は大丈夫なのでしょうか？」

「慎重にやるしかないだろう。特に反社会的勢力とつながるような政治家は徹底的にぶっ潰してやるしかないからな」


その日、自宅に戻った清四郎に妻のあゆみが言った。

「あなた、夜に公安部外事第二課の大内《おおうち》さんという方から電話があって、無事帰国されたという連絡だったわよ。あなたの携帯電話番号を伝えておいたから、朝に携帯に電話する……ということだったわ」

妻からの報告を聞いて清四郎は三年前の九月の出来事がフラッシュバックしたかのような思いがした。

翌朝、清四郎の携帯に大内係長から電話が入り、午後、久しぶりの面談となった。

「お帰りなさい。長い三年間でしたね。あの時は本当に心配致しました」

「もう三年も経つんだが、俺もバディーを組んでいた同僚が目の前で殉職したからな。辛いものがあったよ」

「えっ、目の前の殉職だったのですか？」

清四郎が思わず大声を出すと、大内係長が落ち着いた声で答えた。

「ノース・タワーの上階から人が落ちてきて、仲間を直撃したんだ。その後、数日間はまず生存者の救出が第一で、同僚の死を悼むいとまもなかった。ワールドトレードセンターの現場での犠牲者二千七百五十三人の中には、ニューヨーク市消防局の消防士三百四十三人と、七十一人の警察官が含まれている。そしてニューヨーク市警の警察官だけでも二十三人が亡くなったし、重傷者も多かった。日本政府からの問い合わせもあったようだが、そんなことは後回しにするしかなかったな……」

「そうだったのでしょうね……ところで大内係長は外事二課にいらっしゃるのですね。すると北朝鮮も担当されるのですか？」

「その予定だが、あの事件を受けて外事一課の国際テロ対策班が分かれて、新たに外事三課ができたため、もしかしたらテロの担当者として異動になるかもしれないけどな」

「外事三課……ですか？」

「外三は当分の間は外事の中心になるかもしれないが、北朝鮮も問題だらけなので、まだはっきりしたことが決まっていないんだ」

「北朝鮮担当になられたらいいのになあ」

「組対が担当するヤクザもんの中には北朝鮮の裏社会とつながっている部分があるからな」

「そうなんです。今回はこれに拉致問題に加えて世界平和教という怪しい宗教団体まで絡んでいて、なかなか面倒なことになっているんです」

「世界平和教か……あの団体は気を付けた方がいいぞ。ＦＢＩもあの団体を麻薬関連のつながりで追っているようで、ニューヨーク市警も捜査を始めたところだったんだが、あのテロで吹っ飛んでしまったんだ」

「やはりそんな団体だったのですか？」

「あの教団はそう遠くない時期に分裂することになるだろうが、奴らの金集めの最大のターゲットが日本であることだけは覚えておくことだな」

大内係長が腕組みをして言うと、清四郎は身を乗り出すような恰好になって訊ねた。

「日本が金集めのターゲット……ですか？」

「そうだ。だから奴らは日本で何をしようと、金さえ集めれば救われる……という教育を受けているんだよ」

「それにくっ付いている政治家もたくさんいるんですよ」

「糞のような連中だな。そんな議員連中は、選挙では必ず小さな違反を行っているはずだから、集中的に情報を入手して、片っ端からパクってしまえばいいんだ。外二も世界平和教に関する情報は持っているはずなんだが、政治家絡みとなるとどこまで調べているものか、俺もよくわからないんだ。外二の連中は実に政治には疎いからな」

「そういうものですか……中国や北朝鮮でハニートラップにかかった議員も多いという話ですが……」

「噂はあっても立証できないのが現実だろう？　そこで対日有害活動につながる政治的な動きでもあれば話は違ってくるだろうが、そこを調べる捜査員がいないのが実情だ。その点で言えば公総は以前から積極的にその手の情報を入手しているようだ。大したものだと思う」

　大内係長はやや遠くを見るように言った。

「公総と外二はそんなに違うものですか？」

「公総の場合というよりもISという情報セクションだけの話なんだが、あそこは内調帰りを積極的に取っているから、情報の幅が広いんだよ。特に、日頃から政治家との接点が広いので、捜査二課よりもサンズイ（汚職）の情報は早いと言われているな」

「IS……前にもちょっとだけですが友人から聞いたことがあります。そうなんですか……内調……まったく知らない世界ですね」

「日本の数少ない情報機関の一つだが、アメリカのCIAやFBIに比べれば小さな組織だな」

「やはりアメリカは凄いんですね」

「そうだな……一部のエリート層の能力と行動力は日本とは雲泥の差がある。ただし、アメリカ国民が皆そうかと言えば、決してそうとは限らない。歴史の浅い国家だけに、異常なほどのナショナリズムを持っていて、これは民主党、共和党の支持者どちらにも共通するんだ」

「実に素朴な疑問で申し訳ないのですが、アメリカの民主党と共和党の大きな違いというのは何なのですか？」

清四郎の問いに大内係長が笑顔を見せて答えた。

「そっちの話か……簡単に言えば、民主党は、支援が必要な人たちに対して、社会福祉や生活保護を考えるのは政府の義務だとする『大きな政府』という考え方で、都市部に支持者が多い。これに対して共和党は、市場を重視し、政府の介入を最小限にする『小さな政府』を考えていて、中南部等の農業地域に支持者が多いな」

「人種的にはどうなのですか？」

「民主党は都市部だけにリベラルな考え方で、黒人、ヒスパニック、アジア系などの人種的マイノリティーが多いのに対して、共和党は保守的な白人キリスト教徒が多い……というところかな。かつて共和党が『金持ちの人たち』の党、民主党は『貧しい人たち』の党というイメージがあったが、現在ではそれが逆転し、民主党には富裕層、高学歴という印象が定着しつつある。歴代大統領では民主党が第二次世界大戦最中のトルーマンやルーズベルト、ケネディ、クリントンが有名で、共和党はアイゼンハワー、レーガン、ブッシュ親子が有名だ」

「なるほど……なんとなくわかります。だから、世界平和教は共和党にくっつこうとしているのですね」

「そうだろうな。未だにダーウィンの進化論を信用せず、人は神が創造した……と信じている狂信的なキリスト教徒が共和党支持者の七割近い……という話もあって、近々、その調査が行われると言われている」

「はい？　旧約聖書の『創世記』の教えで、神が自分に似せたアダムを創り、アダムのあばら骨からイヴを創った……とかいう話を本気にしている……というのですか？」

「笑い話のような話だが、そうなんだよ」

「アメリカ人はその程度の国民なのですか？」

「その程度……という言い方はしない方がいいと思うが、イスラム教徒の過激派だって似たり寄ったりの話だろうし、日本の宗教だって、戦国武将が神様になっただけでなく、明治時代の軍人まで神になって、未だにそこで結婚式を挙げる人もいるし、さらに言えば一千年以上前に入定《にゅうじょう》したとされる開祖に、未だに食事を届ける儀式が行われているじゃないか」

入定とは、僧や行者が断食の修行ののちに魂が永久に生き続ける状態に入ることをいう。

「そう言われれば、そうですね……お盆に先祖の霊が帰ってくる……ということもやっていますしね……でも、進化論を否定はしませんよ」

「そこが日本独特の宗教観なんだと思うよ。神仏習合の時代もあったのだからね。宗教だけでなく教育もまた恐ろしいものなんだよ」

「確かにそうですね……私も宗教に関しては無宗教のようなものですからね。でも最近、欧米でも無宗教者が増えている……という話をきいたことがあります」

「科学が進歩し、コンピュータ社会になればなるほど、そういう人種は増えていくだろうな。元々、宗教というのは自然との関係でできたものだったといえるだろうから、自然をどう考えるか……そこに根源があるはずなんだが、新宗教というものはいつの間にか人間関係の中から派生してきたような気がする。つまり宗教の本質が変わってきているのだと思っているんだ。だから、平気で搾取というものを語るようになる。世界平和教はその代表的な宗教だと思っている」

「そういう宗教だからこそ、教祖が亡くなったとたんに分裂していくのでしょうね」

「親子でも平気で別れていく……その原因となるのが『金』だからどうしようもないのが実情だ」

「金ですか……。宗教という名の商売ですね」

「しかも日本の場合、その商売も非課税となれば、当然、これを狙った反社会的勢力も関わってくることになるだろうな。そこにメスを入れるのが君たちの仕事なのだろう？」

そう言われて清四郎はゆっくりと頷いた。

「今日、大内係長とお会いすることができてよかったです。また、いろいろとご指導お願いします」

「指導はいいが、お前も、そろそろ昇任試験の勉強もしろよ。いつまでも巡査部長じゃ世の中が相手にしてくれない。せめて早いうちに警部補にはなっておくことだ」

「ありがとうございます。最近、ようやくそちらの方にも目覚めてきました。一次試験にも通るようになりましたから、本気でやっています」

「そうか。お前は元々地頭《じあたま》はいいんだからな。階級が上がる……ということは仕事だけでなく、人としても責任が増えるということだ。人間の幅も大きくなってくるはずだ」

大内係長に肩をポンと叩かれた時、清四郎は背筋がピンと伸びたような気がしていた。

大内係長と別れデスクに戻ると、清四郎は隆一に電話を架けて、世界平和教の現時点のデータについて相談した。

「実は、世界平和教に関するデータが欲しいんだが、隆一に心当たりはないか？」

「今度もまた宗教団体か……それも今回は悪名高い世界平和教か……うちも悪徳商法問題でいくつか取り組んだことはあるんだが、教団の指示命令という部分が立証できなくて、全て個別案件で片付けてしまったからな……。世界平和教のような悪性がある宗教団体に関しては公安部がデータ化しているはずなんだが。果たして外に出してくれるかどうかだな」

「隆一の世話係の上原さんに頼むことはできないかな……」

「上原さんは今、公安総務課の理事官ではあるんだが、確約はできないぞ」

「ダメ元でもいいから聞いてもらえないかな。世界平和教については過去に公安部も積極的に捜査をしたことがあったらしいんだ。ただ、その後の突き上げ捜査をしようとして、上からの圧力がかかって止まってしまった……という話だった」

「そんなこともあったのか……わかった。上原さんの立場もあるからな……」

電話を切って十五分後に隆一から電話が入った。

「清四郎、上原さんと話したぞ。お前のところの担当管理官から公安総務課庶務担当管理官を通して、データの開示要請をすれば、機密情報でない限り出すことができるだろうということだった」

「管理官チャンネルか……わかった。上原さんの名前は出さない方がいいんだな?」

「上原さんから庶務担当管理官に連絡を入れてくれるらしい。上原さんは今、公安部理事官という、公安部の筆頭理事官になっていたよ。ただ、公安部は国際テロと日本の内政問題で相当バタついているようだ。すぐに対応してくれればいいんだが」

「わかった、すぐに管理官に頼んでみる」

清四郎はすぐに本橋管理官に概要を告げた。

「ほう、本城長は公安部にもパイプを持っていたのか……」

「以前の事件も公安部からのデータで事件が解決したんです。そのデータのおかげで私だけ総監賞の一級を貰うことができました」

「そうか……公安部理事官か……次はすぐに署長だな……俺は庶務担当管理官に連絡すればいいんだな」

本橋管理官は自席の警視庁幹部一覧表を確認して言った。

「もしかしたら、警大同期かもしれないな」

本橋管理官が卓上電話から公総庶務担当管理官に電話を入れると、やはり警察大学校同期生だったらしく、すぐに対応をしてくれるとのことだった。ただし、この文書は秘密文書の部類に入るらしく、本橋管理官自身が受領しなければならないことにな

っていた。本橋管理官は、

「久しぶりに庁内駅伝大会の幹部コースを走ってくるか……」

と、笑いながら部屋を出て行った。

警視庁駅伝大会は皇居一周コースを一チーム七人で六周する大会で、一般は一人一周、警部補以上の階級にある者が桜田門から半蔵門までの三・五キロメートルと半蔵門から桜田門までの下り坂一・五キロメートルを一気に駆け下りるものだった。選手になると、この下り坂コースを三分を切るスピードで走らなければならないため、時には大転倒事故が起こることもあった。

「本城長、貰ってきたぞ。公安部に行ったら大内係長と久しぶりに会ったよ。ニューヨーク市警では、例のテロ事件で大変な目に遭っていたそうだな。エリートも命がけだ。大内さんは公安担当代理だったから、俺は直接の付き合いはなかったんだ。そういえば、本城長は特錬で一緒だったらしいな？」

「マラソンと野球の特錬で一緒でした」

「そうか……それよりも本城長、お前さんの幼馴染の知り合いの公安部理事官というのは、ある意味出世頭のポジションなんだよ。そこから依頼を受けた庶務担当管理官は実に丁重に対応してくれたよ」

「それはよかったです」

「そして、このデータを見てみろ。これを見ただけで公安部というところの怖さがよくわかる。世界平和教に関しては今現在でも十数名態勢で情報収集をやっているようで、彼らは未だに教団の違法行為に関する事件化を本気で考えているようだった。一旦、捜査を止めたと上層部には見せかけておいて、こっそり仕事をやっている……ということができるのも、いかにも公安総務課らしい。羨ましいよ。そして、こちらの捜査に関する情報は、事件終了後に公安部に打ち返すことが条件だったよ。公安部の最終目標は世界平和教を日本から駆逐することなのだそうだ。発想が我々とは全く違うことがよくわかったよ」

そう言って本橋管理官が手渡してくれた世界平和教に関するデータは驚くほど緻密だった。

「世界平和教関連企業がこんなにもあるのですね……」

「ああ、俺たちが普段、知らず知らずに使っていた寿司屋グループも入っている」

「やはり、この八王子の石屋は関連でした。そうか……この石の輸入ルートからインボイスを辿れば、原料の石の出し先と受け先がわかる……ということか……そして、専門の運送会社も同じで、この運送会社は北朝鮮に横流しする薬も扱っているのですね……。この豊島《としま》区にある病院と、浦安《うらやす》にあるクリニックは世界平和教の同族企業なのか……すごいや……」

「これを初めからうちが調べようとすれば、何年あっても辿り着くことができなかっただろうな。確かにこれを元に調べて事件化できれば、本城長は警視総監賞の賞誉一級は間違いないな」

「最初に誰から落としていくか……ですね……。この運送屋はシャブも扱っていそうですね」

「いい所に気が付くな……この会社の通信傍受と都内にある倉庫を調査するかな……。すでに銀行口座も公安部が割り出してくれているからな……」

「最近、関東、上越で挙がっているシャブの輸入元で、北朝鮮系のものを扱っているところ……がどこかはわかりますか？」

「刑事総務課のデータでわかるだろう。先に新潟県警に聞いてみるか」

本橋管理官は思いついたように卓上の電話の短縮ダイヤルを押した。

「末永《すえなが》さん、どうもご無沙汰しています。最近は出張がないの？　全国会議で本庁に来ることがあったら、連絡してよ。ところでさ……」

本橋管理官の電話応接は実に見事だった。

「そうか……稲山会内藤組《ないとうぐみ》か……最近、芸能界にも進出していたな……ソープ出身の女優を巧く売り出して若い兄ちゃんアイドルを落とし込んでいるのよ。こんどじっくりお教えいたしまっせ」

電話を切ると本橋管理官はまた別の電話を架けた。

「紺野《こんの》課長、本橋です。早速だけど、最近内藤組でシャブ扱っているのは誰？　青山《あおやま》で怪しいダーツバーやっている奴か……わかった。その仕入れ先はわかっているの？一緒にやらない？　二人ぐらい出してよ。挙げたら全部そっちの手柄でいいし、総監賞二本出すからさ。頼むよ」

電話を切ると本橋管理官が清四郎に言った。

「よし、一ヵ月で稲山会内藤組企業舎弟の内村裕樹《うちむらゆうき》を挙げるぞ」

「一ヵ月ですか？」

「青山のダーツバーに若手を潜入させよう。中でシャブやってそうな奴を朝一で片っ端からヤサ近くでバンカケだ。少し遠回りだが、石屋にたどり着ける一番確実なルートだし、稲山会内藤組も、関係してきそうな気がする」

「いわゆるデュープロセスですね」

「そう、そこが公安部とは違うところだ。全てを適正手続きでやるのは大変だが、刑事らしい捜査手法だからな」

「国会議員はどの辺りから攻めていくおつもりなのですか？」

「外堀を埋めて、国会の会期が終了した段階を見計らって……というところだな。解散総選挙にならないことを祈るだけだ」

「選挙か……考えたこともなかったです」

「早く警部までなることだな。本城長の場合には、その気になるかどうかだけだ」

「以前よりは、少しはなって来たのですが……」

「少しは……じゃダメなんだよ。本気にならなきゃ、嫌な野郎が先に上に行かれちゃ嫌なもんだろう。もったいないんだよ。自分自身のため、そして組織のためにもな」

本橋管理官の言葉に清四郎は思わず俯いていた。

午後三時頃になって、組対三課の捜査員が続々と捜査本部に姿を現し始めた。そして、清四郎が初めて手にする捜査管理システム搭載の最新型パソコンが届いた。指紋認証とパスワードの設定、さらに麴町署のサーバへのアクセスが行われた。清四郎がパソコンの動作確認を行っているのを見て本橋管理官が言った。

「この一年間、マル暴系の重大事件が続いたからな……しかも組織的には組対三課も警部以下八人が一斉退職、七人異動という事態だったんだが、巡査部長枠は二つしか空かなかったんだ。ただ、主任はかなり若返ったから風通しはよくなったよ」

「そんなに変わったんですね……」

組対三課に異動になって一年目が終わろうとしていた清四郎は、着任時から現場しか知らなかったため、組織の人事については全く疎かった。

「捜査四課の時は課長にキャリアとノンキャリが交互に就く時期があって、人事が滅茶苦茶になっていたんだ。ようやく、今回から組対三課長がキャリアの指定席になったんで、人事が上手く回るようになった……というところだ」

「やはり、キャリア課長というのは人事的に大きいんですね」

「そうだな……予算的にも、人事的にも大きいし、捜査管理システムの導入も捜査一課、少年事件課に続いて三番目の全員所持体制になったからな。ようやくみんな慣れて来たところだが、管理官の係長の一部はまだまだ苦労している人がいるな」

「僕も数年前にシステム講習を受けた時に、書類の重複やミスが少なくなるとは思いました」

「これを考えた捜査一課はやっぱりすごいよな。事件名、罪状、被疑者、被害者の個人情報が登録されて、全ての捜査書類に反映されるから、ミスがないし、限りなく時間の短縮になる。調書で被害者の名前の一文字間違えるだけで、書類の信用性が疑われてしまうからな」

「僕も最新型パソコンに所有者登録をしてもらって嬉しかったです」

「そういえば、帰り際に早速データの打ち込みをやっていたようだけど、相変わらずやる気満々だな。新たなデータをどんどん打ち込んでくれよ」

「使い勝手を試していただけです。何を担当するのか、誰の調書を取るのかもまだわかりませんから」

「そりゃそうだ……。それよりも今夜は内々の団結式をやるからな。いつもどおりの本音の会だ」

この頃、警視庁では飲酒における「二次会禁止」が常となっていたが、この日の団結式後、本橋管理官と須崎敏男係長の二人が清四郎を誘って「二時間一本勝負」ということで麹町の小料理屋に入った。

「本城、須崎さんには伝えておいたが、今回、最終的にお前には国会議員ルートの調べをやってもらうことになったからな。公安部の資料をよく理解しておいてくれ」

「遊軍を兼ねて……ですか？」

「そうだ。遊軍は事件全体を把握しておく必要がある。個別作業を続けながら、事件全体を俯瞰して国会議員の周辺に関する情報をその都度データ化しておいてくれ」

「国会議員……ということは大臣経験者のこの代議士ですか？」

清四郎がチャートの中の名前を指しながら訊ねた。

「そうだ。詐欺師グループに転落して行く国会議員の刑事責任を立証してもらいたいんだ。そして、国会議員というのは根が深い様々な関係がある。特に今回のように世界平和教につながるルートには、党内の派閥や、姻戚関係、選挙区事情もあるから、その点を一つ一つ詳細に見ておかなければならない」

「僕でいいのですか？」

「お前が持っている幅広い知識を活かしてもらいたいんだ。もちろん、個人的に、日頃から情報交換を行っている幼馴染の意見を聞いてもらっても構わん」

「幼馴染と言っても、一人は海外赴任から帰ってきたばかりですし、もう一人は丸の内の課長ですが、ヤクザもん関連のことはあまり得意じゃないはずなんです」

清四郎が苦笑いを浮かべて答えると、本橋管理官が笑いながら言った。

「幼馴染の高杉警視は今でも『二課のエース』と呼ばれているらしいぞ。この件は捜査二課長とも課長同士で打ち合わせ済みだそうだ。捜査二課長は組対三課長と情報交換をしながら、次の一手を考えるのだそうだ。ただ、現組対三課長は間もなく異動らしく、次期課長の着任を待って、捜査に着手するようだ」

「次の一手……ですか……。それにしても、この国会議員は文科大臣や官房長官も経験している割には顔を思い出せないんですが……」

「文科大臣はだいたいが振り出しの閣僚が多いからな。それに、文科大臣、官房長官とも一年程度の就任期間じゃ知らなくて当たり前だ。官房長官よりも総理大臣の方が目立ちすぎる場合は特にそうだな」

「なるほど……それにしてもたいした仕事はしていないのに、大きなバックが付いていたのでしょうか？」

「選挙区が選挙区だからな。初当選の時から無風区で、本気の選挙をしなくても二十五年間当選を続けることができたんだな。そういう地盤には必然的に『もしかしたら将来は大物になるかもしれない』と淡い期待をかけて担ごうとする有力者も出てくる……ということだ」

「保守地盤というのはそういうものなのでしょうね……地方には多いですよね」

「そうだな。奴は元々大手企業がない地方政治家の息子だっただけに、身辺には有力な財界人がいない職業的政治家なんだ。このため、国会に出てきて金がない議員の悲哀を感じたのだろう。文教族という目立たない分野で金集めに執着するようになったんだろうな。一方では、こういう人材に目を付ける企業もあるわけだ。大した力はなくても当選回数が多いというのは企業側としても対霞が関を考えると役に立つからな。一見、利権には距離があるように見える文教族だが、実はそうではないんだよ。年間予算では、歳出予算の一般会計よりも財政投融資の国立研究開発法人の科学技術振興機構への支出が問題なんだ。財政投融資は歳出予算とほぼ同額あるんだからな」

「財投ですか……年度によってその額も変わると思いますが……」

「ある年は四兆円規模の投資がされたこともあったんだ」

「ロケットを飛ばしている宇宙航空研究開発機構と比べるとどうなのですか？」

「ＪＡＸＡが気の毒になるよ」

ＪＡＸＡは宇宙航空研究開発機構の英訳「Japan Aerospace Exploration Agency」の略称である。

「ＪＡＸＡの実質的な予算額はアメリカ航空宇宙局（ＮＡＳＡ）の十分の一、わずか千八百億円程度なんだよ」

「宇宙開発の予算はそんなに少ないのですか？」

「一時期、ノーベル賞受賞で有名になった、ニュートリノを観測するスーパーカミオカンデや、現在も医学の世界などに転用されている加速器施設、国際リニアコライダーの誘致などの科学技術振興機構の施設に掛かる莫大な費用と比べるとね」

「なるほど……確かにそれらは文科省の予算ですよね……そういえば岐阜県の山中にあるスーパーカミオカンデをテレビで観た時、どれだけのお金がかかっているのだろうと、素朴に感じたことを覚えています」

「そうだろうな。その金の動きにもこの国会議員が関係していた……と言われているんだが、次の選挙では県内の選挙区事情から落選の可能性もあるようなんだ。しかも、息子に選挙区を禅譲しようとしているが、党本部がこれを認めていない……という話だ」

「そんな情報も入っているのですか？」

「そう、すでに公安部も動いていたようなんだが、公安部長から刑事部長に直々で情報収集の依頼があったそうだ」

「どうしてそのような形になってしまったのですか？」

「現職大臣、もしくは、まだ先がある議員なら公安部もやる気になるようなんだが、息子への禅譲などを口に出して自ら先を潰してしまったことで、公安部としても本来の目的を果たしたようなんだな。そこが公安と我々の考え方の違いだ。捜査二課も似たような感覚なんだが、背後に反社が出てきたことで二の足を踏んでいる……というのも事実だ。おまけに今回出てくる反社は関西系がメインだろう？　餅は餅屋で……ということになったようだ」

「いろいろな疑惑が出た引退議員への捜査か……負け犬をイジメているような気分ですね」

「ところが、その議員事務所と大手設計関連企業との癒着ぶりがひどくて、議員だけでなく公設秘書まで贅沢三昧をやっているというんだ」

「秘書ですか……ある意味で、親方コケたら皆コケる世界ですからね。親方が悪けりゃ一蓮托生という構図になるのは目に見えていますが……そうですか……まず秘書から落として行くのがいいでしょうね」

「そうだな。政策秘書は息子だから、公設第一秘書がいいだろう。一番派手な生活をしている私設の女秘書の方は後回しでいい」

「問題は銀行ですね……」

「国会の議員会館内の銀行は一行だけだが、その他の預貯金や、投資関係も全て調べなければならない。議員会館内の銀行に関しては大阪にある本店の総務部に掛け合う必要がある。国会内で妙な噂話が出ると困るからな」

翌朝、特別捜査本部の第一回捜査会議が開かれ、その冒頭に組対部長が訓示を行った。

「この事件は、過去に捜査を進めながら諸般の事情でコールドケースとなっていた案件の延長線上にあったものだ。そしてこれからの政治を大きく動かす可能性を秘めた事件の序章である。この捜査の成否が今後、長期にわたって行われる巨悪のあぶり出しに多大なる影響を及ぼすことを念頭に置いておいてもらいたい。さらに本件に登場する多くの関係者や参考人についても、全てデータ化する手続きを忘れないでもらいたい。諸君の健闘を衷心より祈念するものである。以上」

その後、大平組対三課長が指示を、捜査主任官の本橋管理官が事件概要の説明を行い、捜査本部の捜査対象ごとのチーム分けと、チームごとの責任者を紹介して、各責任者が捜査本部デスクへの連絡責任者になることも伝えた。チーム分けが終わると各チームごとの捜査会議が始まった。遊軍は別室に移った。

遊軍キャップの須崎係長は八王子の事件でも遊軍キャップで、遊軍の運用も傍から見ていて手際よく、その時のメンバーも実に有能だったことを清四郎は感じていた。

須崎係長は遊軍メンバーだけにアクセス権限を与えられたデータ化された公安部資料を、各人に貸与されたパソコンで開かせて指示を始めた。

「今回の事件は奥が深いだけでなく、特に三つの地域では地方自治体を巻き込む問題を抱えている。全員が今開いている公安部データを徹底的に頭に叩き込んでおいてくれ。特に、今回最初に行われる稲山会内藤組企業舎弟の内村裕樹の案件では、様々な裏付け捜査の要請が出てくるはずだ。稲山会と岡広組との関係、さらにはこの両者と対立関係にある関東ヤクザのトップである福住会《ふくずみかい》との対立の構図を想定しておく必要がある」

これを聞いた班長の武田博之《たけだひろゆき》警部補が質問した。武田班長は組対三課でも有能で、年齢も清四郎より四歳若く、この年の警部試験の一次試験にも合格している優秀な人物だった。

「稲山会内藤組企業舎弟の内村の案件ですが、内村とこの詐欺グループの頭目と見られる遠山茂子《とおやましげこ》とはどんなつながりがあるのですか」

「それもわかっていない。ただし、相関図で内村と並列に並んでいる世界空手会館の館長と三人で撮った写真があるんだが、それを撮った場所が赤坂の料亭であることがわかっている。さらにこの写真はネットに出ているため、写真のログを調べて日付も明らかになっている」

「世界空手会館といえば、初代館長が亡くなった際にも、様々な問題が起こったところですよね」

「よく知っているな。現在では、ここから分裂した新生会館の方が組織的にも力を付けていて、現在の二代目館長の影響か、門下生も半島系が増えて日本人が減っていると言われている」

「初代館長の時からヤクザもんとの付き合いが多くて、館長が亡くなる原因となった手術に関しても、本人や家族の同意がなく、二代目館長と銀座の化粧品会社の顧問弁護士の名前があっただけなんです。さらに死亡直前に作成された危急時遺言が、遺族の訴えで確認裁判となり、その結果、裁判所から『遺言事項につき自由な判断のもとに内容を決定したものか否かにつき疑問が強く残る』と判断されて『無効』と却下されたんです」

「ほう、なかなか詳しいじゃないか」

「私も以前、その系列の道場に通っていたのですが、その先生も現在の二代目館長とは縁を切っています。私の先生は、その手術と死亡の間に問題があったのではないかと疑ったようですが、この時の顧問弁護士の息子がどういうわけか国会議員になっていて、その筋から手を引くように諭されたそうです。その国会議員も一回生のくせに任期途中で辞職しています」

「そんなことがあったのか……全ては闇の中……ということか……」

「今、思えば、当時、その化粧品会社は同和問題で揉めていて、その仲介に入ったのが世界平和教でした」

「世界平和教？　どうして同和問題にそこが関わってくるんだ？」

「日頃から部落差別と闘っている革命政党の存在があったようです。この仲介に関しては当時の政党機関誌に載っていました」

「そうか……武田班長は元公安だったからな」

「はい、革命政党から分離したのが多くの極左暴力集団でしたから、一応、勉強はさせられています」

「共産主義政党の動きを抑えるために世界平和教が出てきた……ということか……複雑だな」

「いえ、現在の政権与党の多くの議員が世界平和教とつながっているのも、そこに一つの理由があると言われています。その議員たちの中には警察出身の議員もいて、これに公安部は手を焼いていたようです」

「すると、武田班長はこのチャートを見て、どういう印象を持った？」

「これは、相当な仕事をしてきた人が監修したのだろうと思います。警察ＯＢも国会議員だけでなく、一般企業に天下りした人物の名前も散見されます。銀行を中心とした大手企業だけでなく、パチンコ業界の裏側や、マネーロンダリングに登場した画商、さらには広告代理店、マスコミの関係者の名前も出ています」

「そうか……武田班長の目から見て、これからやろうとしている稲山会内藤組企業舎弟の内村の案件をどうやればいいと思う？」

「これは、シャブだけでなく、マネーロンダリング、不動産を含めた事件と考えた方がいいと思います」

「マネロンはともかく、不動産が出てくるのはどうしてだ？」

「今回の事件のキーマンである遠山の婆さんとつながっている市原義男《いちはらよしお》、田部《たなべ》裕人《ゆうと》ですが、二人とも埼玉県下で不動産関係の問題を起こした三流国会議員とつながっていました。特に市原は元大手不動産会社の役員だったのですが、何らかの不祥事を起こして解雇されています」

淡々と答える武田班長に驚いたような顔つきになって須崎係長が訊ねた。

「ところで、この遠山茂子というのはどういう婆さんなんだ？」

「どういうわけか国会議員に取り入るのが上手く、いろいろな愛人関係があったとも言われています。笑い話のようですが、一時期は同じ選挙区の与党と野党の両議員の愛人になっていたそうです」

「同じ選挙区の国会議員の愛人？　意味がわからんな……」

「最初は東大出の労組出身議員に取り入っていたのですが、こいつが落選した途端に、対立候補の与党議員にすり寄ったみたいです」

「そんなことがあるのか？」

「なんでも野党議員の愛人時代に娘婿を与党議員の秘書に送り込んでいたようです」

「与党議員は秘書の身元を調べていなかったのか？」

「この婆さん、与党の『疑惑のデパート』と呼ばれていた古参代議士をパトロンに持ち、パチンコ関連で深くつながっていたんです。その古参代議士を使って娘婿を秘書にしたようですね」

「その古参代議士は警察ＯＢじゃないよな？」

「はい、『疑惑の総合商社』とも呼ばれ、様々な汚職事件を引き起こした田中宗治《たなかむねはる》です。衆議院本会議での田中に対する辞職勧告決議の起立採決の際、出席議員で唯一着席したままで反対票の意思表示を示した諫山寛太《いさやまかんた》が、ばあさんのその次のパトロンだったのです」

「ああ、暴力団組長と大臣室で記念写真を撮った野郎か？」

「そう、その野郎です」

「相当手強いババアだな……爺殺し……ってところか？」

「当時は両議員とも五十代の同じ歳だった記憶があります」

二人の話を聞いていた清四郎が思わず口を挟んだ。

「お二人とも、どうしてそんなに国政のことまでご存じなんですか？」

須崎係長がこれに答えた。

「ヤクザもんとつながっている国会議員はだいたい調べがついているんだよ。ただ、俺は武田班長が言った同じ選挙区の二人は知らなかったけどな」

これを聞いた武田班長は笑って答えた。

「公安部ってところは、たまに公安トップのサロン会議のネタに出すような与太話を集めるのも仕事の一つなんですよ。公安の世界もトップクラスは官邸にもつながっていますから、国会の正式な場では話題にしなくても、党首会談のようなマスコミや書記を入れない場所ではちょっとした脅しネタになることもあるようなんです」

「脅しネタ……ですか……だからこんな相関図を書く人が出てくるんでしょうね」

「こんなのをマスコミが持ったら大変な騒ぎになりますよ」

武田班長が再び笑って言うと、須崎係長が頷きながら口を開いた。

「公安というところは同じ警察内であっても、外部からは全く何をやっているのかわからん世界だからな」

「そうなんですね……」

清四郎はふと幼馴染の大石和彦の顔を思い起こしていた。

須崎係長が武田班長に向かって言った。

「この婆さんの周辺を徹底的に調査した方がよさそうだな」

「それからもう一つ、この婆さんの実弟がヤクザもんで、シャブでパクられていたのですが、福岡刑務所で死んだ……という噂もあります」

「福岡刑務所か……日本三大刑務所だからな……実弟の人定、受刑者の確定判決内容と分類調査、分類処遇も調べておいてくれ」

翌日から清四郎は武田班長と組んで遠山茂子の周辺捜査を始めた。

「まず、遠山茂子の人定ですが、福岡県北九州市生まれの六十四歳、二十五の時に詐欺の逮捕歴がありましたが、執行猶予付きの判決でした。福岡市の中洲《なかす》のクラブで働いていたようですが、そこでの結婚詐欺容疑でした」

「中洲のクラブで結婚詐欺ですか……」

「ただ、この時の身元引受人が筑豊《ちくほう》の炭鉱町出身で、ヤクザもんとは深い付き合いがあった国会議員だったようです。彼は田中宗治の師匠ですが、遠山はその後、彼が上京させています」

「その国会議員は大物なのですか？」

「民自党の三役や農林大臣を歴任しています」

「それなりの力はあったようですね」

「バイセクシャルでも有名だったようで、世界屈指のゲイタウンと言われる新宿二丁目ができた当時からハッテン場の常連だったようです」

清四郎の説明に武田班長が質問した。

「ハッテン場というのはどういうところなんですか？」

その大半が「赤線（旧遊廓）」だった新宿二丁目は、一九五八年（昭和三十三年）、売春防止法が施行された後、一九六〇年代になってゲイバーが集まりだした。これを受けて、周辺には男性同性愛者が出会いや性交渉を目的に集まる場、通称「ハッテン場」が増えるようになっていった。恋愛関係を伴う性行為は「ハッテン」とは呼ばず、「ハッテン場」はゆきずりの性行為のみが行われる場所である。

清四郎の説明を聞いて武田班長が驚いたような顔つきをして訊ねた。

「本城長さんは、その道にも詳しいんですか？」

清四郎は笑って答えた。

「以前、警察学校にもその傾向がある学生が入ったことがあったのですが、たまま、この学生が新宿二丁目でハッテンの相手からシャブを打たれ、ラリった状態の時に職質を受けて、退学に至った事案があったんです。話を戻せば、国会にもゲイやバイセクシャルの人は多いのかもしれませんよ。歴史的に見ても権力者にその種の人が多かったのは事実ですし、徳川幕府で江戸城内に『大奥』ができたのも、三代将軍の家光がそうだったから、どうにか世継ぎを作るためでしょう？」

「本城長さんは博学なんですね」

「とんでもない。ただ一族だけで二百六十年以上も天下を取っていた徳川家に興味があって、いろいろ本を読んだだけなんですけどね」

「長期政権の理由はどう解釈されていますか？」

「一言でいえば、徳川家康に始まる将軍が、天下国家よりも徳川家の『お家の大事』を第一に考えてきた結果でしょうね」

「言い当てていると思います。その陰でどれだけの家というか武家が潰されてきたか……ですね。私も姓が『武田』で、信玄とは縁もゆかりもないのですが、一応『風林火山』の勉強はしました。今、本城長さんが言った『お家第一』の典型として、十五人の徳川将軍のうち、父親の正室の子は、家康・家光・慶喜の三人だけで、さらに将軍の御内室が生んだ将軍は家光のみだということです。ところが、この家光も家康と春日局の間のご落胤《らくいん》説まであるようですからね」

「そうなんですよ……江戸時代の『好色一代男』を地で生きたのは家康くらいのものではないかと思いました」

「好色一代男ですか……これにも男色の話が出てきますよね」

武田班長が笑って言うと清四郎も調子に乗って答えた。

「井原西鶴は関西の話でしたが、当時の江戸でも『陰間茶屋《かげまぢやや》』という男の遊郭ができていたわけですからね。もちろん、当時の上方でも『若衆茶屋』、『若衆宿』と呼ばれた同様の場所があったようですけど……」

陰間とは修業中で舞台に立つことがない少年の歌舞伎俳優の呼び名である。彼らは女装して、男性と性的関係を持っていたと言われるが、客だけでなく役者仲間の相手をさせられていた……という説もある。

「詳しいなあ。相当勉強したんですね」

「何の役にも立ちませんが、ヤクザもんが政財界人を落とす時の道具に、少女売春と美少年売春があることは裏では有名な話ですから」

「そうなんですよね……財界人や有名学者の中にも案外多いんですよね」

武田班長がそう答えて、ため息をついた。

「詐欺にもいろんな手口と、相手があると思うのですが、奴らの一番の金蔓はどこなんでしょう？」

清四郎が訊ねると武田班長も首を傾げて言った。

「国会議員を抱えているということは政府の金、つまり、税金を巧く獲得できる方法だろうと思うのですが、文科省絡みで、現時点ではそれが出てきていないんですよね」

「文科省以外で省庁……もしくは公益法人も考えられますね。所管官庁にもよりますが……」

「公益法人ですか……確かに狙いどころかもしれませんね。探してみましょう。その前に婆さんの事務所の場所を確認しておきましょう」

二人は東京メトロ銀座線の溜池山王《ためいけさんのう》駅で降車すると、首相官邸の裏手を国会議員会館の裏口に沿って進んだ。第一議員会館と第二議員会館の間の坂道を降りた交差点の左手前には麴町署永田町警備派出所がある。その左斜め前方、茶色のタイルで外装された、ロワイヤルマンションの八階が遠山茂子の会社の事務所だった。ここにはかつて東京地方検察庁に政治資金規正法違反で逮捕された「政界のドン」と呼ばれた政治家も事務所を置いていた。

「不動産会社の資料によると、部屋は賃貸で、２ＬＤＫの専有面積百二十三平米、リビングは十七畳で家賃は月五十六万円だそうです」

「こんな場所にしてはそんなに高くないんですね……一九七七年竣工だから……ま、そんなものですか……」

「ただ、その二階下にターゲットの国会議員が部屋を持っています」

「同じマンションに部屋があるとは……そこまでズブズブなんだ……」

「管轄の交番が把握しているかどうか……ですね」

「静穏保持法の指定区域ですから、把握していなければ受け持ち担当者は飛ばされていますよ。後で交番にも顔を出しておきましょう。ついでに法務局で登記簿謄本を取得して帰りましょう」

静穏保持法とは一九八八年（昭和六十三年）に「国会議事堂等周辺地域及び外国公館等周辺地域における拡声機の使用について必要な規制を行うことにより、これらの地域の静穏を保持し、もつて国会の審議権の確保と良好な国際関係の維持に資すること」を目的として制定された「国会議事堂等周辺地域及び外国公館等周辺地域の静穏の保持に関する法律」の略称である。国会議事堂等周辺地域の範囲に永田町一丁目及び二丁目は含まれていた。

この法律の対象範囲にある建物等に関しては、不法行為が行われないよう、予め、警察によって全て調査されていた。

現地を確認し、交番と法務局で情報と登記簿謄本を入手した二人は、麴町署の遊軍デスクに戻って分析を始めた。そこに法務省矯正局から照会文書を発出していた清四郎宛に電話が入った。

「法務省矯正局からの回答では、遠山茂子の弟は岡広組系三次団体で福岡県北九州市にある極同会《きょくどうかい》のパシリでシャブを扱っていたとか。自分自身も手を出して、組の連中と使い回していた注射器から肝炎に罹患してしまったようです。八年前にムショ内で死亡しています」

「岡広組系か……。婆さんが全く無関係とは考えにくいですね」

「一緒に写真を撮っていた稲山会内藤組企業舎弟の内村との関係を洗ってみますか？稲山会は岡広組とも昭和の頃から深い関わりを持っていたはずです」

「そうでしたね……その後、二代目の時代になって、五代目岡広組の組長と五分の兄弟盃を交わしていたはずです。ただ、そこまでの大物がこの婆さんやチンピラヤクザとつながるとは思えませんね……何かのルートがあるように思うのですが」

「言われてみればそうですよね……」

その後、清四郎と武田班長は独自のルートを辿ってそれぞれ分担して捜査を始めた。


それから二週間ほど経った頃、清四郎は義理の父親の紹介を受けて旧財閥系の大手不動産会社の社長と会う機会を得た。東京駅近くの二十階建てビルが自社ビルだった。面談はその十九階にある社長室で行われた。

「ご結婚される前から、お義父さんから清四郎さんのお話は伺っておりました。機会があれば、一度お話を伺いたいと思っていました」

「私はただの警察官です。大企業のトップの方にこちらから話をするなど、とんでもないことです。今日は私の方からお話を伺いたいと、無理なお願いをして申し訳なく思っております」

清四郎の姿を微笑ましそうに見た社長が言った。

「私は社会人になって、不動産業一筋で生きてきましたが、大手と言っても、僅か二千人の社員で全国の不動産開発を行うには、その土地の獲得に関してどうしても地元の不動産業者さんのご協力を得ることになります。このため地方の反社会的勢力の情報も入ってきます」

「義父から私の仕事についてもお聞きになっていらっしゃるのですね？」

「あの吉岡《よしおか》さんが見込んだ方だ。それにご本家の皆さんも清四郎さんのことは信頼されていらっしゃいました。情報の質と幅が不動産業者とは圧倒的に違う……という話でしたよ」

「一口に情報と言っても、三多摩の田舎と都心だけでも質的にも相当な差があります。これが全国区の反社会的勢力が介入してくるような案件となりますと、地元の反社の連中も身動きができなくなってしまう状況のようです。それも背後に政治や宗教が関わってくると、一不動産業者だけではどうにもならないことがあるようです」

「そうでしょうね。私たちもバブル期の地上げには直接手を出したわけではありませんが、多くの地元の業者さんが血のにじむようなご苦労をされたことは知っています。そのご努力があって現在のこの会社が生き残っているわけです」

「大手というところはやむを得ないところもあるかと存じます。そうでなければ都市開発なんてできるものではありません。ただ……」

「ただ……？」

「その結果、反社会的勢力は資金を獲得しただけでなく、これに手を貸した海外資本、宗教団体、悪しき国会議員を始めとする政治家がのさばってしまった事実は消えません」

「よくわかります。そして多くの人々を苦しめてしまったことも存じています。しかし、それ以上に多くの人に幸せを送り届け、今なおそれが継続していることも事実だと自負しております」

「それは私もよく理解しています。東京だけでなく、北海道から九州まで、どれだけ多くの街が整備され便利になったかはわかっているつもりです。特に御社は社会貢献度が高い会社だと思っております。しかし大手不動産会社の中には、住専と手を組んで多くの国民を騙していたところもあったわけで、これと手を組んだ闇金融にも近い悪徳金融機関も結果的には滅びてしまいました」

「バブルとは確かにそういう時代でした。タクシー一台停めるにも三万円を手にかざしていないとドライバーは停まってくれない時代でしたからね」

「バブルが始まった頃、私は大学三年くらいでしたが、家の近くの町工場のおじさんたちまでゴルフ会員権を買って、ゴルフ練習場で日夜練習していましたからね。私の父親は公務員でバブルの恩恵など全く受けず……でしたが、私はゴルフ同好会だったので、アルバイト収入だけで父親の給料よりも稼いでいたのを思い出します。私はバイトに専念し過ぎてしまった結果、あの売り手市場だった民間企業に行くこともできず、結果的に親と同じ仕事を選んでしまいました」

「本城さんのお父様を私はよく存じ上げていますよ」

「えっ、どうしてですか？」

「私は親父の代から田園調布警察署の懇話会に入っていましたから、武道始式にも毎年顔を出していました。自宅は高杉さんにお世話になっていましたし、大石さんにはうちの子も柔道を習っていたんですよ。署長も何代かお付き合いしましたが『うちは駐在で持っている』とおっしゃった方が何人かいらっしゃいました」

清四郎の幼馴染、大石和彦の父親である大石榮《さかえ》は学生時代に全日本学生柔道選手権にも出場し、警視庁でも本部特錬、巡査部長では教養課柔道指導官室に勤務していたが、怪我で選手生命を奪われたことで猛烈に勉強し、警部補時代は警視庁警務部訟務課の主任として勤務していた。しかし、ここで同期生が起こした不祥事案とその処分をまのあたりにして、訟務の道を辞し田園調布警察署で駐在として働く道を選んでいた。和彦は都立高校から一浪して東大法学部に合格し、三年時に司法試験、四年時に国家公務員I種試験に合格して卒業と同時に警察庁に入庁していた。

「そうだったんですか……。その高杉、大石の息子と私の三人が同じ歳で、今でも連絡を取り合っているんですよ。大石は東大から警察庁に進んで、今、警察庁の警視正です」

「キャリアですか……あの世界も大変な世界ですからね。私の高校の同級生も優秀だったのですが、同期生との競争に負けて五十五歳で辞職して、現在は警察関連団体の長をしていますよ」

「競争に負けて……そういわれると私は肩身が狭いです」

清四郎が言うと社長が顔の前で手を振って言った。

「そんなことはないですよ。一般的な警察社会が年功序列でないことはよく知っています。ただ、階級を上げていくことだけが警察人生ではないと思いますよ。本城さんのように徐々に実力を付けてその道の専門官になることもまた人生の一つの道だと思います。むしろそういう方の方が、これから組織だけでなく、社会でも大事にされると思います」

「そう言っていただけると嬉しいですが、まだ、その実感はありません」

「お見かけしたところ、まだ三十代半ば……というところでしょう？　これからですよ。つい余計な話をしてしまいました。本題にはいりましょうか」

社長が清四郎に一礼して姿勢を正したため、清四郎も改めて頭を下げて質問に入った。

「今回お伺いしたかったのは、現在、再び始まっている地上げと地面師詐欺の実態についてなのです。ご教示願えればと思います」

「地上げと地面師ですか……。都心に限っていえば、丸の内は四菱《よつびし》系の土地が多いので、バブルの最中もあまり地上げはなかったのですが、銀座や日本橋《にほんばし》、八重洲《やえす》地区では江戸時代から続く地権者が多く、その中でも相続によって小さく分割された土地が多かったのです。その地上げには都内を中心に活動している反社会的勢力だけでなく、東海、関西からも続々と地上げ目的の連中が入り込んできました。その中に関西トップの反社会的勢力である岡広組も当然のように含まれていました」

「岡広組の中の、どの組かおわかりですか？」

「当時、そのような経済問題に入ってくる組は静岡県にある一つだけですよ。街宣での総理候補の『ほめ殺し』事件で有名になった四国の右翼ともつながっていましたからね。その『ほめ殺し』の街宣の影響でできたのが静穏保持法でしたからね」

「えっ、そうなんですか？」

「岡広組系の辺見組《へんみぐみ》を中心としたグループも、組長が亡くなってから経済ヤクザの質が変わってしまいました」

「バブル崩壊の原因をつくった当時の大蔵大臣が、総理大臣になって消費税の税率を上げていた時ですからね。世の中はそんな政権を信用できませんよね。その総理は中国人スパイのハニートラップに引っ掛かって任期最後はみじめでしたね」

「その影響で、バブル後の日本経済は『失われた十年』どころか、さらに十年以上の損失になるかもしれません」

「そうですか……、ところで御社が都内で行った開発でも地上げはあったのですか？」

「当時私は神奈川県の開発担当でしたが、私の手法は『慌てて土地を買うな』というものでした。地元の不動産業者さんとは長い付き合いをしなければなりません。しかし、そうかと言って、他の大手が土地を買い漁るのを指を咥えて見ているわけにもいきません。大手不動産会社の中には地上げした土地を買って、さらにマージンを付けてこちらに売り込んでくることを常習としていた会社もあったくらいですから」

「その話はよく聞きます。土地開発の不動産だけでなく、道路や鉄道の新規工事に際して、橋や鉄橋の建設予定地周辺の土地を予め役人から聞き出して買っておき、競争入札で工事を獲得した業者に高く売りつけたり、強引にＪＶ（共同企業体）に介入してくる大手企業がいると聞いています」

「さすがですね。その会社は業界でも有名なのですが、バックに建設族の大物政治家がついているのをいいことに、好き放題なことをやって、大手四社と呼ばれる建設会社の一角に入ることを目指しているのです」

「私もそう聞いています。しかし、その大物と呼ばれている政治家もそう長くは続かないと思いますよ。奴にはもう実弾も、その調達先もないのですから」

清四郎の話に社長は二、三度頷いて言った。

「それにしても政治にもお詳しいのですね」

「ヤクザもんとつながる政治家は常時チェックしています。ただ、関東、東海圏はわかるのですが、どうしても関西圏は理解できていないのが実情です。関西は闇が深いですからね。関西のヤクザに北海道や九州、沖縄の政治家まで絡んでくるのですから。その辺りを勉強しているところです」

清四郎が素直に答えると社長が頷いて言った。

「なるほど……岡広組を中心とした関西ヤクザとその背景を理解するのは大変だと思

います。関西の人は比較的子どもの頃から聞いている話なのですが、これに、清四郎さんがおっしゃる、革命政党や宗教団体が絡むことでますます闇が深くなっていくんですね」

「なるほど……関西では生活に根付いているのですね」

「まさにそのとおりです。私たち不動産業者も、まず、そこを学ばなければ関西の仕事はできないのですよ。そして同じ関西と言っても大阪と京都では全く違いますし、神戸もまた独特の世界なんです。その点で言えば、関東は実にわかりやすい。確かに魑魅魍魎《ちみもうりよう》は多いですが、闇が少ないという点ではわかりやすいですね」

社長が厳しい表情を見せたので、清四郎はそれ以上の質問を止めて、話題を変えた。

「もう一つ、地面師についてお伺いしたいと思います」

「これには専門の詐欺集団が必要です。私たちはこれまでの長い経験と、情報収集によるデータ活用から、詐欺集団の個人データを蓄積しています。このため、地方の不動産業者が持ってくる開発地域の不動産登記に関しては徹底した調査を行いますし、地権者の調査もこれに含まれています」

「それでも騙される大手企業もありますよね」

「騙される方が悪い……としか言いようがありませんね。特に都内で新たな開発地域などそうそうあるものではありませんからね。おまけに不動産の権利関係の移転に必須な登記簿や印鑑証明などは書類の電子化が進んだおかげで、他人へのなりすましはより困難になっています。ただ、未だに都内でも三多摩の山林などは登記と実際の大きさが十倍以上違っていたりするため、山林等の売買に際しては再測量が必要と言われています」

「そんなこともあるのですか？」

「昔の測量というのはいい加減なものだったようですよ。私が知っている会社が保有している、富士山とこれが湖に映る逆さ富士を眺めるには絶好の場所なのですが、登記と実測が十数倍違っていたため、現在は固定資産税のことを考えて登記簿上の数値のまま放置している……ということでした。売れば数十億はする山林ですよ」

「そうすると、都心や住宅地の土地をこれから地面師が狙う……というのはなかなか難しいのでしょうね」

清四郎の問いに社長が答えた。

「いや、それがそうでもないのです。都心にも放置されたままの空き家が結構あって、相続による一部売買等の影響から、一ヵ所の土地が何筆にも分かれていて、権利者が増えすぎているために所有者を地方自治体が把握できていないところもあるのです。例えば日本橋にもビルの谷間に壊れかけた一軒家が残っていて、周辺からも苦情が出ているのですが、区役所は何もできないのが実情なのです。そういうところは、今後の地上げと絡んで地面師が動く可能性もなきにしもあらず……というところですね」

「確かに空き家対策はこれからの問題だと思っています」

「しかし、国が行う空き家調査も五年に一度ですからね。長期にわたって空き家になっているところは、地方自治体に権限を委譲するなりして、管理するシステムにしなければならないと思います。特に都内では空き家率が年々増えていると思います」

「そうですね……。新しい法律なり条例を作って、行政が強制的に撤去するなりして、その解体手数料を地権者から税金同様に徴収するシステムを作る時代に入っていると思います」

「犯罪者をのさばらせないようにするのも警察の仕事だと思いますが、その前提となる、犯罪を起こさせないようにする社会政策を、もっと地方自治体が進んでやるべきなのです。しかし、現在も日本は『地方分権』と言いながらも、決してそれを地方は望んでいない。そもそも『分権』という言葉を使っているところから間違っているのです」

「どういうことですか？」

「分権ということは権利を分ける……ということでしょう？　権限を国から分けてもらうのではなくて、本来地方自治体にあるべき権利を取り戻す、つまり『地方在権』を主張すべきなんです。しかし、ほとんどの地方自治体にはその能力も意欲もないのが実情です」

「なるほど……言われてみれば確かにそうですね。知事の中には小県であっても顔の見える知事がいますが、最近は国会議員と霞が関から出向していた官僚の天下り先になっているような気がしますね」

清四郎は社長に謝意を伝えて不動産会社を後にした。


デスクに戻ると清四郎は武田班長に社長の名刺を示して報告を行った。武田班長が名刺の肩書と名前を見て驚いた顔つきになって言った。

「凄い人と会えるんですね」

「やはり大企業のトップになると、いろいろなことをご存知でしたし、不動産業界の話も教えていただきました」

「それはよかった。ところで、内藤組企業舎弟の内村の件ですが、遠山の婆さんのところにいる元不動産屋の市原義男とつながりが出てきましたよ」

「そうでしたか。やはり埼玉ですか？」

「いえ、それが六本木の土地なんです。それもヤクザからフィクサー気取りのジジイを始めとした魑魅魍魎が集まった、いわく付きの物件です」

「市原はどういう役割だったのですか？」

「市原のバックには山砂利を扱う業者がいて、その山砂利を東京湾に運び込む手はずを整えるのが仕事でした」

「すると、国会議員も関わってくるのですか？」

「与党の評判のよくない参議院議員が関わっています。その弟は地元で測量会社をやっていて、八王子の事件で扱った霊園になった山林の測量も行っています。この測量が問題で、購入した山林の面積と販売した霊園の土地の面積が五倍以上違っているんです」

「税務署は指摘していないのですか？」

「実は税務署も登記上のミスについては所有者の善意無過失を認めているようなんです。このため、安い価格で購入して高く売ったとしても、その差額については不問に付しているんですね。何といっても、御上のミスが原因ですからね」

「間に入った反社会的勢力傘下の不動産業者は善意の第三者になってしまうわけですね？」

「宅地ならば、周囲の土地との比較が容易ですが、山林となれば、このあたりからこのあたりまで……という大雑把な範囲ですし、自然災害による土砂崩れや、これによって途中に新たな沢ができて、そこに川でも流れてしまえば、測量のしようがないのが実情のようです。一山切り崩せば、そこにある木々も売ることができますし、土砂は埋め立てに使用できます。ついでに周辺の道路を広げることができれば、その地域の住人にとっても便利になるため、土地の一部を譲渡する住人も多いそうです」

「そう考えると、確かに地域開発の一環になりますね……」

「更地になった土地は、また高額で売れる……という笑いが止まらない商売のようです」

武田班長が笑いながら清四郎に説明した。

「そういうところに目を付けている……というよりも以前から深く関わりを持っている反社会的勢力の中でも経済ヤクザと呼ばれる分野の者は学習能力も優れているのでしょう。東大出のヤクザもいるようですからね」

「そうらしいですね。警察学校にも東大出が入って来る時代ですから、何があってもおかしくはないのですが、ヤクザには最近、徹底した能力主義が求められるようになっています。おまけに税金をほとんど払わない連中ですから、正直者を小馬鹿にする傾向が顕著になってきているようです」

「日本の大企業や役所に今でも歴然と残る年功序列や、賃金が上がらない社会に嫌気をさした技術者が、公然と中国企業に引き抜かれている実情を、国も企業も、すでに手遅れになっているかもしれませんが、もう少し真剣に考えなければならない時代です。特に家電部門を扱う大企業は、途上国対策が異常なほど遅れていて、あと十年持つのか……という状況だと思います。そういう時代は反社会的勢力の連中も組織の存続をかけて、次の一手を必死に探っているのでしょう。警察も先を読みながら奴らとの知恵比べに負けないようにしなければならないのですけどね……」

武田班長が真顔で言ったため、清四郎は頷くしかなかった。そこで清四郎はもう一度、稲山会内藤組企業舎弟の内村裕樹のデータを確認していた。

「世界空手会館か……反社会的勢力とのつながりもあったんですよね」

「岡広組の若頭補佐待遇になっている西山祐介《にしやまゆうすけ》が元館長と近かったようですね。さらには、在日韓国人のヤクザで三代目岡広組若中、大牟田《おおむた》組《ぐみ》初代組長の大牟田常吉《つねきち》が世界空手会館の最高相談役についていましたよね」

「武田班長も本当にいろんなことをよくご存じですね」

清四郎が感心した顔つきで言うと、武田班長が思わぬことを言い出した。

「本城長さん、今度、一緒に大阪に行って、現地の情勢をご自分の目で確認してみませんか？」

「百聞は一見に如《し》かず……といいますが、そんなに如実に違いがわかるものなのでしょうか？」

「何事も経験ですよ。私も大阪という場所のチェックポイントを教えてもらって、現地で自分の目で一つ一つ確認して、ようやく理解できましたからね」

「将来のためにも、是非、行ってみたいと思います」

「係長に話を通してみますよ」


十月に入ってすぐ、清四郎は須崎係長から呼ばれた。

「現時点で遊軍に課せられた課題は本城長の案件だけだが、それがこの事件の肝になることは間違いない。情報を共有しながら新たな相関図を作ってもらいたい。まず、本城長の大阪出張には武田班長に同行してもらうから、一週間ほどかけてじっくり調査してきてくれ。ついでに大阪府警に寄って岡広組の常田《つねた》組の最新の実情も聞いておいてくれ」

須崎係長の指示に対して武田班長が答えた。

「常田組……ですか？」

「そう、この相関図に出ている常田組とつながりを持つメンバーの顔触れが気になるんだ」

「岡弘組二次団体の常田組組長、常田和義《かずよし》は本家の若頭補佐で、北大阪ブロック長を兼ねており最近めざましく伸びてきています。ただ、ここも昨年組員が十二都府県で特殊詐欺を行っていたことが判明して、現在なお大阪府警を中心に警視庁の捜査二課も一緒に捜査を進めています」

「特殊詐欺……つまりオレオレ詐欺だな」

「そうです。それもターゲットが高齢者だけでなく、医学生の家族が狙われていたという特徴があったようです」

「そういう名簿も出回っていた……ということか」

「それもバカ息子を持つ医者がターゲットになっている場合が多いらしく、時には、そのバカ息子が通う医学部や歯学部の学生が仲間の情報を売っている場合もあるようです」

「それは報道されているネタか？」

「いえ、管区学校の同期生の話です。医学部や歯学部がある大学周辺の不動産屋を探していて、私のところに相談に来たんです」

「なるほど……そういう狙い目もあるわけか……」

　これを聞いて清四郎が言った。

「不動産業者の中にはバブル期に反社会的勢力と組んで地上げを行って儲けたところも多いようなんです。中には都心の土地を扱い慣れている不動産業者で反社会的勢力から騙されていたところもあったと聞いています」

「そうか、本城長の嫁さんの実家は大手の不動産屋だったな」

　須崎係長が笑って言ったが、清四郎は真顔で答えた。

「大手ではありませんし、三多摩ですから地上げというよりも、八王子の事件のような山林や霊園用の土地売買は多いです。それに、医学部がある大学はほとんど二十三区内にありますが、中央線の吉祥寺《きちじょうじ》くらいまでは居住希望者が多いんです。神奈川県内にある私立の医学部三校は小田急線沿線にありますから情報は入るんです」

「そうか……国立以外は金がかかるからな……」

「六年間の学費で最低二千万、高いところでは四千万を超えると言いますからね。普通のサラリーマンじゃ、なかなか行かせることはできませんよ」

「ずいぶん差があるんだな」

「それに加えて寄付金を任意ではありますが求めるところもあるようで、これが実質的な裏口入学につながるという話です」

「あるんだろうな……要は国家試験に受かればいいんだろうが、医者は大学だけでは判断できない……というからな。おまけにちょっと大きい開業医の場合にはどうしても医療機器への投資が必要になるし。それを返済するためには後継ぎがどうしても必要になるだろうからな……」

「そういうところに目を付けるヤクザもんも流石《さすが》とは思うが、名簿情報も入手したいものだな」

須崎係長の話を聞いた清四郎が答えた。

「医進系予備校の合格情報も案外役に立つと思いますよ」

「予備校か……確かに医学部、歯学部への進学に関して確実性は極めて高いな……それをどうやって入手するかだな……」

「被疑者の供述の中に一つでも出てきていれば捜索差押許可状を取ることができます

けどね。とは言え、私もそれを見たことはないのですが、必ずあるはずです。週刊誌だって東大、京大合格者の氏名を把握できるのですから」

「そうだよな……うちの二課に聞いてみるか……。遊軍としては反社会的勢力の情報収集の一環としてデータ化しておくと思わぬところで役に立つかもしれないからな。合格者の追跡調査のようなものがあれば面白いんだけどな」

「地方からの合格者なら、一人暮らしを始めるはずですが、予め親がマンション等を保有していることもありますからね」

「なるほど……大学の学生部情報を得た方が早いかもしれないが……何分にも憲法で保障された『大学の自治』の問題があるから、学生が被疑者にでもなっていなければそれは難しいな。その点で言えば、国会議員情報は都道府県警の公安課と捜査二課がこまめに調べているはずだから、わかりやすい。本城長も早めにターゲットの選挙区の県警に足を運んでおいた方がいいぞ。県警の警備部長、刑事部長のどちらかはだいたいキャリアだから、上から電話一本でＯＫだ」

「上と議員がつながっている……ということはないのですか？」

「現役の総理や近い将来の総理候補なら別だが、そうでなければ、膿は早いうちに出しておいた方がいいだろう」

「警察ＯＢの議員に情報が抜けることはないのですか？」

「今の現職議員にはまずないな。それほどの人材じゃないからな」

須崎係長が笑って答えた。

二日後、清四郎と武田班長は早速大阪に向かった。

第三章　関西出張

新幹線の中で武田班長は清四郎に言った。

「向こうに着いたら、まずその道に詳しいマスコミ関係者に会って、実情を聞くことになっていますので、よろしくお願いします」

「マスコミ……いいんですか？」

「マスコミ関係者と言っても、信頼関係がなければ頼みごともしませんよ。これから会う人は大手新聞社の社会部で世の中の裏側をさんざん見てきて、数年前に独立してフリーのライターになっているんです」

「フリーライター……ですか……」

「まあ、大手出版社が出している週刊誌の記者の半数以上はフリーのライターで、中には作家活動をしている人もいます。彼は大手銀行や、企業の総務部門と太いパイプを持っていて、これまで起こった巨悪事件の裏側をスクープした経験もある人なんですよ」

「武田班長はどうしてそういう人と接点を持つことができたんですか？」

「警察庁に二年間出向した時に、たまたま大阪府警の不祥事の処理の事務整理を担当させられて、そこで府警の幹部と仲良くなったんですよ。その際にその幹部から紹介されたのがその人で、驚くほどの資料と情報を持っていたんです。府警の不祥事のバックグラウンドなんて、府警が調査をする前にいつでも記事にできる状態でした」

「そういう世界があるんですね……」

「そう、特に関西、その中でも大阪、京都、奈良、兵庫には、その土地独特の宗教、在日、同和、似非同和、反社が入り乱れた構図があって、これを理解しないことには何一つ理解できない世界なんです。これをある程度理解するまでに半年はかかってしまいました」

「東京人には理解できない世界なのですか？」

「無理だと思いますね。例えば、都内で同和問題と在日、反社会的勢力が混在した事件を聞いたことはないでしょう？」

「そもそも、僕はこれまで同和問題の相談や事件というものを聞いたことがありません」

「そうでしょうね。しかし、関西ではここにあらゆる社会問題の基本があるんです。同和問題は部落問題とも呼ばれる、日本の歴史が作り出した悪しき偏見等を利用した身分制度による差別問題ですからね」

「どうして関東にはそれが残っていないのですか？」

「関東地方では、残存した被差別部落が極めて少ないのが第一の理由でしょうね。それに加えて人口の東京圏への一極集中や大規模な都市再開発によって、元々そこに住んでいた住民と転入者にとって居住する地域の部落との関連性がわからなくなってしまったこともあったのだと思います」

「しかし、関西でも三都というように、京都、大阪、神戸は阪神・淡路大震災もあり、その後は大規模な都市再開発が進んでいるのではないのですか？」

「三都というのは江戸時代に使用されていた日本三大都市を指す名称で、京・大坂・江戸のことなんですよ。そして明治になると三府と言われたんです。本城長さんが言った神戸が入る三都はＪＲ西日本が観光キャンペーンで使った独自バージョンなんです」

「そうなんですか……」

「それはいいとして、関西を中心とした西日本には、大規模な被差別部落が多く存在したことは事実で、これは中世以来の歴史と奈良、京都に都があったことも大きく影響しているのだそうです。そこで賤民という特殊な身分が生まれ、その身分の者だけが行う職業というものが生まれ、そのまま残された経緯があるんです。鎌倉時代の宗教でも信者が多い浄土真宗の開祖・親鸞《しんらん》を描いた絹本著色親鸞聖人像、『安城御影《あんじようのみかげ》』と呼ばれる絵があります。国宝に指定されているその絵は法眼朝円《ほうげんちようえん》の筆とされ、親鸞八十三歳の姿を描いたと伝えられています。そして、ここに描かれている親鸞は狸の皮の上に座り、猫の皮の草履を携えているんですよ」

「僧侶らしくないですね……」

「そう。そういった殺生を生業《なりわい》にする被差別民と共にあるという親鸞の意志を、獣の皮は意味しているのかもしれません。親鸞の言葉と伝えられるものに『屠沽《とこ》の下類《げるい》』というものがあって、『屠』は犬や豚を殺して肉をとる者、『沽』は町で酒を売る者を意味し、『下類』は卑しい職業の人や『悪人』を示しているのだそうです」

「それは立派な差別のようですね」

「その時代からすでに差別があり、被差別民の歴史的存在は親鸞思想の『対象』ではなく『根源』だったとも言われているんです」

「差別が根源……ですか……？」

「宗教ですからね。様々な解釈があるのでしょうが、『差別』を根源的に問い続けた人の一人に河田光夫《かわだみつお》さんという人がいて、この方は大阪府立今宮《いまみや》工業高校定時制に勤務しながら『親鸞と被差別民』を研究し続けた方なんです」

「工業高校の定時制の先生ですか？」

「その方の生徒で、その学問に対する姿勢と自らの出自に影響を受けて猛勉強をして大阪大学に進んだのが後で会うマスコミ関係者なんですよ」

「工業高校の定時制から阪大に進んだのか……もの凄い努力があったんでしょうね。それにその方ご自身も差別を受けた経験があったのですね」

「そう。河田さんが『被差別民の歴史的存在』が根源だとしたのは、親鸞が被差別民を人類的存在として認識して普遍化したからだというんです」

「普遍化……ですか……。個別的・特殊なものを捨てて、共通なものをとり出すことによって概念や法則などを引き出すこと……ですよね。被差別民という具体的存在を思い起こさせ、そこにある賤視・蔑視を浮き彫りにした……ということですか？」

「本城長、その考え方は宗教人になれるような素晴らしい解釈だと思いますよ」

武田班長が満面の笑みを浮かべて言って続けた。

「本城長の基礎学力の高さが改めてわかったと同時に、例のマスコミ関係者に会わせる甲斐があるというものです」

清四郎も嬉しそうな顔つきになり、頭を掻きながら答えた。

「僕は高校、大学を通じてあまり勉強をしてきた方ではなく、猛勉強して阪大に行った方と話ができるような立場ではないのですが、捜査員という立場では相手が誰であろうと退《ひ》いてはいけない気概を持って臨んでいます。今回は、『差別』という現実をほとんど知らない自分にとっては大変な勉強になる機会だと思います」

「目から鱗が落ちることを期待していますよ。そして、この差別に巣くう悪と本気で戦う気持ちを持っていただきたいと思っています」


フリーライターの児玉孝英《こだまたかひで》は新大阪駅の新幹線ホームで待っていた。

「武田さんお久しぶりです」

「児玉さん、お忙しい中無理を言って申し訳ありません」

「いえ、私も今、新たな案件を整理しているところで、アドバイスも頂きたかったんですよ」

「僕が児玉さんにアドバイスなんてできませんよ。ところで今日は同僚を連れてきました。なかなかの情報通ですから二人揃って、今後ともよろしくお願いいたします」

三人は児玉氏の案内で大阪駅から大阪環状線に乗り換え、鶴橋《つるはし》に向かった。大阪駅から七駅目の鶴橋駅に着くと、ホームに降り立った途端に何となく焼肉の匂いが漂ってきた。

「ここが鶴橋ですか……ホームにいるだけでコリアンタウンの匂いが漂ってきますね」

「東京の新大久保《しんおおくぼ》とはひと味もふた味も違いますよ」

改札を出て、どこか懐かしい雰囲気の商店街を抜けて大阪鶴橋市場を覗いて見ると、まずその広さに圧倒される。

「甲子園球場二個分の広さがあるんですよ」

「東京ドームと言わない所がいいですね」

「関西人のこだわりかもしれませんね。このあたりが鶴橋卸売市場です。キムチ、チヂミといった韓国食品や、民族衣装のチマチョゴリを売る店まで並んでいるでしょう？　コリアン文化と大阪文化の融合した形ですね。大阪の一面を見るにはいい場所です。ランチはここで軽く行きましょう。といっても、軽く終わることができれば……ですけどね」

「市場の中にそんなにいい店があるんですか？」

「そこは元々が肉屋なので肉の持ち込みはNGなのですが、市場で買った魚介類を焼いてもOKなんです。市場全体が炉端焼き屋という感覚になりますよ」

「炉端焼き屋……ですか……。やはり肉が主流ですか？」

「焼肉の街、そして鶴橋の風土もありますが、大阪は肉も安いですからね。しかし、海産物を見てもどれも新鮮で安いですよ」

三人は市場内を散策しながらアワビやホッケ、もやしやホウレンソウ等の野菜も買い込み、その鉄板焼き屋に入った。早速、ビールと肉を注文して魚介と野菜から焼き始めた。

「店の名前が『農場』というのも面白いですが、システムが何とも……しかも『ゲリライベント』でA五ランク和牛が半額か……確かに市場全体が炉端焼き屋という表現はピッタリすぎるほどですね」

「面白いシステムを考えたと思いますね」

「思ったよりもホルモン系は少ないのですね」

「ないわけではありませんが、この店は肉が中心ですね。大阪だからホルモン……というわけではないのですよ。よく、大阪弁で『捨てるもの』を意味する『放るもん』がホルモン焼きの語源になった……というような俗説も勝手に流されているようですが、あれは嘘八百なんです。もともとは『刺激する』という意味のギリシャ語に由来する医学用語『ホルモン』から来ていて、内臓肉は栄養たっぷりで精がつくとして『ホルモン』と呼ぶようになったのですよ」

「そうですよね。それは東京の焼肉屋の親父に聞いたことがあります。ただ現在のスタイルの焼肉が日本国内で広がったのは、大阪の焼肉屋さんが大阪万博に出品して大ヒットとなり、これをきっかけに焼肉が一般にも認知されていったということでしたが……」

「そのとおりです。さすがですね。ちなみに、焼肉を英語で『Korean barbecue』だと思っている日本人が多いんですが、欧米では『Japanese barbecue』もしくは『yakiniku』が主流なんですよ。日本の焼肉を韓国に輸出したのが本当の姿ですね」

「そういうことだったんですか……でも、日本の焼肉屋さんは半島系の方が経営している場合が多いですよね」

「そこに在日問題だけでなく、様々な差別を巻き込んだ食肉業界の闇があるんですよ。それもまた関西の闇の一つなんですけどね」

「そうなんですね……」

清四郎は美味しい肉を食べながらまさか闇の世界の話がでてくるとは思わなかった

ので、武田班長の顔を見ると、班長はニッコリ微笑むだけだった。これを見て児玉氏が笑いながら言った。

「ホルモンと言えば、コラーゲンが含まれている事から、美容に良いと言われていますが、ホルモンに含まれるコラーゲンが体内で吸収されることはなく、美容上の効果も実証されていないんですよ。むしろ、消化が悪く、カロリーも高い上に、プリン体を多く含むため、健康には良くないようですよ」

「えっ、そうなんですか？　うちの嫁は美容のために……と博多からもつ鍋セットをしょっちゅう通販で買っていますよ」

そう言って清四郎が笑い出すと、武田班長も「うちもだ……」と笑った後、清四郎が児玉氏に訊ねた。

「ところで、先ほど食肉業界の闇、関西の闇という言葉が出ましたが、その点を詳しく教えていただけますか？」

児玉氏が周囲に目を配って笑顔で答えた。

「それでは河岸《かし》を変えましょう」

三人は鶴橋から再び環状線に乗って三駅目の天王寺《てんのうじ》で降りた。

「動物園があるところですね」

「よくご存じですね」

「子どもの頃の両親との思い出が一番多かったのは東京の上野《うえの》動物園ですが、上野と、京都市動物園、大阪の天王寺動物園が日本の動物園の三古参なのは知っていますよ」

「最近、関西では和歌山のアドベンチャーワールドが圧倒的人気になっていますけどね」

「パンダパワーでしょうね」

「そうですね。パンダには勝てません。それよりも天王寺は歴史的には大王《おおきみ》と呼称された仁徳天皇の皇居、東高津宮があり、天王寺の名は日本の仏教の祖・聖徳太子創建の日本最古の官寺である四天王寺に由来しているんです」

「仁徳天皇ですか……てっきり堺《さかい》かと思っていましたが……」

「ここは大阪では難波《なんば》という場所ですが、一般に大阪の代名詞である『浪花《なにわ》』で、落語、講談とともに『日本三大話芸』の一つ『浪花節』の語源となった所です」

「そういう歴史があったのですね……」

三人は天王寺駅のそばの喫茶店に入って話を始めた。

「やはりあの場で大阪の食肉事情を話すのは、周囲の耳もあったものですから移動しました」

「場所も考えず余計なことを伺って申し訳ありませんでした」

「さっそくですが、現在の食肉業界について、本城さんはどのくらいの知識をお持ちですか？」

「現在……ですか？　昔とは違って、日本の食肉は海外でも高い評価を得ていますし、国からの援助もあり、さらにはプロ野球球団を経営するような大企業もあるわけで恵まれた環境になっているのではないか……と思います」

「確かに、大手はそうですが、大手と言っても牛や豚を生きたまま購入しているわけではなく、食べることができる段階まで処理された物を購入しているのですからね。私が言っている食肉業界というのは、国産の牛や豚、羊や鶏を食用として出荷するまでの段階の業者のことです。たとえば東京の食肉市場はどこにあるかご存知ですか？」

「もちろんです。芝浦《しばうら》にあります。警視庁で様々なスポーツの特別訓練を行っている者は、よくお肉やホルモンなどを安く譲っていただいていますから。感謝しています」

「そうでしたか……。そういうご関係があるとは知りませんでした。業者の方から何か相談を受けたことはありませんか？」

「相談ですか……特にないですね。何かお困りのことでもあるのでしょうか？」

「差別文書を送られたり、『爆弾を仕掛けた』等の電話による脅迫があったりするとは聞いていますが……」

「いえ、私は聞いたことがありません。芝浦を管轄する東京水上警察署とは日頃からお付き合いがありますから、何かあれば話が出てくると思うのですが……。それにしても『爆弾を仕掛けた』というのは虚偽であっても偽計による業務妨害が成立しますから、通報があれば捜査を開始すると思いますけどね……」

「そうですか……。この根底には『と業』に対する差別があると思われますので、案外、外部には知らせないような手続きを希望されているのかもしれません。私は取材で何度も伺っていて、以前、脅迫状も見せてもらったことがあるんですよ」

「帰京後、直ちに確認してみます」

そう答えると、清四郎は武田班長と頷き合った。これを見た児玉氏が話を続けた。

「と業に対するような差別は関西では、職業だけでなく、特定地域に対して未だに行われているのです。その中で、商業マスコミでタブーとされていた食肉同和利権や、その業界大手による『あこぎな商法』に対して国もまた目を瞑っているのです」

「国……というよりも、この利権に関わっている一部の国会議員が悪いのではないのですか？」

「確かに、あこぎな商法を行っている業者から多額の金銭を受け取っている議員は、国会だけでなく、地方議員や首長にも多くいます。その中でも、国会議員は北海道から九州まで農水族と呼ばれる大物を中心に金が配られています」

「反社会的勢力に対してはどうなのですか？」

「そこももちろん抜かりはないです。岡広組の五代目は家族名義の億単位の預金まで、ありとあらゆる面でその手の業者が面倒を見ていました」

「五代目ですか……岡広組が経済ヤクザとして伸び始めた時ですね……芸能界はどうなのですか？」

「今の芸能界には半島系の人が多いですし、バックに宗教団体がある人も多い。そうでなくても反社会的勢力やその手の業者との付き合いが生じやすい業界ですからね。芸能界の人たちは知名度があるがゆえ、様々な勢力から利用されやすいのです。さらに関係が深いのが相撲界です」

「タニマチ……ですか……」

「タニマチというよりも、一つの部屋を後援会長の国会議員ごと、ほぼ丸抱えですね」

「国会議員ごと丸抱え……ですか？」

「国会議員の方は、先代の頃からの付き合いで、初当選時の資金は全てある業者が面倒を見たと言われています。さらに、政治団体事務所から日ごろ使用している自家用車まで、この業者のトップのものです。相撲に関しても、大阪場所宿舎だけでなく、部屋付き年寄の移籍金から、年寄株の購入まで、全て面倒を見ているのです」

「警察や検察は動いていないのですか？」

「似非同和が怖いのでしょうね。人権問題を盾にとって騒ぐ人たちですから……せめて国税でも動いてくれればいいのですが、これも特殊な法律によって税制上の優遇も受けているのです」

「差別は許されるものではありませんが、これではまるで逆差別ですよね」

「あれだけあこぎな商売をやっているのですから、必ずいつか尻尾を出すと思いますよ。その時は我々も徹底的に叩くつもりですけどね」

「私も今後、都内でも関係者の動きを注視しておきます。もう一つ、宗教の問題をお伺いしたいのですが……」

「そうですね……あらゆる宗教の信者さんのほとんどは善良な方だと思っています。ただし、その善良さにつけ込む宗教団体が存在するのは事実です。そのような宗教のほとんどが新興宗教で、特に関西では、この宗教を信心する人の多くが貧しいのです」

「東京でも似たようなものですね。人の弱みにつけ込む宗教団体は多いです。かつてのオウム真理教もまさにそれでした」

「オウムは特殊でしたが、金を集める手法はどこも似たり寄ったりです」

「関西での世界平和教の動きは如何ですか？」

清四郎の質問に児玉氏が反応した。

「もしかして、世界平和教を狙っているのですか？」

「そういうわけではなく、韓国の宗教団体がどうして日本で信者を増やし、しかも悪徳商法と呼ばれる行為を続けながらも衰退する兆しがないのか気になるのです」

「関西には在日が多いのも事実です。しかも、彼らの多くはある種の迫害を受けてきた歴史があります」

「東京と関西は違うのかもしれませんが、都内の在日の方は日露戦争終了による日韓併合だけでなく、その後の済州島《チェジュとう》四・三事件や朝鮮戦争の際に、戦火等から逃れるために朝鮮半島から大量の密入国者が流入した結果と聞いています」

「そうでしょうね。それは東京だけでなく、九州や関西にも多かったようです。当時の日本はGHQの指揮下にあったわけですからね。おまけに韓国政府が摘発された密入国者の送還を拒んだため、日本の政府予算が逼迫する深刻な事態となったようです」

「その結果、多くの密入国者がそのまま不法滞在を続けることとなった……ということですか?」

「当時は在日韓国人、在日朝鮮人、密入国者による三つ巴《どもえ》の騒乱事件が度々発生したようです。北朝鮮の指示を受けていた在日朝鮮人は、済州島で迫害を受けていた共産主義者のみをかくまった……という話も聞いています」

「そういう背景もあったのですね……その人たちの宗教観はどうなのですか?」

「これがまた複雑で、金に結びつく宗教を利用した朝鮮系の者は多かったですし、世界平和教にいたっては、朝鮮を植民地支配し民族の尊厳を踏みにじった日本はエバと同じであり、韓国に贖罪しなければならないという理論ですからね。『日本はエバの国』つまり『サタンと姦淫したエバである日本とアダムである韓国という構図』ですから、これに入信する日本人の愚かさは計り知れないのですよ。一時期はマスコミ内にも、そういう人たちが悪徳商法の被害者になったのだから自業自得だ……という空気があったのは確かですね」

「なるほど……そういうことでしたか……しかし、それに尻尾を振っていた政治家も多かったわけですよね」

「日本国内に共産主義や社会主義が蔓延していた時代には、世界平和教の『反共』という旗印は、民主主義を推進しようとしていた政治にとっては都合がよかったのかもしれません。しかも、選挙戦での運動員、事務所スタッフ等の『人的貢献』は何よりもありがたいのでしょうね」

「それにしても、どうして政党絡みで世界平和教に傾倒していったのでしょう？」

「かつての首相が教祖とズブズブだったからでしょうね。教祖がアメリカで三年間に個人名義の銀行預金約百六十万ドルの利息約十一万二千ドル等の所得申告を怠っていた容疑で起訴され、十八ヵ月間の実刑判決を受けた際、この元首相はレーガン大統領に対して、『教祖が不当にも拘禁されています……解放されるよう、お願いしたいと思います』と、『釈放』を求めていたのですからね」

「アメリカの裁判を『不当』と言ったのですか……信じられないですね……」

「その結果、五ヵ月早く釈放されているのですよ。おかしいでしょう？　そんな馬鹿げたことをやっているから、その後も、出入国管理及び難民認定法第五条一項四号の規定『日本国又は日本国以外の国の法令に違反して、一年以上の懲役若しくは禁錮又はこれらに相当する刑に処せられたことのある外国人は、本邦に上陸することができない』に該当し上陸拒否者となっていた教祖を、阿呆な政治家が法務省に圧力をかけて入国させるという愚を犯してしまったのです。こういう悪しき先例があれば、その政党の議員は教団と関係を切ることはできなくなるでしょう？」

「何があったのでしょうね……」

「そういう議員は、だいたい金にまつわる失敗をして晩節を汚していますが、教団というよりも教祖との関係は語らぬまま秘密を墓場まで持って行ってしまいましたね」

「そうでしたか……」

「一口に国会議員といっても、所属する政党の党議に完全に拘束されてしまうところもありますから、自分の意思で行動できる政党はまだましなのかもしれません。でも、金と人事を握っている者にはなかなか逆らうことができないのが現実でしょう」

「それはどこの組織も同じだと思いますが、国民の代表という意識を忘れてもらっては困るわけですよね。世のため人のためにまず動かなければならないのが政治家の使命なのですから」

「しかし、現在でも国会内には共産主義革命を目指している政党が少なくとも二つあるわけですし、それを選んでいる国民も多いわけですからね。自由な国も良し悪しなのかもしれません」

児玉氏の言葉に清四郎はゆっくりと頷いていた。これを見て武田班長が児玉氏に訊ねた。

「児玉さんも以前は革命を目指す組織に入っていたわけで、これを見限った最大の理由は何だったのですか？」

「一言で言えば『本気度』の有無ですね」

「本気度……ですか？」

「そうです。現在最大の革命政党であっても、政権獲得後のシナリオが全くできていない現実を見たからです。ですから私は革命政党から、さらに本気度が高かった極左に走ったのですが、結局ここも、トップは自己保身と権力主義的な金儲けに走っていたのですよ。現在の世界の共産主義国のトップを見てもどこも同じ。共産主義国のトップは必ず独裁者への道を突き進むしかないのです。そして、周囲の力あるものを次々に粛清していく……。こんな馬鹿げた連中と付き合うのは時間と労力の無駄だと感じたわけです」

「よく内ゲバに遭わなかったですね」

「今でも私を狙っている連中はいると思いますが、私が真実を伝えることによって、何人かの者が実際に組織を離脱して行ったのです。そして彼らもまた古巣に残る者に対して情報発信を行う……最初に私たちが組織の有力者にオルグされて意識改革を行ったのと逆の行為をしているだけです。ただし、現在は一対一のオルグではなく、証拠をネットや記事で公に示すことで内部に亀裂を起こさせることができるのです」

「まさにペンの力ですね」

「平和的な伝達……というところですね。内部にいたからこそわかる真実があるのです。トップの連中から見れば私は激怒の対象でしょうが、その前に組織内での鎮静を図るのに力を注がなければなりませんからね」

「貴重な存在ですよ。児玉さんは……」

二人の会話を聞いて、清四郎は背中に汗が流れるのを感じていた。

その後三日間、三人は大阪、京都、兵庫、奈良の二府二県に点在する被差別地域を見て回りながら、同和問題の本質に触れ、さらにそこに内在する悪しき特権階級者の実態を確認していった。そして最後に下命を受けていた岡広組系の常田組に関する情報収集に入った。

「常田組に目を付けるというのはさすがの分析力ですね。なかなかそこに気付く人は少ないですよ」

児玉氏の言葉に武田班長が言った。

「特殊詐欺で幹部が捕まっていたでしょう？」

「あれはたいした稼ぎになってはいないようですよ。奴らの一番の稼ぎは合法的な殺しをやっているからですよ」

武田班長が驚いて訊ねた。

「合法的な殺し？」

「常田組は兵庫県内に三つの精神科病院を経営しているんです」

「ヤクザが病院経営ですか？」

「以前から悪徳医者の得意な台詞に『合法的な殺し』というのがあって、ヤクザもんが使った殺しの手口の一つなんですが、本格的にやり始めたのは常田組が最初だと聞いています。奴らは独自に医者のリクルートを積極的に進めているんです。それも全国の医大や医学部にネットワークを持っているんですよ」

「できの悪い新卒の医者を狙っているわけではないのですか？」

「新卒の医者の出来不出来はわからないですよ。大学のレベルで医師の良し悪しが決まるわけではありませんからね。特に外科医は頭よりも腕ですし、最近は先端医療機器を如何に巧く使いこなすことができるかで決まってくるんです」

「しかし、精神科病院には外科も先端医療も必要ないのではないのですか？」

「いえいえ、精神科病院だからこそ外科は必要なんです。なぜなら、そこに入っている患者だってガンにもなればクモ膜下出血のような病気にもなるわけでしょう。そういう時に一般病院が精神科病院の患者を受け入れてくれる可能性は低いのですよ」

「なるほど……無用なトラブルを抱えたくない……ということですね」

「そうです。ですから精神科病院には最低限度の設備は整っているのです。そして世の中には精神科病院の入院待ちの患者がごまんといるのですよ」

「そういうものですか……そうはいっても、精神科病院の患者の死亡率が高い……ということはないのではないですか？」

「それが医学的にデータを取ったことがないのが実情なのです。現在の精神病患者に対する治療は投薬による『安定状態の維持』がほとんどで、言葉を変えれば『薬漬け』が実情なんです。この結果、薬の副作用等で亡くなる患者も多いと言われています。地方自治体にしても、一度、精神科病院設置の認可をした以上は、よほどの違反が認定されない限り、これを取り消すことはできません。しかも、九十九パーセントの適正医療の実態があれば、残りの一パーセントには目を瞑ってしまうのです」

清四郎は背筋が凍るような思いをしたようで、大きく深呼吸をして児玉氏に訊ねた。

「その一パーセントが殺しに該当する……ということなのですか？」

「そうです。しかも身寄りもないような患者の場合、その利用可能な臓器は直ちに商品と化すわけです」

思わぬ展開に武田班長も驚いた様子で訊ねた。

「臓器……ですか……日本でもそんなことが起こりうるのでしょうか……」

「移植を待つ患者はたくさんいますからね。おまけに移植用の臓器の元の所有者については非開示が原則です」

「……怖い話ですね……。ところで、その合法的殺人のターゲットになるのは主にどういう人なのですか？」

「最近の情報では風俗業界でマネージャーのようなことをやっている男女と言われています。若いうちから裏の情報を知り過ぎている者が消されていくのです。その次が犯罪組織の『鉄砲玉』と呼ばれる実行犯です。近頃では海外から金儲け目的でやってくる不良外国人が増えているということです」

「不良外国人ですか……。しかし、その挙句に日本のヤクザに狙われて、最後には臓器提供者になってしまうのは残酷な話ですね」

「ヤクザもんにとっても単なる口封じ以上の旨味がある……というところでしょうか……」

児玉氏の言葉に武田班長が頷きながら訊ねた。

「ところで、精神科病院の件に戻りたいのですが、これは大阪だけの話だと思いますか？」

「これはあくまでも噂ですが、都内の三多摩にも友誼団体が持っているということでしたよ」

「やはりそうですか……。ノウハウを持っていなければできない手法ですからね。大阪の場合、医師は確信犯なのですか？」

「もちろんそうです。洗脳というよりも、むしろ彼らの意思に基づいてやっているようです」

「移植前の臓器摘出までやっているのですか？」

「将来は海外、特にアメリカの病院でキャリアを積むための資金稼ぎ……というのが背景にあるようで、彼らは大学在学中からヤクザに面倒を見てもらっていた者も多いようです」

清四郎はため息をつきながら訊ねた。

「在学中から……ですか……」

「医者も実家がクリニックのような後継ぎ医者を除いては、大学院で博士号を取らないと本当の稼ぎができないのが実情ですからね。そして留学をして技術を学ぶまでの面倒を見てもらえるのですから、背に腹は替えられない医学生もいるのです。さらに言えば本当に実力がある医者を反社会的勢力が抱えている……という現実があるのも事実です」

「掟破り……と言うよりも最初から負の遺産を抱えて医者になって、生涯やって行けるものなのでしょうか？」

武田班長の問いに児玉氏は立て板に水……という雰囲気で答えていた。

「これもある種、世襲への反発、社会への反発と言っていいでしょうね。日本国内で世襲が有利と言われているのは、社寺や家元制度が残っている分野を除けば、国会議員と医者だけと言っても決して過言ではないでしょう。中でも医者は一応国家試験が必要ですが、現役の合格率が九十三パーセントという、自動車運転免許試験よりも高い確率ですからね。『金で買える』と言われる所以《ゆえん》ですね」

「『金で買える国家資格』ですか……確かに、そう言われてもおかしくないですね。町医者の後継ぎならば博士号を取る必要もないのでしょうからね……。それと、今、話に出た社寺も最近は問題が多いのも事実ですよね」

「宗教が非課税になっていることに問題があるのだとは思いますが、日本は政教分離ができていませんから仕方ないことでしょうね。政局のターニングポイントを握っている宗教政党は政権交代が起こる際、ほとんどの場合与党に与《くみ》していますからね。そこにも反社会的勢力は目を付けています。需要と供給のバランスが崩れた世襲争いは金が飛び交いますからね。そして最後には実弾が飛び交い、血で血を洗う戦いになってしまうのが現実です」

　武田班長は児玉氏の答えに頷くしかない様子だった。児玉氏が笑顔に戻って他の質問の有無を訊ねたが、武田班長も清四郎も更なる質問が思いつかなかった。

　今後の協力をお願いして児玉氏と別れると、清四郎がため息をつきながら武田班長に言った。

「プロの世界というのは凄いものですね。恐らく児玉さんは関東の反社会的勢力についてもいろいろご存じなのだろうと思いましたが、あまり質問ばかりしても申し訳ないような気持ちになってしまいました」

「そうでしょう？　私も、いつもお伺いするばかりで申し訳ないと言ったことがあるんですが、児玉さんは『我々も最後は警察しか頼るところはないんですよ』と言って笑って下さるんです。その代わり……といってはなんですが、捜査が終了した場合には捜査概要と、立件できなかった事件の背後の問題をお伝えしていますけどね」

「そこがまたプロとしての新たなスタート地点になっているのかもしれませんね。反社会的勢力に利用されている医師の名簿も児玉さんは持っているのでしょうね」

「そうだと思います。もし、その医者が将来、医師としての規範に反する反社会的行動を行った際には、徹底的に追及していくのだと思いますよ。それに加えてもう一つ……」

武田班長が大きなため息をついて続けた。

「よく、医学博士という肩書を聞きますが、この医学博士イコール医者ではないのですよ」

「えっ、どういうことですか？　医学博士と聞いただけで医者と思ってしまいますが」

「例えば、一番多い例が、文学部の心理学科を卒業して医科系の大学院で修士と博士号を取るパターンです」

「文学部の心理学科……ですか……。確かに精神科に通じるところがありそうですね」

「特に日本では以前から、漢方薬や鍼灸《しんきゅう》などの東洋医学の一部が健康保険で認められているため、補完代替医療を受け入れやすい社会的素地を持っているのです」

「補完代替医療……初めて聞きました」

代替医療はアメリカの国立補完統合衛生センターにおいては「一般的に従来の通常医療と見なされていない、さまざまな医療ヘルスケアシステム、施術、生成物などの総称」と定義されている。世界保健機関は補完・代替医療を「該当国の伝統に基づいており、かつ主流の医療制度に統合されていない医療技法」と定義している。

「実はこれが問題でもあるのです。医学的根拠という点では、ほとんどの補完代替医療は検証されていないのが現状です。しかし、健康保険が適用されています」

「例えば精神科系ではどのような代替医療があるのですか?」

「最も多いのがメンタルヘルス、メンタルケアという部門で、うつ、適応障害といった感情障害に対応しているのです」

「心療内科と勘違いしてしまいますよね」

「そこに目を付けているのが反社会的勢力なんです。メンタルヘルス↓精神科病院↓メンタルケア↓精神科病院の繰り返しで患者を追い込むのです」

「感情障害の患者を追い詰めて入院患者にしてしまう手口ですか？」

「そうなんです。おそらく東京でも同じようなことが行われていると思いますよ」

清四郎はさらに情報を収集した。常田組が保有している兵庫県内の精神科病院については県の保健医療部も、病院協会も反社会的勢力との接点を把握していないことが判明した。そこで武田班長と清四郎は登記簿謄本を確認して、その実態を突き止めると、出張八日目の朝、大阪府警本部の組織犯罪対策本部を訪問した。ここでは警視庁刑事部長から連絡が入っていたおかげで、スムーズに情報を聞くことができたが、府警も管轄外の事案であるため、常田組が兵庫県内に三つの精神科病院を保有している事実を承知していなかった。しかし、常田組は組織内で跡目相続争いが起こっており、分裂の可能性があることが判明した。

「岡広組との関係はどうなのですか？」

武田班長の問いに大阪府警刑事部管理官が直接説明した。

「岡広組も五代目若頭の辺見が殺されてからというもの、決して一枚岩ではないんで、常田組もこれに合わせて分かれる可能性が高く、今後は兵庫と大阪に分かれると目《もく》されとります。兵庫は経済グループが強く金を持っていますんで、大阪は格落ちする可能性が大ですわ」

「兵庫の経済グループの主たるシノギはなんなのですか？」

「不動産と覚せい剤だと目されとりますが、シャブの方はブツの入りが取れとらんのですわ」

「岡広組本家のシマであるはずの兵庫県内で、常田組の不動産業はそんなに強いのですか？」

「一九九五年一月に発生した阪神・淡路大震災の復興の際におとり物件でぼろ儲けしたんですわ」

おとり物件とは、「不動産会社の広告には載っているが、実際には存在しない物件」、あるいは「存在はするが何らかの理由で取引できない物件」を指す。

「当時からあったんですね……」

「当時の不動産屋は関西では『千三《せんみ》つ屋』と言われとったくらいですからね」

管理官があっけらかんと答えたため、清四郎が訊ねた。

「そんな芸名の役者がいましたが『ほんとうのことは千に三つしかない』という意味

ですよね」

「そうなんですわ。現在でも毎年のように国土交通省が全国宅地建物取引業協会連合会、全日本不動産協会などの業界団体の責任者に対して『業界団体として撲滅するように徹底せよ』いう旨の文書を出しとる現実を考えれば、未だに悪徳業者が跋扈《ばっこ》しとるちゅうことですわ」

「震災後の人の弱みにつけ込む連中がいたのですね……」

「えげつない商売ですね」

「それでも、金がモノをいう世界ですし、こいつがまた食肉産業と手を組んだことで、業績はうなぎのぼりになってしもうたんですわ」

「食肉産業……ですか……」

「それがそのうち、表の不動産業も行うようになって、その資本がどこから出たのか問題になっとったんですが、結局は食肉産業のドンの一言でうやむやになってしもうたんですわ」

「考えられないな……そうしているうちに、常田組は大きくなっていったわけですね？」

武田班長が頷きながら言うと管理官は頭を掻きながら答えた。

「岡広組の二次団体の中で、常田組の経済力は五指に入っとるといわれとりますな」

岡広組の組織は、一名の組長（親分）と数名の舎弟（弟分）および数十名の若中（子分）の組員からできており、総勢百人弱に過ぎない。しかし、組長を除く全組員は、それぞれが数十人から数千人の構成員を抱える組織の首領であり、直参と呼ばれている。この直参と呼ばれる組員を中心とした団体を二次団体と呼んでおり、その下部にはさらに三次団体、四次団体が存在している。

「ろくでもない常田組を先に潰すことを考えた方がよさそうですね……」

武田班長が言うと大阪府警の管理官が腕組みをして答えた。

「大阪と兵庫だけで常田組を潰すのは簡単なことではありませんな」

「常田組経済部隊の中にターゲットを絞り込むことが第一でしょうが、その実態把握と分析は行われていらっしゃるのでしょうか？」

「兵庫との情報交換が今一つなんですわ。隣接県ってこういうもんと違いますか？」

武田班長は日頃から刑事警察の管轄権主義と手柄主義ともいわれている実績主義に疑問を持っていたものの、これには触れずに言った。

「合同捜査もないのですか？」

「そりゃ、警察庁指定の重要事件にでもなれば、合同捜査はやりますが、そうでない案件については当然ながら機密主義ですわ。警視庁はんでも、神奈川とはよう一緒に仕事はせんでしょう？」

「そうですね……案件によりますが、ヤクザもんを野放しにしてはいけないと思いますが……」

「うちらかて、野放しにしとるわけやおまへん。ただ、最近はネタ取りできる若いもんが育たんで困っとりますんや。大阪も最近は頭でっかちの警察官が増えて、自分の足で稼ごうとする刑事が減っているのが実情ですわ。私も警察大学校の特捜研で刑事の育成について学びましたが、座学と現場ではものの考え方に開きがありますさかいな」

管理官の言葉が次第にぞんざいになってきているのを感じたのか、武田班長はさり気なく時計を見て、最後の一言を伝えた。

「今後、私たちも常田組を叩かなければならないと考えています。その際にはご協力をお願いすることがあるかと思います。よろしくお願い致します」

その一言は管理官の癇に障ったようだった。

「なんや、警視庁はんはもうネタ仕込んどるのですか？　それでうちに探りを入れてきたわけですか？」

「とんでもない。東京には常田組の二次団体さえありません。ただし、最近、岡広組の進出が露骨で、その中でも不動産事案が多いので伺ったまでのことです」

「さよか……。うちも毎年数人警察庁に係員を派遣して全国実態を見ながら仕事をしとります。まあ警視庁はんは警察庁など相手にしておらんでしょうが、なんぞあった時は力になりまっせ」

武田班長は丁重に頭を下げてその場を辞した。

新大阪始発ののぞみの自由席を確保すると、武田班長と清四郎は弁当と缶ビール、酒を買い込んで発車と同時にビールを開けて乾杯をした。咽喉を潤すと武田班長が笑いながら言った。

「大阪府警もあんなのが管理官じゃどうしようもないですね」

「だんだんぞんざいになってきましたからね」

「自分では自慢していたつもりでしょうが、『特捜研に行った』というのは若くして警部か警視になったことを意味するのですが、その反面で『現場を知らない』ことをさらけ出したのと同じなんですよ。そんな野郎が『若手が育たない』というのを聞いて思わず吹き出しそうになってしまいました」

「特捜研というのはなんですか？」

清四郎の質問に武田班長が答えた。

特別捜査幹部研修所（特捜研）とは警察大学校の附置機関で、上級の捜査幹部として必要な捜査の指揮及び管理その他高度の専門技術に関する研修を行う機関である。警部任用科を卒業してから一定の捜査実務経験を経た者で、各都道府県警察本部における将来の捜査担当部課長としての適格性を有する者を対象に、約四ヵ月間の研修を行う。研修では各界の専門家を招いた講義、各種の実務研修、海外研修及び課題研究論文の作成等を行っている。

「実際に捜査現場での指揮は行わないのですか？」

「警視と警部の見習が捜査本部にゾロゾロ来ては現場にとって邪魔でしかないでしょう？」

武田班長が笑いながら言ったので、清四郎は頷きながらさらに訊ねた。

「まあ、確かにそうですね……どうしてそんな機関が必要なのでしょう？」

「警視庁のように日頃から事件が発生していれば別ですが、地方に行けば捜査一課長に就いている間に一度も殺人事件に遭遇しなかった……なんてのはザラですからね。私も先日、警察大学校で二週間の組織犯罪対策講習を受講させられましたが、私にと

って は何の役にも立たない講義でした。しかし、地方から来られている方は真剣に、様々な質問をされていましたよ。講習で一週間が経った頃、講師の一人だったキャリアの警視長の方が私を個人的に呼んで言われたのが『警視庁の警部試験にも合格しているあなたには何の役にも立たない講習かもしれませんが、警視庁と地方とでは経験する事案の数が圧倒的に違うのです。今後、あなたも組織犯罪対策捜査で道府県警と一緒に捜査する機会があると思いますが、この実態を今のうちに理解しておくことが大切です。警視庁の感覚で道府県を見てはいけません』ということでした。今日、大阪府警の管理官と話をして納得してしまいました」

「警視庁にも特捜研に行かれた幹部の方はいらっしゃるのでしょう？」

「もちろんたくさんいますよ。特に、企画や人事出身のエリートさんは捜査現場の経験がないので、特捜本部なんて全く知らないまま警部や警視になってしまう人も出てきますからね。そういう人でも人事の計らいで、警部の時に刑事課長代理くらいは経験しますが、それでも大きな署には行きません。そうなると、副署長や署長になった時に捜査のイロハを知らないと困るでしょう」

「なるほど……それにしても武田班長はどうしてそんなに上の世界のことをご存じなんですか？」

「私は短い間でしたが警視庁公安部公安総務課を経験していますからね。そこは警察組織の中でも全くの別世界なんです」

「やはりそうなんですか……僕より四年前に警察学校に入った幼馴染の世話係だった方も一発一発で合格して、公安総務課に行って、今はもう公安総務課の理事官だそうです」

「えっ、なんという方ですか？」

「上原さんという方です」

「上原係長ですか……今は公安部の理事官で人格的にも素晴らしい方です。私の憧れの存在です。どうして本城長さんがご存知なのですか？」

「今回の事件の世界平和教関連のデータは、元々、公安部のデータで、幼馴染経由で上原さんにお願いしたんです」

「ちなみに、その幼馴染の方は何という方ですか？」

「高杉隆一と言います」

「高杉さん……どこかで聞いたことがありますね……」

「彼は警部補で警察庁と捜査二課、警部でまた警察庁に行って、現在は丸の内署の刑事課長です」

「ああ……思い出した。私が初任科の時に実務修習で築地《つきじ》署に行った時の警ら課にいた係長で、若いのにもの凄く仕事ができる人でした。おまけに剣道がめっぽう強くて、署課対で全勝賞を取った……と聞いています。警ら課長が『スーパーマン』と呼んでいた人です。幼馴染も凄い方なんですね……」

「もう一人の幼馴染はキャリアで、今は警察庁の警視正です。それでも二人とも、今でも会うと幼馴染のままですけどね」

「その幼馴染……というのは、失礼ですが、ご近所だった……とか、どういうつながりだったのですか？」

「三人共、田園調布警察署の駐在の息子なんですよ。親同士がとても仲がよくて、同い年だったこともあって子どもの頃から少年剣道などでいつも一緒で、夏休みは必ず三家族でバーベキューをした仲です」

「駐在さんの息子さんたちだったのですか……それは珍しいというか、深いお付き合いだったのでしょうね」

「そうですね。今でも二世代、家族同士で付き合っていますよ」

「いいなあ……私なんて親族にも知り合いにも一人も警察官がいなくて『どうしてそんな大変な仕事を選んだんだ』と、いつも言われています」

武田班長の自嘲気味な言葉に、清四郎が顔の前で手を振って言った。

「でも、エリートだからいいじゃないですか」

「エリートではありませんよ。企画や人事とは全く縁がない、現場一筋ですからね」

「来春には三十四歳で警部になるんだから、やっぱりエリートですよ」

「一応、昇任試験には合格してきたものの、成績はそんなに良くないんですよ。ですから実務で勝負するしかないと思っているんです」

「僕にとっては贅沢な悩みのように聞こえてしまいますよ。組織が一番求めているような人材だと思いますけどね」

「一番かどうかわかりませんが、私はこれから刑事を目指したいと思っているような若い後進を育てられるようになりたくて、毎日努力しているつもりです」

「若い後進ですか……僕のような歳を取った後進もお願いしますよ」

「何をおっしゃっているんですか。本城長さんのことを後進なんて思ってもいませんよ。同僚の中でも飛び抜けた情報や人脈をお持ちじゃないですか」

「とんでもない。親父や幼馴染の縁から助けてもらっているだけです。その中でも、先ほど話題に出た公安部の相関図を早い時期から分析していたので、何となくですが裏社会のつながりが理解できただけなんです」

「それも才能ですよ。今回、一緒に関西を回っていて『きっと今、頭の中で相関図を描いているのだろうなあ……』と、本城長さんの記憶力や分析能力に舌を巻く思いがしました」

「いえ、それは武田班長に児玉さんをご紹介いただいたからです。世の中に、しかも一般人で、ああいう人がいるんだなあ……と驚きを隠せませんでした。ああいう方と知り合いになっていた武田班長は素直に凄いと思いますよ。ところで、先ほど武田班長が言った、公安部が『別世界』というのは、どういうところが……なのですか？」

「ああ、そうそう、本城長さんの幼馴染の話から話題が逸れてしまいましたね。公安部の中には全く階級意識というものを持ち合わせていないような人物がいるんですよ」

「えっ？　階級意識がなくて生きていける警察官がいるのですか？」

「いるんです。それも巡査部長でキャリアの公安部長や公安総務課長と完全にタメロなんです」

「その人はどこかおかしいんじゃないのですか？　そして公安部長もそれを許しているのですか？」

「笑い話のようですが、その巡査部長は警察庁の警備局長ともサシで会うことができるほどの情報を持っているんです」

「テレビドラマでしか見ることがない、警備局長……ですか？」

「そうなんです、警備局長だけでなく、閣僚や企業のトップからも直に電話がかかってくるので、その巡査部長のデスクの電話は誰も取らないのです」

「なんなのですか、その人は？」

「それがわからないまま、私も公安総務課を離れたのですが、その人の出自は譜代大名の末裔《まつえい》の長男らしく、父上の御葬儀に参列された公安総務課長が唖然として帰ってきたと聞いています」

「殿様の流れ……ですか……ご本人の力……という訳じゃないのですね」

「いえいえ、それでは単なるバカ殿じゃないですか。その出自を仕事に活かして情報を摑んでくるのですからそれは卓越した能力としか言いようがありません」

「それでも、そういう人は一人だけなのでしょう？」

「それがまだいるんですよ。警部と警部補なんですが、この人たちの人脈も、私にとっては異常としか言いようがないんです。現実に将来の総理候補と呼ばれた国会議員や警察庁キャリアの首を飛ばしちゃったんですから……」

「クビを飛ばした……打ち首ですか？」

清四郎が呆れた顔で訊ねると、武田班長は頷きながら答えた。

「情報一つで国家が動く……というのを私自身目の当たりにしました。警備局長だけでなく、多くの警察幹部が彼らに話を聞いていましたよ。また、公安総務課長が新たに県警本部長になる時には、その県を仕切っている人物に直接電話して『大事な人だから変な虫が付かないようにしてもらいたい』なんて平気で言うんですよ」

「県を仕切っている人……なんているんですか？」

「国会議員や知事ともツーカーな人で『関東政財界のご意見番』と呼ばれていた人らしく、その本部長が警察庁に帰ってきたときに警備局長にその話をしたそうです」

「不思議な組織ですね……」

武田班長が二本目の缶ビールを飲み干して、半ば笑いながら言った。

「本当に考えられないような人物がいるものなんです」

翌朝、デスクに出勤すると本橋管理官が武田班長と清四郎を呼んだ。

「どうだった？」

「出張報告は先ほど管理官宛にメールで送っておきました」

サラッと答えた武田班長を清四郎は啞然とした顔つきで眺めた。帰りの新幹線ではビールの五百ミリリットル缶を四本、それに日本酒とウイスキーも飲んで、お互いに相当酔っていたはずだった。

「そうか、確認しておこう。それよりも来週、稲山会内藤組企業舎弟の内村裕樹一派を挙げる。入り口はシャブだが、どうやら大掛かりな売春組織とマネーロンダリングをやっているようだ」

「現時点でホシはどれくらいの数になるのですか？」

「まず、大物五人だ」

「管理売春の利用者には政財官も入るのですか？」

「さすがにいいところに気が付くな。売春の実行者になっているのは主婦と大学生、若い男の子、そして児童が含まれているようなんだ」

「若い男の子と子ども……ですか……。後を絶たないんですね。第二、第三のフラワーエンジェル事件が起こる……という予測はありましたが、それにしても早すぎると思います」

「フラワーエンジェル事件か……被疑者死亡で片付けられてしまったが、当時の客名簿は警察組織内で闇から闇に消えていった……という話だったからな」

「いろいろな方面から圧力がかかっていた……というのは事実なんでしょうね」

「あんな事件が被疑者一人でできるわけもなく、裏組織の中に名簿が残されているんだろうな」

「需要と供給の問題が根底にある……ということですか？」

「ああ、いるんだよ。政財界の大物の中にもペドフィリアのような奴が……。統計上、社会的地位、血統、性別、年齢、性的指向にかかわらず、児童に対する性衝動を抑えることができない奴がいるようだ。しかし、社会的地位が高い者はその性癖の秘匿性を求めるから、需要と供給の関係から反社会的勢力とのつながりが出てくるんだ」

「しかし、加害者が精神病ということになれば違法性阻却事由の適用になってしまうのではないですか？」

「その件に関してはＦＢＩも分析を行っていて、その類型論をわが国でも適用しようとする動きがあるようなんだ。実際のところ警視庁の捜査四課から続く組対三課でもこの案件を立件したことがないのが実情なんだけどな。少年事件課や少年育成課から資料を送ってもらっているところだ」

　これを聞いて清四郎が訊ねた。

「いわゆるペドフィリアが合法的な国家もあるわけですか……」

「日本の刑法では違法だが、世界は広いんだ。十三歳以下の女児との結婚が合法の国は実際に存在している。また、インドの女性の結婚最低年齢は法律では十八歳と定められているが、ヒンドゥー教では、十歳前後の少女との結婚・セックスは広く認められていたため、現代でも農村部では児童婚の因習は続いている。本城長、日本人の発想だけで物事を考えてはいかんよ。特に宗教が根底にある生活習慣に関してはなおさらだ。例えばヒンドゥー教を例にとれば、信者の九割以上がインド人ということになるが、信者の数はキリスト教、イスラム教に次ぐ数だ」

「なるほど……」

「人間の性についての研究に関しては警察学校で性犯罪の授業でも学んだと思うが、アメリカのキンゼイ報告（Kinsey Reports）が有名だ。その報告では、成人男性の少なくとも二十五パーセントが小児に対し性的魅力を感じていると伝えているからな」

「そのようですね。アメリカだけでなくオーストラリア人にもその傾向が強いそうです」

「ほう、オーストラリアもか……現代の仏教界ではあまり聞いたことがないが、ローマ・カトリック教会では聖職者による児童への性的虐待が以前から問題になっているからな」

「そうなんですか……いやだな……。今回の売春組織については徹底的に捜査すべきですね」

「当然のことだ。現時点では一般の売春は裏が取れているが、児童買春に関しては極秘情報のようだ。徹底した捜索差押が必要となるからな、現時点でガサ入れの場所を最大限に広げる予定だ」

これを聞いていた武田班長が質問した。

「児童買春というのは被害児童の獲得や管理など、背後に普通の反社会的勢力ではない、別の組織が存在するのではないか……と思うのですが、どうなのでしょうか？」

「そこなんだ。稲山会内藤組には政治結社『青声会《せいせいかい》』という右翼団体があるんだが、その構成員の多くが練馬《ねりま》区を中心とした愚連隊『成増《なります》悪童』の連中なんだ」

「愚連隊というよりも暴走族ですね」

「現在、光《ひかり》が丘《おか》警察と少年事件課からメンバーのデータを取り寄せて携帯電話の通話記録と照合を終えたところだ。何となくではあるが芸能界関係者の名前も出てきている。『芸能人に会わせる』というSNSへの書き込みも見つけている」

「そうやって児童を集めていたのでしょうか？」

『友達を連れてきたらお小遣いをあげる』という書き込みもあるようだから、芋づる式に集めているようだ。この連中は内村裕樹他の再逮捕に併せて第二弾で挙げる予定だ」

「シャブ関連の第一勾留が終わるまでの間、私と本城長は関西で仕入れた精神科病院の関連を調査してきます」

「電話で聞いていた件だな……その件は府警には話をしていなかったんだな」

「府警の捜査員には申し訳ないのですが、あの管理官は信用できませんし、この件は兵庫県警とうちでやってもいいかと思いました」

「そうだな……わかった。それから、病院関連の捜査は奥が深いからな……薬の入手先等も当たることになるんだろう？　気を付けてくれよ」

「了解です。精神科で使用している薬の中には一般的な向精神薬だけでなく、フェニルメチルアミノプロパンもふくまれていますから……」

「シャブか……そこは合法的だからな……」

「レセプト捜査をすれば、正規の仕入れよりも処方量の方が多いことがありますから」

「なるほど……それも面白いな。レセプトチェックでは仕入れ量までは調べないからな」

「シャブ漬けにされた女優の話を聞いたことがあります。一度は売れた女優であっても、とことん落として裏の商売で使うことができますからね」

「関西ではよく耳にする裏話だな。行方不明になっている関係者もいるようだから、案外、そんなところに隔離されている可能性も否定できないな……東京湾に沈めるよりも足がつきにくいだろうからな」

本橋管理官がさらりと返した。

翌日、清四郎は東京水上署の組対課に電話を入れた。

「杉本《すぎもと》キャップ、ご無沙汰しております。つかぬお伺いなのですが、いつもお世話になっている東京都中央卸売市場食肉市場に対して、何らかの差別文書が届いた……という話はありますか？」

「平成十四年の一月末に中央卸売市場食肉市場長名でネットにも出していますが、今年に入っても、芝浦と場で働く職員や従業員の方々を差別し、食肉処理の業務を軽視、中傷する手紙が配達されたようです。その後も、移転の要求や爆弾を仕掛けたという電話による脅迫や、インターネットの掲示板にと場を差別する内容の書込みがなされるなど、差別の事象が後を絶たないようなのです」

「そうだったのですか……水上署では刑事課の中のどこが対応しているのですか？」

「爆弾などの威力業務妨害、名誉毀損等の容疑もあるのですが、刑事課の強行犯担当は相変わらず東京湾で上がる死体の扱いで大変なので、結局、組対係に回ってきたんです」

東京水上警察署の管内面積は東京二十三区内七十七警察署のうち最大の広さで、隣接する警察署は陸上面で八署、水上面を含めると実に二十署に及んでいた。東京都内の東京湾部分を全て管内に含んでおり、東京湾で上がる全ての人の死体は東京水上警察署が取り扱うことになっていた。またこの当時は警視庁本部には組対部はあったが、大規模所属を除いては組対は刑事組対課となっており、そのトップは刑事組対課長が担当していた。

「捜査は進んでいるのですか？」

「現在、ネットの書き込みから投稿者を特定して、その背景を調べているところです」

「そこまで進んでいるのですか……本部に捜査の着手報告はしていませんよね」

「それがまだ、海のものとも山のものともわからないのが実情なのと、背景にあの業界ならではの難しい問題がありますからね」

「似非同和問題ですか？」

「そのとおりです。よほど気を付けて捜査しないと集団訴訟を起こされかねません」

「今回の脅迫はいつ頃から始まっていたのですか？」

「十年近く前から始まったようですね。と場から仲買人に卸される肉は種類によって大きく二つに分かれているようなんです。一つは精肉と言われる動物の筋肉の部位、もう一つは内臓系の部位ですね。そして前者は多くの仲卸があるのに対して、後者を取り扱うのは同和関係の仲卸という不文律が関西を中心として全国でできあがっているのだそうです」

「そんなことがあるのですか？」

「焼肉屋の親父に聞けばわかりますよ。カルビやロース肉を仕入れる仲卸とタン、ハツ、レバー、ホルモン等を仕入れる仲卸は違うんです。最近では高級焼き肉店でもハラミを置いていますが、ハラミは横隔膜のことで、業界では内臓扱いなんですね。洋食店でビーフシチューとタンシチューを出している店も仕入れが違うはずです」

「そうなんですか……」

清四郎は都内でもそのような不文律があることを知って驚いていた。清四郎の反応に気付いたのか杉本キャップが言った。

「十年ほど前から都内でも、福岡の名物となっていた『もつ鍋』ブームが起こったでしょう？」

「銀座や青山にもできていましたね。芸能人だけでなく、国内大手航空会社のスッチーもたくさん来ていましたよ」

「そうでしたね、今は、だいぶ落ち着いていますが、旧来のもつ鍋のイメージを払拭した、BGMにジャズを流す、新しいもつ鍋のイメージを創り出したあの店は、マスコミに取り上げられて大反響を呼び、全国にもつ鍋ブームを呼び起すきっかけとなったわけです」

「そうでしたね……」

「その結果、牛モツの単価も上がると同時に、一般の精肉仲卸も、モツ、つまりホルモンを含む内臓部位の取り扱いをと場に対して求めてきたのだそうです。そこで現れたのが似非同和と、そのバックにいる反社会的勢力だったわけです」

「なるほど……そういう背景があったのですか……それで、今回の事件にも反社会的勢力の存在が浮かんできているのですか？」

「芝浦と場に対するネット書き込みの投稿者を特定して、彼の携帯の通話記録等を分析したところ、稲山会内藤組の関係者が関わっていることが判明したため、さらにその裏付けを取っているところです」

「稲山会内藤組……名前を教えてもらうことはできますか？」

「企業舎弟の脇山保《わきやまたもつ》という者です」

「企業舎弟か……その脇山の本拠地はどちらですか？」

「南青山です」

「投稿者本人にはまだ接触していないのですね」

「ギリギリまで泳がせます。預金関係に動きがあればいいのですが、まだその兆しがありません」

「行動確認は進めているのですね」

「はい、現在三人態勢で進めています」

「もし、応援が必要であれば私宛に連絡ください。すぐに対応しますよ」

「ありがとうございます。その時はよろしくお願いします」

　翌週月曜日の午前八時ちょうど、機動隊一個中隊の約七十人の応援を得て、捜査本部の捜査員三十五人が都内七ヵ所にガサ入れを行い、内村裕樹以下五人の身柄と、大量の証拠物を押収した。

覚せい剤取締法違反容疑の逮捕状を示された内村裕樹は呆気に取られていたようだったが、薬物関連の前科がないことから執行猶予で済むと思っていたらしく、弁護人を呼ぶ前に事実関係を認めていた。

この報告を捜査本部デスクで受けた本橋管理官は腕組みをして呟くように言った。

「ここまで素直に認められると二勾が短くなる可能性があるな……」

隣席にいた遊軍担当係長の須崎警部が訊ねた。

「企業舎弟ですから二勾はいっぱいいっぱいつくんじゃないですか？」

「野郎がシャブの入手先を謳ってしまえばどうにもならんだろう？　野郎も早く出たくて仕方がないはずだからな」

「入手先を謳いますかね……」

「そこは一応企業舎弟だからな。『渋谷でアフリカ系の外国人から仕入れた』と、言えば済むこと位知っているはずだ。そうでなければ弁録で認めることはないだろう」

本件のように予め逮捕状が準備されている場合を通常逮捕と言う。逮捕状は裁判所が発する許可状であり命令状ではないため、逮捕状が発行されたからといって必ず逮捕しなければならないものではない。

被疑者が逮捕されると、罪状認否を行い「弁解録取書」という最初の書類が作成される。最近のニュースでよく「『やったことは間違いない』と、供述した」旨の報道がなされるのは、この弁解録取書の事実認否の部分の決まり文句を広報担当者がそのまま述べるからである。その後、さらに、「逮捕手続書」と「捜査報告書」「捜索差押調書」「押収品目録」等が作成され、「留置の必要がある」と判断されたときは逮捕から四十八時間以内に、捜査書類とともに被疑者は検察官のもとへ送致される。

事件が検察庁に送られることを、実務的には「検察官送致」と言い、「送検された」と同意である。検察庁に身柄等を送られた被疑者は、初回の検察官の取り調べを受ける。この最初の手続きを通常「新件送致」といい、留置の必要性が認められて、一旦、被疑者の身柄を警察署に戻すまでの一連の流れを意味する。

さらに被疑者の取り調べの必要性を検察官が認めた際に行われるのが「勾留請求」で、検察官が裁判官に対して、「被疑者を勾留してください」と求めた場合、新件送致から二十四時間以内に行われなければならない。

検察官が勾留を請求すれば、裁判官がその請求に理由があるかどうかを審査するために、被疑者の話を聞くことになる。この手続を「勾留質問」といい、このため、被疑者は二日続けて警察署の留置場から検察庁と裁判所に身柄を送られることになる。

勾留質問を経て、裁判官が検察官の勾留請求に理由があると判断すれば、勾留状を発付し、被疑者は勾留される。理由がないと判断すれば、検察官の勾留請求を却下し、被疑者を釈放させる。

勾留とは逮捕の後に続く身柄拘束で、期間は原則十日であるが、「やむを得ない事由」がある場合は、検察官の請求により、裁判官が勾留期間を十日の範囲で延長することができる。このため、最初の勾留と異なり、五日とか七日になることもある。この最初の勾留を警察では「第一勾留（一勾）」、勾留の延長を「第二勾留（二勾）」と呼んでいる。

この勾留期間を終える前に被疑者を起訴するか不起訴にするかが検察官によって決定され、起訴された段階で容疑者の身分は「被告人」に変わることになる。

つまり、被疑者は最長二十三日間、警察署の留置場や拘置所に被疑者として留置される可能性がある。

「内村祐樹の再逮捕の準備を早めにしておかなければなりませんが、ガサで大量の証拠物を入手しているので、その分析結果も楽しみですね」

須崎係長がガサ入れの速報データを捜査管理システムで確認しながら言った。

「売春関連の名簿が出てくるのが一番なんだが……」

本橋管理官が呟くと須崎係長が質問した。

「売春とマネロンのどちらが主たる利益になるか……ですね。マネロン資料も大事になるのではないですか？」

「マネロンは海外のタックスヘイブン等の裏付けに時間がかかるからな……、売春捜査の間に組対部内のマネー・ローンダリング対策担当と共同でマネロン捜査を進めている」

「捜査本部がでかくなってきますね」

「マネロンに関しては全て本部で行っているから、所轄は入れていない」

「証拠物の分析はどうしているのですか？」

「とりあえず銀行や証券関連の資料は一旦マネロン対策室が持ち帰ってデータ化した上で、戻してもらうことになっている」

「そうすると次は管理売春ですね」

「そうなるな。当面は参考人供述がとれている主婦売春の件から始めるから、まだ時間はあるが、児童買春に関しては慎重にやっていかなければならない。特に警察庁対策が問題となるだろうな」

「情報漏洩……ですか……」

須崎係長が小声でつぶやいた。

「そうだ。こういう問題は経験則から、警視庁から漏れることは滅多にないんだ。警察庁のキャリアが政治家や財界人との交換条件のように流してしまうのが一番怖いんだ」

「うちの幹部、特に課長はどうなんでしょうか？」

須崎係長の言葉に本橋管理官は須崎係長の顔をちらりと見て答えた。

「部長は大丈夫だと思うが、課長が悩ましいんだよな……同期に国会議員と官房長官秘書官がいるからな……」

「しかし、事件情報に関して課長を飛ばして報告するわけにはいきませんよ」

「まあな、どのタイミングで話をするか……なんだが、やれるところまでやるしかないだろう」

そう答えた本橋管理官の顔つきは真剣だった。

押収物の分析を行っていたチームの捜査主任官の田久保《たくぼ》警部が速報を入れてきた。

「管理官、内村の野郎が契約していた青梅のマンションで押さえた押収品の中から、一千本以上のビデオテープとサーバ、それに二千人以上が記された個人リストが入ったパソコンが出てきました」

「二千人以上？」

本橋管理官が驚いた声を上げた。

「売春実行者と思われる成人と児童の名前、それに顧客リストと思われるものです」

「すぐに分析にかけてくれ。それから、名簿に関しては俺の分以外に極秘で三部コピーしておいてくれ」

「既に五部ほどコピーを取ったうえで、原本は現在科警研に回して分析中です」

「手回しがいいな」

「遊軍から応援に来てくれている本城長の指示です」

「そうか……そういう機転が利くのが本城長のいいところなんだな。ところで科捜研ではなく、科警研なのか？」

満足げな笑みを浮かべていた本橋管理官が首を傾げながら訊ねた。

科学捜査研究所とは、警視庁及び都道府県警察本部の刑事部に設置される附属機関で、科学警察研究所は、日本の官公庁の一つで、国家公安委員会の特別の機関たる警察庁の附属機関である。

「科捜研が最新の機器を導入することとともに、ハイテク犯罪対策も進めていることは知っていますが、科警研の法科学第四部と犯罪行動科学部の少年研究室に頼んだ方が結果的には早いのではないかと思いました。もちろん、少年事件課の少年犯罪管理システムで同時進行で分析してみたいと思っています」

「そうだな……ビデオテープの分析を生安部保安課のエロ画像担当のようにずっと見ているわけにもいかんからな。科警研の技官には内容が内容なだけに、警察庁に解析結果報告を上げるのをしばらく待つように、一応念を押しておいてくれ」

「承知しました。内村の野郎も、まさかうちが青梅のマンションまでガサを入れているとは思っていないでしょう。ガサの際の立会人は市役所職員に依頼しましたから。ビデオの全容がわかるまでは押収品目録は野郎には交付しません。再逮の時の野郎の顔をこちらもビデオで撮っておきます」

田久保主任官の言葉に、本橋管理官が頷きながら訊ねた。

「銀行口座の方はどうなっているんだ？」

「口座が分散されていて、野郎の妹や愛人名義のものも含めて、現時点で十四口あります。今後、この送金ルート等も調べておきますが、現時点で三十四億円は確認できています」

「シャブの収益に匹敵するような金額だな。裏稼業がまだあるのかもしれない。人が足りなくなりそうになったら早めに言ってくれ。いざとなれば本部員と所轄に出たO

Bも招集するからな」

「極秘ですね。了解」

これを聞いていた須崎係長が言った。

「コピー分の管理が大変ですね」

「一つは須崎係長、あんたが自宅で保管してくれ。もう一つは保険として同期の公総庶務担当管理官に渡す。万が一の時には、これが役に立ってくれるだろう」

「管理官はそんなにキャリアを信用していないのですか？」

「これまで何度か煮え湯を飲まされて来たからな。奴らの出世の道具に使われてたまるかってんだ」

いつも以上に強い口調で言う本橋管理官の顔を須崎係長は冷静に見ていた。

そこに麴町署警務課留置係から内村が選任した弁護士について連絡が入った。これを聞いた本橋管理官が須崎係長に言った。

「とんでもない野郎が弁護人に就いたぜ。元東京地検特捜部のヤメ検、大阪弁護士会の中川森市《なかがわもりいち》のところの事務所長だ」

「中川は昨年東京地検特捜部にパクられたんじゃないですか？」

「本人は拘置所にいても、部下も金目当ての優秀な連中ばかりだ。油断はできない。

しかも内村のようなチンピラ野郎の弁護人に中川の法律事務所長が就くということは、岡広組や関西の悪徳食肉業者とつるんでいるに違いない。そうなるとその背後にいる政治家の姿もおぼろげに見えてくるような気配だ」

「岡広組や関西の悪徳食肉業者といえば、先日関西出張に行った武田班長と本城長も詳細に調べてきていました」

「武田に本城か……さすがだな……。今後のうちを背負って立ってもらわなきゃならん存在だな。それで武田は今、常田組関連の精神科病院の捜査をしているんだったな?」

「どこから仕入れてきたネタか知りませんが、精神科病院に関するデータを見て驚きました」

「あの二人だけは将来のために守ってやらなきゃならんな。この件は早めに組対部長に進言しておいた方がよさそうだな……」

「お願いします」

本橋管理官はその場で組対部の別室の担当係長に電話を入れて組対部長の空き時間を確認し、十分間の面談時間を得た。

警視庁本部の別室というのは、警視総監、副総監以下、本部各部の部長、参事官、各部総務課長にそれぞれ秘書役として付いている担当者のデスクのことである。

住友組対部長は笑顔で本橋管理官を迎え、一連の報告を受けて静かに言った。

「本橋さんの考えはわかりました。本件に関してはまだ、三課長には伝えていないんだね」

「現時点では部長のお耳に速報すべきと考えました」

「いい判断だったと思います。それで、その内村という男の再逮捕間際に三課長に伝えるのですか？」

「そのつもりでおります。三課だけでも大きな捜査が同時進行中ですし、今後の突き上げ捜査でどれだけ事件が進展するものなのか、まだ判然としておりません。案外、マネロンの方が社会的影響が大きくなる可能性もあります」

「しかし、話題性からいえば児童買春の方が瞬間的なインパクトは強いでしょう。三課長も好きそうな話題ですからね。いくら現在収監されているとはいえ、中川森市の名前が出てくれば三課長も事案の背後関係を想像して慌てるでしょう。その点はどうするの？」

「一応、送致書類に関しては決裁を受けますので、その時に弁護士選任届に気が付かれるかどうか……です」

「なるほど……弁録の時には弁護士名は出ていないのですね？」

「はい、弁護士の選任についての事項には『わかりましたが、考えて後程お伝えします』との記載になっています」

「中川森市も検事時代は『特捜のエース』と呼ばれていたにもかかわらず、与党国会議員関連事件捜査に際して、検察上層部の政治的配慮によって事件そのものが潰され続けたことが何度かあったようですからね。可哀想といえば可哀想な人物だったのですけどね。その後があまりに悪すぎた……」

「『闇社会の守護神』『闇社会の代理人』と呼ばれるようになっていましたからね。しかも関西の悪徳食肉業者とはズブズブの関係になってしまっていましたから。たかだか弁護士で七億円するヘリコプターを持っていたなんてことは通常の金銭感覚では考えられないことです」

「そういう人物を作ってしまったのも政治であったわけですから、翻《ひるがえ》れば国民の責任になるわけですよ。私もかつてその悪徳業者とズブズブの国会議員から何度も呼び出しを受けて恫喝されたものですよ」

「恫喝が好きな馬鹿議員は多いですからね」

「神妙な顔はしていても、腹の中では『いつか必ずパクってやる』……と思える役人は警察くらいのもので、他の省庁の職員は気の毒な気がしましたよ」

「部長も経験がおありだったのですか……」

「まあ、この事件を本橋管理官が担当されてよかったですし、武田君と本城君の名前は記憶にとどめておきますよ」

　本橋管理官は深々と頭を下げて捜査本部がある麴町署に、行きと反対回りの桜田門、皇居外苑経由で、今後の捜査をゆっくり考えながら戻った。

第四章　公安総務課長

二〇〇五年（平成十七年）三月末、警察庁警備局警備企画課理事官・大石和彦の警視庁公安部公安総務課長の発令通知が出た。

その日の午後三時過ぎ、組対三課の本部デスク担当になっていた清四郎の携帯が鳴った。

「清四郎、明後日、警視庁の公安総務課長に就任することになった」

「予定どおりか？」

「まあ、流れ……だな。明後日から警視庁勤務だ。ところで、今夜、会えないか？」

「隆一には連絡したのか？」

「いやまだだ、隆一は察庁の刑事局に異動したばかりで慌ただしいだろう」

「隆一は三回目の警察庁勤務だな……また捜査二課に行ったようだ」

「捜査二課か……警視庁同様、察庁も部外からの連絡を気にする組織だから、清四郎から隆一のデスクに警視庁の警電から電話を入れて貰えるかな」

「わかった。二課は個人の携帯をロッカーに入れさせるようなところだからな。場所はいつもの新橋のガード下でいいのか？」

「あそこが一番だな。十八時頃からでもいいか？」

「俺はいいが、隆一にはその時間から始めていると伝えておくよ」

電話を切ると清四郎は隆一に電話を入れて用件を伝えた。隆一は和彦の立場を察して、

「さすがに二課の体質を知っているんだな」

と一言呟いて、できる限り早く行く旨を伝えてきた。

清四郎は武田班長に「私事で急な案件ができた」という内容で了解を得て、十七時十五分に定時退庁した。

出先の麴町署からタクシーで十七時四十五分にガード下の店に着くと、和彦はすでに席を取って座っていた。

「悪かったな。タクシーまで使わせてしまって。忙しいんだろう？」

「忙しいのはいつものことだ。タクシーは義父の会社の四社チケットがあるからどうってことはない」

「タクシーチケットとは、いい身分だな」

「日頃から、いろいろ相談にのっているからな。給料を出すわけにはいかないから……と、このチケットをくれるんだが、案外役に立つ」

「嫁さんは実家を手伝っているんじゃないのか？」

「一応、役員になっていて、俺の倍以上稼いでいる。その仕事を実質やっているのは俺だから、毎月、ちゃんと小遣いは貰っているさ」

「マンションも一棟持っているんだろう？」

「三多摩の小型マンションだからたいしたことはない。維持管理が大変なだけだ。そんなことより、和彦は相変わらず新橋のガード下が好きなんだな」

「まあ、飲みながら話そう。ここの豆腐入り牛スジ煮込みが食べたくて仕方なかったんだ」

二人は「練習」と称して、生ビールで乾杯すると、ビールと同時に運ばれてきたネギ大盛の煮込みに七味をたっぷりかけて口に運んだ。

「これだよ、これ。全国どこに行っても、この煮込みはないんだよな」

「都内でも、ここほど美味い店は少ないと思うぜ」

煮込み談義をして一杯目の大生を飲み干し、清四郎がおかわりを頼んで和彦に訊ねた。

「あまり仕事の話は聞かない方がいいかもしれないな」

「公安部というところはある意味では伏魔殿のようなところだ。警察庁の警備企画課にも報告していない案件が多くてな。これから一ヵ月は気になる分野のデータを確認するだけで手一杯だな」

「公安が警視庁内でも敵が多いのはそういうところが理由の一つなんだろうな」

「敵か……他の部署に仕事の内容を理解されようという努力を全くしないからな……仕方がないと言ってしまえばそれまでなんだけどな」

「今の、公安部にも問題点は多いのか？」

「そうだな……。妙な派閥までできてしまったこともあるし、それと闘ったキャリアもいたからな……。そして、最近では九・一一が原因だ。アメリカ合衆国がイスラム過激派をかくまっているアフガニスタン侵攻を始めて四年になるが、ベトナム戦争以上の人モノ金を使うことになるのはほぼ確実のようだ」

「今後も日本に影響が出てくるんだろうな……」

「少しは出てくるだろうな……」

「九・一一当時、俺の元上司が当時ニューヨーク市警に派遣されていて、ワールドトレードセンターで巻き込まれたんだ。一時期、安否が不明だったんだが、上司とバディーを組んでいた市警警察官が殉職して、上司は助かったんだよ」

「そんなことがあったのか……確かに、東京都のニューヨーク事務所が閉鎖された結果、その替わりとして、警視庁からニューヨーク市警に派遣されるようになったんだが、大変な時に巡り遭ったものだな。しかしご無事でなによりだったな……ニューヨーク市警派遣はFBI派遣に次いで、日本の警察官にとっては憧れの経験だからな。万が一にも派遣中に事故が起こってしまった場合には、この派遣制度そのものがなくなってしまうことにもなりかねないだろう」

「そうだよな。そう考えると隆一は凄い経験をしてきたんだな……FBI派遣だもんな」

清四郎の言葉に和彦が頷きながら答えた。

「そうだな、隆一は本当に努力を惜しまなかったんだと思う。単に昇任試験や講習成績がいいだけでは海外研修には行かせてもらえないからな。隆一のFBI派遣は僕の前任の教養課長が最終的に決めたんだが、当時の隆一は警視庁警部の中でもピカ一の評価だったからな」

「三鷹で一年間一緒だったけど、仕事もバリバリできたからな。しかし、その頃お前は署長だったんだろう？」

「ああ、目黒《めぐろ》二年目だったな」

「何だかんだ言ってもすげえなあ」

「これから全国ドサ回りの人生が始まるんだ」

そう言っているところに隆一がやって来た。

「悪い、何とか抜け出してきた。和彦も異動間近で大変なんじゃないか？」

「異動の前ぐらいゆっくり、仲間と酒を飲みたいと思ってな。明後日からはいろいろ起こりそうだからな」

「やはり、アフガニスタン侵攻が最大の案件なのか？」

「いや、それ以上に国内情勢が問題になりそうなんだ。最大与党に分裂の兆しが出てきている」

「そうなのか？」

隆一の生ビールが届いたところで改めて乾杯をすると、隆一が和彦に言った。

「公安総務課長か……公安部の筆頭課長は大変だな」

「四年前のテロのおかげで国際テロ対策を担当する外事三課が新設されたからな。これまでの外事二課のメンバーではほとんど情報が入ってこないだけに大変だ」

「日本にもイスラム原理主義者がいる……ということなのか？」

「何とも言えないが、ムスリムそのものが少ないのは事実だろうな」

「そうだな……モスクと呼ばれている施設も代々木上原《よよぎうえはら》近くにあるものくらいしか都内で見かけないからな」

「日本国内にいるムスリムの二大派閥の分析もできていないから、大変だよ」

和彦の言葉に隆一は頷いていた。清四郎が話題を国内問題に戻した。

「ところで、今の首相がアメリカのブッシュジュニアと近いから、いろいろな要求をのまなければならないのだろう？　国益を損なうことはないのか？」

「何とも言えないな。ただ、郵政民営化については、以前から現首相の考えではあったんだけどな」

「そうなのか……。しかし、人気はあるとはいえ、変人なんだろう？」

「ああ、十分にな。ただ、北朝鮮の金正日に国家としての拉致を認めさせ、被害者五人を帰国させた功績は高く評価されているのは事実だ。総裁選に出馬する際に『政権与党をぶっ壊す』と言っていたほどだから、本気度は高いんだろうな」

「ところで、拉致問題がその後全く進展しないのはどういう理由なんだ？」

「拉致問題に関しては、北朝鮮国内だけでなく、日本国内でも複雑な問題なんだよ」

「そうなのか……実は、今やっているコールドケースの案件でも、反社会的勢力とのつながりがある北朝鮮系の悪い女がいてさ、北朝鮮ビジネスで一儲けしているんだ」

「北朝鮮ビジネス？　そんなのが成立するのか？」

「ああ、この女、元は名古屋辺りの北朝鮮系で金融をやっている野郎の娘で、弟はパチンコ屋なんだが、東京に出てきて、中堅反社会的勢力の幹部の女になっていたんだ」

「反社の男も同じ北朝鮮系なのか？」

「もちろんそうだ。ただ、この野郎はなかなか賢い奴で渋谷にちゃんとしたホテルを持っていて、不動産や絵画等の投資に加えて、大掛かりな仕手にも手を出していたんだ」

「仕手に手を出すとなれば経済ヤクザの仲間入り……ということだが、どこの組の奴なんだ？」

「墨田組だ」

「なるほど……墨田組なら岡広組の京都の連中ともつながって、仕手をやっているな……墨田組のフロント扱いなんだろうが、そのホテルが様々な事件の舞台になっているんだろうな」

「さすがだな。そのとおりだ。ところが、このヤクザもんがある日忽然と姿を消してしまったんだ。それも大掛かりな仕手をやっている最中にだ……」

「消されたか……」

和彦があっさりと答えたため、清四郎は一瞬言葉を失っていた。これを見た和彦が訊ねた。

「そのホテルはどうなった？」

「その女の名義になって、何食わぬ顔で未だに経営している」

「ラブホテルならともかく、一般のホテル経営はそんなに簡単なものじゃないぜ。それなりのバックがいるはずだ。男が失踪したのはいつ頃の話なんだ？」

「一九九〇年、バブルの最中だ」

「北朝鮮ビジネスが盛んな時だな……その仕手の対象はどういう業界なんだ？」

「元々は戦前からあった泰緬《たいめん》銀行が終戦とともに閉鎖機関に指定され、その後、閉鎖機関の残余財産によって『東南貿易株式会社』の商号で設立して、江戸川《えどがわ》区の葛西《かさい》に本店を置いていたんだ」

「『東貿』か……中国残留孤児の受け入れにも資金提供していたところだな」

「そうなのか？」

「二〇〇〇年頃に上場廃止になっていたと思う。それでも株式併合という裏技を使って生き延びているはずだ」

「株式併合？」

「ああ、千人以上いた株主の上位五者が他の株主の株を買い取って会社運営するやり方だ」

「相当な資産がないとできないな」

「そういうことだ……バックに関西の旧財閥系の金が流れている。バブルの時にはノンバンクとして大儲けしたはずだ」

「しかし、流石と言うか、何でもよく知っているな」

「バブルの時に儲かった会社には大学時代、それなりに興味があったからな。どうやったら金儲けできるのかを仲間たちと研究していたものだ」

「なるほど……」

「ところで、その悪い女の名前は何というんだ？」

「片桐邦美《かたぎりくにみ》という奴だ」

「片桐邦美か……覚えておくよ。そいつが今、北朝鮮ビジネスに走っているんだな？」

「日朝交渉で間に入ったという『ミスターX』に引き合わせる……とかで、やはり、この時暗躍したという文昭子という得体のしれない女性ジャーナリストと組んでいるようなんだ」

「なに？　文昭子？」

「知っているのか？」

「確か日朝交渉の時に動いた人物の一人で、前首相とも接点があった……と聞いている」

「日本の首相と？」

「ああ、そうだ。前首相とはいえ、拉致問題に何らかの形で関与していたとなれば、現首相にとっては自らの存在感を示した、国民からのイメージアップについては恩人に近い存在だ。それが反社会的勢力とつながるとなれば、これは困ったことになったな……」

「この文昭子と片桐邦美二人の接点がどこにあったのか……だが……」

「清四郎にその情報はないのか？」

「俺もそこまではわからないな。北朝鮮系の反社会的勢力がバックにあった……となれば大変なことになるな」

「いくら悪の枢軸といわれる北朝鮮でも、そこまでゲスになっているとは思えないが……」

和彦は清四郎からの情報の扱いに迷っていた。

「ところで、アメリカはいつまでアフガニスタン侵攻を続けるつもりなんだ？　首班と言われているウサマ・ビンラディンを捕まえるまでなのか？」

「そうしなきゃブッシュ政権は崩壊してしまう。アメリカ国内はナショナリズムの高揚が相変わらず強いようだしな。ブッシュの時代だけで終わればいいんだが」

隆一の質問に和彦が答えた。

「アメリカ合衆国では、未だにアラブ系人種に対する反発が強いのか？」

「そんなところだろうな。アラブ系人種の全てではなく、過激派のイスラム原理主義者だけがターゲットのはずなんだが、一般人にはそこまで理解できていないからな。過激派は航空機を乗っ取って自爆するような連中だ。それも一機だけでなく四機だからな。一機にテロリストが五人乗ったとしても二十人が英雄気取りで自爆テロを行うとなれば、もはやこれは奴ら流にいう『ジハード』に他ならないからな」

「ジハード……聖戦か……全く罪もない人を巻き込んで何が聖戦なんだと思う」

「それが戦争というものだろう。俺たちのじいちゃん、ひいじいちゃん世代だって、東京大空襲でどれだけの人が亡くなった？」

「言われてみればそのとおりだな……僕たち三人揃って東京四世代目だからな」

「終戦記念日近くになると、沖縄や広島、長崎ばかりが取り上げられるが、一番人が死んだのは東京なんだからな」

「確かにそのとおりだな……。戦前の人口は七百万人はいたんだが、終戦の時は三百万人になっていたんだ。それから一気に人が増えて、今じゃ千二百万人だろう？」

「疎開していた人もいただろうが、確かにもの凄い増え方だな。それだけ警察官も増えてきたんだろうが……」

　隆一と和彦の話を聞いていた清四郎が言った。

「人が増え、通信手段がここまで進歩してくると、俺たちの仕事もますます煩雑になってくるからな。それだけに捜査情報の入手というのも難しくなってきたな。そして……このタイミングで部門こそ違え、三人揃って同じ情報の仕事というのも妙な縁だな」

　これを聞いて和彦が隆一に訊ねた。

「隆一は察庁の捜査二課で情報担当なのか？」

「来週から二課の情報担当補佐に決まっているんだ。それもあって現在は全国のサンズイ情報を分析した結果を整理している」

「清四郎はマル暴情報担当なのか？」

「それが、マル暴だけじゃなく、これとつながっている政治家からその背後にいるフィクサー気取りの連中や宗教団体まで幅広いんだ」

「公安とほとんど同じじゃないか」

「そうなのか？　公安の仕事は全くわからないんだが、公安部が作った相関図を隆一経由で手に入れて、それを見て、担当管理官以下の上司とともに驚いているところだ。今後もまた三人で情報交換できたらいいんだけどな」

「お互い、分野こそ違うけど、警察としての目的は一緒なんだから情報交換しようじゃない」

和彦が笑顔で答えた。

その後、ロシア情勢やアメリカの動向、イスラム過激派の動きなど、隆一や清四郎が日頃関わることがない話題を和彦が提供してくれた。隆一もまた国会議員絡みの汚職事案を話したが、これに清四郎が反応した。

「隆一、俺が手掛けている事件に似ているな……永田町のマンションが舞台じゃないのか？」

「なに？　もう着手しているのか？」

「すでに前段の覚せい剤取締法違反の捜査は始まっている。ターゲットの国会議員に届く前に、さらに大きな事件になりそうな気配なんだ」

「大きな事件？」

「まだ、全容が解明できていないんだが、ちょっと有名な若い女性芸能人まで含んだ売春事案だ。そしてその後に本命の事件に入る予定だ」

「売春？　反社会的勢力が関わっているのか？」

「組対三課がやっているから当然なんだが、この下部組織というよりも新たな勢力というか、元暴走族や愚連隊グループが関わっている」

「暴走族？」

「それが、大手芸能事務所と深い関係にあるようなんだ。反社会的勢力も奴らを抑え込めるのかどうか、二の足を踏んでいる状態なんだよ」

「芸能界には男女を問わず、暴走族を始めとして、様々な過去を持つ者も多いからな」

「そこなんだ。その中心にいるとされる企業舎弟なんだが、個人の表面上の資産だけでも三十四億円もあるんだ」

「個人で三十四億か……相当な裏があるはずだし、その男が所属する組織がそれを指を咥えて見ているはずがないと思うんだが……企業舎弟とはいえ、組織ランクからすればそんなに高い地位じゃないだろう？」

「稲山会の三次団体だな」

清四郎の話に和彦が首を傾げながら言った。

「その男は海外マフィアとのつながりでもあるんじゃないのか？」

「海外マフィアか……確かにあり得るな。世界空手会館の館長とも仲がいいようだ」

「それだな……あの団体はもともとコリアンマフィアとのつながりで有名だからな。宗教団体では世界平和教とのつながりも指摘されていたはずだ」

「世界平和教？」

隆一が驚いた声を出した。これに和彦が答えた。

「そう、日本の政治家とも深い関係を持つ宗教団体だ。ＣＩＡやＦＢＩもあのカルト集団には注目している」

「教祖はＦＢＩにも逮捕された経験があったんだよな」

清四郎が補足すると、和彦が続けた。

「そう、脱税容疑で実刑を受けて収監されている。そして、本来ならそのようなものは日本国内に入国できないにもかかわらず、日本の政治家が超法規的措置を執って入国させ、布教活動まで行わせているんだ。これにはアメリカ政府も遺憾の意を表していたけどな」

「そうか……その話はあるジャーナリストに聞いたばかりだ。売春容疑事件がそこにつながるとなると、捜査も簡単には行かないな……」

清四郎が腕組みをして答えると和彦も同様に腕組みをして言った。

「気を付けた方がいいな。世界平和教に関してはかつて公安部も政治的圧力をかけられた経験があるからな」

「しかし、今回は立派に反社会的勢力が関わっている事案なんだぜ。いくら政治家と言っても反社とのつながりを自ら認めるようなものじゃないか?」

「清四郎、世の中、そんなに簡単なことばかりじゃないんだよ。そういう連中を国会議員として世に送り出している選挙民の存在があるんだからな」

「選挙民が馬鹿なんだよ。利益誘導ばかり願っている連中だろう?」

「それを期待している国民も多いんだな。かつての今太閤と呼ばれた総理大臣だって結果的には地元に対する利益誘導を積極的に行った結果だったわけだからな」

「日本の民主主義というのはその程度のものなのだろうな……。ところで和彦も隆一も仕事で海外を経験しているけど、海外の警察目線から見た日本というのはどうなんだ？」

これに和彦が先に答えた。

「まあ、安全な国だな。おまけに、国民の識字率が高いから、その気になればホームレスだって世界情勢を新聞で知ることができる。同じ島国でもキューバやマダガスカル、スリランカのような国と違って、主食を確保できる農業が成熟しているし、飲み水がほとんどただで手に入るからな。これは大きな違いだ」

和彦が隆一の顔を見て発言を促した。

「銃規制がほぼ徹底されている点も大きいと思うし、それなりの産業があるのも強みだ。大企業も労使協調路線が多いため、一時期のようなストライキが起こらない。特に、左バネが強い公務員の世界でストライキが防がれているのは大きいことだと思うな。良きにつけ悪しきにつけ、協調路線を選ぶ国民性がその原点にあるのだろうと思う。結果的にそれらの要因が平和な世界を作っているのだろう」

「そうか……総じて日本はいい国……というところか……」

「政治がぬるい……という点は気にはなるが、本物の政権交代が起こりにくい体質であることは間違いないな。その最大の理由は先ほども言った大企業の労使協調路線にあると思う。日本企業の九割以上は中小企業なんだが、その経営者たちが政治的変革を好まない……という点にも大きな理由がある。そして、共産主義が嫌われる根底に、日本を取り囲むロシア、中国、北朝鮮の存在があるのだと思うな。さらには日本の芸能界にも左翼思想を持った人や特定宗教団体の影響を受けている人は多いが、大体の国民は極めてノンポリであることだ」

隆一の言葉に清四郎は驚いた顔つきになって訊ねた。

「隆一はどこでそんな勉強をしたんだ？」

「ＦＢＩで向こうの捜査員からいろんな質問を受けるから、自分なりに考え、調べてみたんだ。自由の国であるアメリカだって、かつては厳しいレッドパージをしてきた過去がある。日本でも第二次世界大戦後、似たようなことが行われてはいるが、それが功を奏したわけではなく、逆に奴らの結束を固めさせたところもあったからな」

「そうか……俺は警察学校の警備の授業で人生で初めて共産主義について習った時、マルクスの理論はそのとおりだと思ったんだが、結果的にはソ連の崩壊に始まって、東欧諸国も後追い状態になってしまったから、自分の意識の甘さを痛感したものだよ」

「しかし、それを未だに本気でやっている国が隣にあるわけで、それを本気で支援している団体も日本国に多くいることを忘れてはならないと思う。そして、その連中の中から多くの反社会的勢力が生まれ、さらにはこれと日本の歴史の中で最も悲しい差別である同和問題が結びついてきたんだからな」

「同和か……似非も多いからな……関西の同和の実態を見て俺は愕然としたものだったよ」

清四郎の言葉に今度は和彦が驚いた顔つきで訊ねた。

「清四郎はいつ関西の同和に接したんだ？」

「ああ、つい最近のことだ。奈良、大阪、兵庫、京都の被差別地域を見てきたよ」

「そうだったのか。俺も一応勉強はしたよ。警察が最も行ってはならない、意識しなくてはならない行為が差別だからな。この同和の主張を現在でも選挙の道具に使っていた政党が間もなく埋没するだろうから、改善の方向に向かっているのは事実だよ。でもまだまだ利権で生きている連中も多いから、あと二十年かそこらはかかるだろうな」

「俺も差別なんて大嫌いなんだが、マスコミにも問題があるんじゃないのか？」

「マスコミもそうだが、それ以前に、その教育を盲目的に進めてきた日教組という日本教育の癌が存在していたことも忘れてはならない。現在の小学校の教員が必要以上の時間的、労働的負担をしなければならなくなった根源も、実は日教組の方針にあったんだからな。教員も次第に組織のイデオロギーと存在意義に疑問を持ち始め、現在は加入率も三割を切っているのが実情だ」

和彦の話を聞いて清四郎が言った。

「ずいぶん昔の話になるが、あさま山荘事件の頃、日教組組合員の教師が、警察官と自衛官の子供を立たせて『この子達の親は悪人です！』と吊し上げて問題になったこともあったからな」

これに隆一が笑いながら言った。

「警視庁警察官なら、初任科の警備の授業で聞いていると思うが、この女性教師は最初は開き直っていたものの、教育委員会に訴え出て免職させると言われると、一転して土下座して『みんな日教組の指示によるもの』と詫びたという案件だな。そもそも日教組の支持政党は朝鮮労働党との関係を強化した一九七〇年代から北朝鮮との連帯を強調し、訪朝団の派遣を積極的に行い、北朝鮮の指導者を賛美してきた事実も忘れてはいけない」

和彦も頷きながら続けた。

「その残党もまだまだ残っているからな。かつての極左暴力集団の連中が出てきたのも、元々はマルクス主義を過大評価してきた学者と、これを鵜呑みにして教育してきたレベルの低い一部の教育者、さらには本当の学問をすることなく不平不満を募らせた阿呆な当時の学生たちだった……ということだ。これに加えて、一部のマスコミが妄想的に裏付けを取ることもなく誤った社会主義思想を宣伝してきた結果だろう」

清四郎は首を傾げながら和彦に訊ねた。

「しかし、大学の中には何も勉強しない体育会の連中をまるでボディーガードのように利用して、保身と利益獲得に走っていた幹部がいたことも事実だろう？」

「そういう大学も確かにあっただろうし、大学という教育機関を単なる『金の生る木』のように設置して、社会のためには何の役にも立たない学生を増産してしまった政治も間違っていた……ということだ。四半世紀後には淘汰される大学が日本中に溢れかえることだろうな」

「どうして二十五年後なんだ？」

「日本の人口減少が加速度的な勢いを見せてくることが明らかだからな。猫も杓子も大学に進学する時代は終わるということだ。そして、日本も本来あるべき姿になっていくことだろう」

「日本のあるべき姿？」

「資源も食料もない国家が、世界第二、第三の経済国であり続けるはずがないだろう。いい加減にそんな幻影を追うことを止めないと、国家の衰退も加速度を増すことになるだろうな。日本は世界で二十番目くらいの地位で十分だし、第一次産業くらい自国民の手で行うようにならなければならないんだ」

「世界二十位……というと、現在でいえばどの国あたりの水準なんだ？」

「スイス、ベルギー、スウェーデンあたりかな」

「まあまあじゃないか……。国連なんて中国とロシアが安保理の常任理事国で、日本に対する敗戦国規定が残っているんだから信用できないし……。アメリカの庇護がいつまで続くかわからないからな」

「明治維新の時に日本は脱アジアの道を選んだわけだが、第二次世界大戦の敗北によって何らかの意識改革を行ったかと言えば決してそうではなかったからな。ただ、中国、韓国は間違いなく成長しているし、中国の圧倒的な人口は無視することができない状況にあることは間違いない。適度の距離感は必要だが、両国とも敵国にしてはならないということだ」

「話を戻して、日本国内の共産主義はどうなっていくと思っているんだ？」

「極左暴力集団は確実に衰退していくと思っている。昭和六十年十月二十日の成田《なりた》現地闘争以降、極左の三本柱だった中核派は実質的な資金源だった成田を失ったからな。革マル派も最大労働組合の組合員離れが加速しているし、革労協も母体といって決して過言でない公務員労組が弱体化している。この傾向は革命政党の弱体化と似ている。『戦争反対と護憲』だけで、これからの国民意識の変化について行くことはできないだろう」

「単なる反対政党ではな……支援していた芸能人たちも老化が進んできているからな」

「ほう、清四郎も結構勉強しているじゃないか？」

「初任科の頃から警備の授業は好きだったんだ。幸いなことに機動隊には行かずに済んだが、彼らの苦労はよく知っている」

　これを聞いた隆一が笑いながら言った。

「マル機の一般隊員は高卒には悪くはないんだが、大卒にとっては、体力面だけでなく年下の先輩も多いからたまらないだろうな。特に清四郎のように学生時代に遊び通してきた者にはな」

「お前にそれを言われると俺は何も返す言葉がない。ただ、高校時代から唯一続けてきたゴルフは今でも俺を助けてくれているけどな。結果的に、そのゴルフで嫁さんも見つけたようなものだし、ヤクザもんと対峙する仕事になったんだからな」

「その後の情報収集能力が凄いと思うよ。やはり清四郎は子どもの頃から要領がよかったが、地頭がいいんだよ」

「地頭か……よくないな」

清四郎が笑って言うと和彦が真顔で言った。

「いや、ずっと話を聞いていて清四郎の情報分析力は凄いと思っている。ただし、先ほども言ったように今、清四郎たちが取り組んでいる事件は十分に周囲に配意しながら進めた方がいいと思う」

「それはうちの管理官も言っていた。刑事部長はいいが組対三課長には気を付けた方がいいだろう……とな」

「組対三課長の大平さんか……好き嫌いが激しい人だからな。おまけに同期には評判の悪い国会議員がいる」

「そうらしいな、その国会議員は選挙区の地元警察でも相当嫌われているようだな」

「かもしれないな……態度がでかいからな……。東北地方のパチンコ業界からも苦情が出ているという話だ」

「そうか……さっき話した稲山会三次団体の企業舎弟から押収した、売春組織の顧客リストを今分析しているところなんだが、結構な名前が出てきているらしい。管理官はそのデータの管理についてもいろいろ手を打っているんだ」

「なかなか優秀な管理官だな。それにしても、そんな極秘情報を清四郎に話すということは、相当な信頼関係にあるということだ」

「実は秘匿用にコピーしたデータは遊軍の係長と俺も預かっているんだ。これは管理官と係長の阿吽《あうん》の呼吸と聞いている。係長が『保険を掛けている』という言い方をしていた」

「『何かあった時は後を頼む』という意味だな。相当な内容のデータなんだな」

「俺としては捜査が巧くいけばいいだけの話なんだが、上の方はそうではないんだな」

「清四郎、気を付けろよ」

「大丈夫だよ。俺には和彦と隆一がついているからな。そうとはいえ事件に巻き込むようなことはしない。しかし、何か妙な動きが出た時はデータのコピーを二人にも渡すけどな」

「そんなことはしなくていいよ」

隆一が笑って言うと、清四郎は真面目な顔つきで言った。

「俺は捜査四課の頃からよく知っているんだ。マル暴のアジトに急襲ガサを入れると、時々、うちの内部情報が流れている証拠が見つかることがあるんだ。どこにでも獅子身中の虫というものがいることはよくわかっている。事件チャートが流れていたことさえあったんだ」

「そんなことがあったのか……」

隆一が驚いた顔つきで言うと、和彦が平然と言った。

「そういう情報は往々にして幹部から流れていることが多いな。僕も神奈川県警で二度、同じ経験をしているよ。事件後に特には犯人捜しはしなかったが、先ほど清四郎が言ったようなことがあるから、幹部に配付する資料の改行位置を全て変えて渡していたから、誰に渡したデータが流れていたかは判明していたんだ。その後、その警視を部内で行動確認して金銭授受の現行犯で捕まえ、懲戒免職処分にしたが、刑事事件化は上の判断でやらなかったんだ」

「警視か……どこでもいろいろあるんだな……」

「神奈川県警で起こる不祥事という負の遺産の原因は、キャリア人事によるものだったから根が深いんだ。現在はかなり解消されてきていると思うが、現場の人たちにとっては実に迷惑なキャリア人事だったと思うよ」

「キャリアが皆優秀とは限らない……ということか？」

「たった一回の試験に受かっただけのことだからな。学校の勉強はできていても、社会勉強ができているとは限らない。国家公務員出身で勘違いしている国会議員が多いのもその典型だな」

「お前が言うのならそうなんだろうな」

清四郎は想像もつかないキャリアの世界については、和彦の言葉に納得するしかなかった。これを聞いていた隆一が和彦に訊ねた。

「キャリアの世界にもイジメはあるのか？」

「あるな。どんな社会でもイジメがなくなることはないと思う。特に男のジェラシーというのは実に陰湿になる場合があるからな」

「男の方が陰湿なのか？」

「人事権を持っている場合にはより露骨だな」

「お前は経験があるのか？」

「チヨダの理事官の頃は酷かったな……。タバコを吸うようになったのも、実はそのストレスだったし、彼が警備局長で戻ってくる可能性もあるという噂だから気を付けなければならないな」

「前の時の上司と言えばお前の仲人《なこうど》をやった警備企画課長だろう？　警備局の筆頭課

長でもそんな奴がいるのか？」

「仲人なんて立てなくてもよかったんだが、立場上そうなっただけだ。あの時の備企課長は五年先輩だが、彼の同期には最強の人材がいるから、最初からトップになる可能性がないんだ。そういう状況の中で、僕が今回、警備局長と警備担当審議官の強い意向で、あのポジションに着任したのがどうも気に入らないらしい」

「お前の責任ではないじゃないか？」

「気に入る、気に入らないは理屈じゃないからな。気に入らない上司に可愛がられている奴ほど気に入らないのだろう」

清四郎が腕組みをして隆一に訊ねた。

「隆一は出向時はともかく、警視庁ではイジメられたことはないだろう？」

「僕だって三鷹の刑事課長代理の時には副署長から半年以上原因不明のイジメを受けたものだ」

「副署長？　あの警備出身の嫌味親父か？　息子も警備だと聞いていたが……」

「そう、あの徳本《とくもと》の野郎だ。半年目で警大に入校している間に本部の理事官になって出て行ったからよかったが、あの時の屈辱は一生忘れないな」

「隆一にもそんな経験があったのか？」

「当時の警備課長も前任で事故を起こして横滑りしてきた奴で、幹部会議のたびに副署長と警備課長からネチネチ、ガンガン虐められたもんだよ」

「でも署長はいい人だったじゃないか」

「署長は新任だったしいい人過ぎて、僕の肩をポンポンと叩いてくれるだけで終わっていたからな。しかし、あの署長の笑顔がなかったら、あの二人に拳銃を向けていたかもしれなかった」

「おいおい、物騒なことをいうなよ。隆一らしくないぞ」

「いや、イジメというのはそこまで人を追い込んでしまうものなんだよ」

「そうだったのか……まあ、そういう経験はしなくていいものかもしれないが、順風満帆な警察人生の中では、時にそんなこともあるさ。反面教師という奴だな」

するとと隆一が情けなさそうな顔つきになって言った。

「実はつい最近まで……というか、丸の内の刑事課長になった時にも三鷹同様、当時の副署長と警備課長からけちょんけちょんにやられていたんだよ」

「課長がイジメられるのか？」

「公安部出身の副署長と警備部出身の警備課長だったんだが、どうやら二人はどこかで同期の関係だったらしく、どういう訳か僕がターゲットになってしまったんだ。副署長とは半年間の付き合いだったからまだよかったし、半年後に警視に昇任したから、警備課長は何も言わなくなったんだけどな……」

　これを聞いて和彦が訊ねた。

「署長は何も対処しなかったのか？」

「署長は交通部出身で先がまだある穏やかな人ではあったんだが、丸の内署はどちらかと言えば警備で持っているからな。それに加えて副署長は当時の第一方面本部長と古くからの知り合いだったんだ。二人共『高田明久《たかだあきひさ》君を育てる会』とかいう『よいしょクラブ』の幹事だったらしい」

「なんだその『よいしょクラブ』というのは」

　これを聞いた和彦が苦笑いをしながら言った。

「警視庁の中ではよくあるらしくて、キャリアが警察大学校を卒業して半年近く警察署に見習に行くんだけど、その時に一緒になった人たちがそういう会を勝手に作ってしまうようなんだ」

「和彦の時もあったのか？」

「僕の場合は警ら課研修の時の指導巡査が厳しくもいい人だったおかげで、その方だけとの付き合いになったんだけど、僕の同期では未だに、その『育てる会』の会合があるらしい」

「育てる会……というものの、お前の同期よりも上の階級のノンキャリはいないだろう？」

「まあ、そうなんだけど、キャリアでも警視庁で一度も勤務できない者も多いわけで、警視庁内では『先輩は階級が変わっても先輩』という慣習があるだろう？」

「それはノンキャリの間だけの話だと思っていたが……そうか……そういうものだったのか……」

するると和彦が笑いながら言った。

「警視庁の第一方面本部長は確かにキャリアの指定席ではあるんだけど、何の権限もない警視長という立場で、あまりなりたがる者はいないのが実情なんだよな」

「そうなんだ……ところで隆一をイジメた丸の内の副署長はどうなったんだ？」

「外事二課の理事官になったたな」

「外事二課か……すると和彦の配下……ということか」

和彦がまた笑って答えた。

「配下ではないが、外二課長が後輩だし、外二の庶務担当管理官は立派な人だから、それとなく伝えておくよ。しかし、公安部の理事官ということは間違いなく署長になるポストだけどな」

「最後に一度、署長にしてやって退職してもらう……ということか……それでも、そんな野郎が署長になると署員が可哀想だな」

「案外、最後のポストとわかっていれば、周りに気に入られようとしていい子ちゃんになるかもしれないぜ。そういうタイプは多いんだよ」

「そんなもんかね……嫌な世界だな」

清四郎がため息交じりに言うと隆一が清四郎に訊ねた。

「清四郎、お前は今までイジメにあったことはないのか？」

「俺はこれまでの人生でイジメられたことは一度もないな。ただ、警察に入ってから最初の三年間は、上司からは全く相手にされていなかった……というのが実情だったな。単なる『頭数』という感じだったよ」

「同僚との関係はどうだったんだ？」

「関係が悪いわけじゃなかったし、たまに酒も飲んだが、俺がパチンコ、麻雀をやらなかったから、一緒に何かをする……という機会がなかったのは確かだな。一緒にゴルフをする同僚なんて所轄にはいないし、寮員にゴルフクラブを一本でも持っている者は一人もいなかったからな。大学時代の仲間と月に一度、ゴルフに行くのが一番のストレス解消だったんだが、受け持ちの交番を変えられて新しい檀家ができてからかな、住民とゴルフをやるようになったのが一つの転機になったよ」

清四郎は高校から日大の付属に進み、ゴルフ部に入っていた。天性の運動神経のよさから頭角を現し、「緑の甲子園」とも呼ばれている全国高等学校ゴルフ選手権に二年生から選手として出場、三年の時には団体で二位に入っていた。大学からもゴルフ推薦があったがこれを断って一般推薦で法学部に入学し、ゴルフは同好会で楽しむ道を選んでいた。警察官になってからは、有力な人脈を築いていくのにそのゴルフの腕前が大いに役に立っていた。

「まさに『芸は身を助く』だな。高校の同期生でプロになった者もいるんだろう？」

「ああ、メジャータイトルを取った奴もいるけど、何年もその世界で生きてくことができるのはほんのひと握りだけだからな。将来を考えると大変みたいだな」

「プロスポーツの世界はそういうものだよ。野球やサッカーだって、一軍に入るのも大変なんだからな。それでもそこで十年以上活躍するのはわずかだ。毎年、毎年新たな才能ある者が出てくるんだからな」

「それはスポーツだけでなく、芸能の世界だってそうだろう。プロというのは本当に厳しいんだよ。とはいえ、俺たちも今は一応その道のプロフェッショナルなんだけどな」

清四郎が笑って言うと、和彦がようやく笑顔に戻って答えた。

「そう、日本国内でも情報収集で成り立っている業界は多々あるが、その中でも警察の捜査情報を扱う者は極めて重要な立場のプロだと思っていいと思う」

「プロか……確かにプロ意識がなければやっていられない面もあるな」

隆一の言葉に清四郎が相槌を打ちながら言った。

「人が喜ぶような情報はほとんど追わないし、ターゲットはヤクザもんや、一見善人を装っている政財界人が相手だからな」

「しかし、誰かがやらなければ世の中はよくならない。世のため人のため、それだけだろう？　僕たちの仕事の目的は」

「そうだな……」

その日は三人で久しぶりに日をまたいで飲んだが、翌日は爽やかな朝だったと、後々まで三人の語り草になっていた。

第五章　事件の展開

警察庁に着任した隆一は、昨晩聞いた清四郎のチームが追っている事件と、隆一の手元に届いた警視庁捜査二課が着手しようとしている案件が酷似していることを思い出して、卓上の電話を取った。

「原田《はらだ》管理官、警察庁出向中の高杉です」

「高杉補佐、ずいぶん早くから仕事をしているんだな。朝一番でどうしたんだ？」

警察庁では警視の職名は「補佐」（課長補佐）と呼ばれている。

「実は、昨日の午後に届いた捜査着手情報で気になることがありましたので連絡いたしました」

「どの案件だ？」

「文科大臣経験者の収賄と詐欺案件です」

「おお、あれのどこに問題があるんだ？」

「実は、その件は組対三課がすでに一部に着手しているようなんです」

「組対三課……元のマル暴か……。すると刑事部長は知らないということか……」

「そうだと思います」

「ところで、高杉補佐は組対情報まで扱っているのか？」

「いえ、これは別ルートからの情報です。実は組対三課長もまだ、ターゲットが元文科大臣だというところを知らされていないようなんです」

「ん？　どういうことだ？　言っている意味がよくわからんが……」

電話で話す内容ではないことを意識した隆一は警視庁本部に向かった。

「悪いな、わざわざ足を運んでもらって」

原田管理官が実に申し訳なさそうに頭を下げた。隆一は笑顔で「とんでもないです……」と言って、周囲を見回し、小声で本題に入った。

「組対三課の現場は現在の三課長による情報漏洩を恐れているようなのです。そして組対部長とは裏で話し合っている……ということです」

「現場と言うと管理官だな……そうか……。組対三課は最近バンバン大掛かりな事件を解決して、いいホシを挙げてのっているという話だったんだが、やはり内部は課長とは距離を置いていたんだな……。新任の組対三課長はパワハラで有名だが、それ以上に政治志向が強いという話を以前、うちの課長が言っていたな……」

「二課長は前任の組対三課長とは同期で仲が良かったようですが、新任の組対三課長のことはあまり信用していないようですね」

「高杉補佐から二課長に直接説明してもらうのが一番いいんだが……組対三課のそのチームは今現在、何の捜査をやっているのかわかるか？」

「今は覚せい剤と薬物によるマネーロンダリングのようですが、その後に大掛かりな売春組織を狙っているようです」

「売春？　二課とは何も関係がないようだが……」

「その顧客に政財官の大物が関わっているようなのです」

「なるほど……そこにうちの筋もつながっている……ということか？」

「例の、永田町の婆さんがつながっているのだそうです」

「なに……くそっ。先を越されていたのか……」

「組対三課は相当調べ上げています。しかも、そのデータの元が公安部による相関図なのです」

「公安部？　一番厄介なのが出てきたな……」

「先ほど話題に出た、最近の組対三課による事件解決も、この公安部のデータが大きく影響しているはずなんです」

「そうなのか……公安部と組対三課は水と油の関係と聞いていたが……」

「ほとんどの組対三課員はそうだと思いますが、一人特殊な存在がいて、これが組対三課の事実上の捜査情報分析員となっているのです」

「情報分析担当が組対三課にもいたのか……」

「情報分析担当が新たにできた背景には、組対三課は最近までトップにキャリアとノンキャリが交互に着任していたことが大きく影響していると聞いています」

「確かにそうだな……組対三課は捜査四課の時代から庶務担当管理官が人事異動の実権を握っているからな。途中で二年空けば、その間に派閥人脈は切れてしまう可能性が強いんだ」

「どうして狭い人間関係で派閥なるものができてしまうのでしょう？」

「悲しい男の性《さが》だな。自分の息のかかった部下が来ると安心できるものなんだよ。特に、課長の後に参事官で戻ろうという野望がある者にとっては、如何に周りを固めておくか……が問題となってくるし、そんな野郎に限って自分の息子を警察官にしているんだ」

「そうなんですか……私にとっては人質に取られているような気がしますが……」

「息子の出来にもよるが、そうさせないために自分の部下に息子を担がせるように仕向けるんだな」

「そんなものですか……」

「そういや、高杉補佐の御父上も本官だったたな」

「今でも現役で駐在をやっています」

「立派な御父上なのは有名だからな。同じ警察官でも権力志向が強い者とそうでない者がいるが、どちらも度が過ぎると害にしかならない」

高杉隆一の父親、高杉健造《けんぞう》は剣道で有名な警察官だったが、警視庁教養課剣道指導官室への誘いを断って、刑事部捜査第一課の刑事の道に進み、警部補までは敏腕刑事として活躍していた。

「ところで、その組対三課の情報分析担当者というのは、高杉補佐が知っている者なのか？」

「はい。実は幼馴染で、彼の父親も私の父と同じ、田園調布署で駐在をやっているんです」

「すると、情報交換できる間柄……ということなのかい？」

「はい。これにもう一人、親父さんが駐在の幼馴染がおりまして、この度、警察庁警備企画課理事官から公安総務課長に赴任することになりました」

「明日異動の新公安総務課長……といえば大石さんだぞ。よく連絡を取り合っているのかい？」

「昨夜会ってきたばかりです。実はそこで出た話なんです」

「そうなのか。高杉補佐は幼馴染以外にも公安部にルートがあるのか……」

「実は公安総務課長だけでなく、私の恩人のような方が現在公安総務課の筆頭理事官なんです」

「ほう、総務課の筆頭理事官か……公安部のエースだな」

「初任科時代の世話係だった方なのですが、いつの間にやらとんとん拍子に上に行ってしまいました」

「そんな人もいるもんだ。そういう人は大事にしておいた方がいいな」

「お世話になるばかりで、なんの恩返しもできていません」

「いやいや、高杉補佐だって同期の中じゃ出世頭だろう。その世話係の先輩もその姿を見て喜んでくれていると思うよ」

「ありがたいことだと思っています。それよりも、収賄と詐欺の案件は見直しもしくは組対三課との合同捜査を念頭に置いた体制を考える必要があるかと思います」

「そうだな、二課長に具申してみることにしよう。貴重な情報を申し訳なかったな」

「とんでもないことです」

隆一は警察庁のデスクに戻ると、通常業務に就いていた。そこへ和彦が現れた。

「隆一、昨日は楽しかったよ」

「それよりも、備局は十八階だぜ」

「このフロアにも同期生がいるんだよ。今日は十時から長官申告だから、それまでは暇なんだよ」

「長官申告か……やはり世界が違うな」

「そんなんじゃないよ」

二人が話し込んでいるところをたまたま認めた刑事局捜査第二課長の樋渡正芳《ひわたしまさよし》警視長が和彦に声を掛けた。

「大石、お前、こんなところで何をしているんだ？」

「樋渡課長、ご無沙汰しております。長官申告まで少し時間があったものですから、古くからの友人の所に顔を出していたところです」

「古くからの友人？」

「ものごころついたころからの幼馴染です」

「ほう、よかったら一緒に部屋に来いよ」

捜査二課長の言葉に和彦が隆一に訊ねた。

「一緒に来いってさ」

「僕はどっちでもいいけど」

「向こうが言っているんだ。話を聞きたいんじゃないかな」

そう言うと和彦が樋渡課長に答えた。

「すぐ参ります」

これを聞いた樋渡課長は嬉しそうな顔になって軽く右手を挙げると自室に入っていった。

「僕が聞いてもわからないことだろうが、課長とはどういうつながりなんだ」

「五年先輩なので直接世話になったわけじゃないんだが、大学の寮の先輩で、実に真面目な堅物で、マスコミからの評判は良くないいんだが、いい人だよ。警視庁の二課長も経験しているからな」

「真面目なのはよくわかっているが……」

なかなか席を立とうとしない隆一の背中をポンと叩いた和彦が「行くぞ」と言ったため、隆一は重い腰をようやく上げた。課長室に入っても和彦の態度は普段と全く変わらなかった。

「先輩、どもども、すっかりご無沙汰をしてしまいまして……」

「先日、大先輩の葬儀で警備担当審議官の玉川《たまがわ》さんと会った時に、たまたまお前の名前が出て『あいつは公安のエースになる』と言っていたぞ」

「ロシアでちょっと仕事をしただけのことですよ」

「神奈川と目黒署長の時も大事件を片付けたらしいじゃないか」

「目黒は母校の寮掃除をしただけのことです。たまたま非公然アジトになっていたところに、指名手配犯人がいたので、警視庁公安部が大喜びしたわけです」

「そのたまたまが大事なんだ。ところで、高杉君とはどういう関係の幼馴染だったんだ？」

和彦が経緯を話すと、課長は身を乗り出して話を聞きながら、時々、手を打って嬉しそうに言った。

「ファミリーだな。いいなあ、いい話だ。高杉君は警視庁捜査二課長直々の推薦だったからな」

「そうだったのですか？」

「いわゆる、青田買いってやつだな。将来、捜査員として育てたい有望な人材を総務や警務に取られる前に警察庁で採ってしまう手法だな。そうかといって、警視庁刑事部でそれができるのは二課長だけだからな」

これを聞いた和彦が訊ねた。

「それは何に基づいて引き抜きをやるのですか？」

「成績と実績だ。いくら講習成績が良くても実務の実績と、所属長による人物評価が良くなければ二課長も判を押さないだろう？」

「しかし、警視庁ともなると所属長推薦も多いのではないですか？」

「警視正が署長のところが原則だな。その点で高杉君は警察庁からのＦＢＩ派遣要員であったし、アメリカでの評価も実に高かった……と聞いている」

和彦が驚いた顔をして訊ねた。

「課長は課員の人事を全て把握しているのですか？」

「それは当然のことだ。人を知らずして仕事を任せることはできないだろう？」

和彦は樋渡課長の指揮官としての姿勢に感心していた。すると課長が隆一に質問した。

「ところで高杉君、最近、全国的にサンズイ情報が少ないと思わないか？」

「それは感じております」

「その最大の理由は何だと思う？」

「情報を取ることができない以前に、協力者の獲得ができないことが最大の理由だと思います」

「どうしてそうなってしまったのかな？」

「捜査員をあまりに管理し過ぎている結果かと思います。協力者を獲得するのにコーヒーだけでは本音を聞き出すことはできません。相手の腹を探る時間もありませんから」

「酒を含めた飲食を共にしなければならない……ということか？」

「相手の信頼を勝ち取らないことには、相手だって本音を話すはずはありません」

「そうだな……ちなみに高杉君は何人くらいの協力者を抱えているんだい？」

「私は少ない方だと思いますが六十人位です」

「例えば、どのような職種なんだい？」

「国会議員、都議会議員、区議、市議、総合商社、広告代理店、マスコミが主です」

「国会議員は東京選出議員か？」

「いえ、大臣クラスから三回生まで、全国に散らばっています」

「ほう、それは大したものだな」

「公安部の情報担当に比べれば足元にも及びません」

「公安部か……私もよく知らない世界だ。今後はこの大石がそのトップに立つことになるようだけどね」

そう言って樋渡課長が和彦を指さした。これを気にとめた様子もなく和彦が言った。

「警視庁の場合、時折、公安部と捜査二課がタイアップする案件もあるようですが……」

「私が二課長の時はなかったな。一口に公安部と言っても、二課とタイアップできる情報を取るのは公安総務課だけだからな。公総課長との人間関係も問題になるんだよな。立場上、一応総務課長は部の代表課長になるから、相手を立てなければならないだろう？」

「しかし、警視庁刑事部の実質的トップは二課長と言われておりますが……」、

「刑事部は天下の捜査一課長がいるからな。彼を立てておかなければ巧く組織が回らないんだよ」

「捜査一課長は、一応『ノンキャリの星』ですからね」

「それより優秀な課長はたくさんいるんだが、どうしてもマスコミ的にも捜査一課長

の異動は必ず新聞ネタになるからな。それも顔写真付きでね」

「警視庁は一課事件が多すぎる……ということもありますけどね……」

「まあ、確かに、道府県の数倍の仕事量であることは誰もが認めるところだな。しかも、私がいた頃は一課内に『特殊犯捜査』という、今でいうハイテク捜査の走りの分野まであったくらいだ。現在、警視庁だけでなく全国に広まっている『捜査管理システム』を作ったのも、そのチームだからな。恐れ入る……と言っても決して過言ではないくらいの結果を残している。しかも、刑事事件捜査にとって最も重要な『鑑識』が刑事部に所属してるのは、捜査一課があるからに他ならないんだ」

樋渡課長の知識が自分たちのはるか上にあることを、隆一はまざまざと知った気がしていた。その感覚を感じ取ったかのように和彦が言った。

「それは警視庁だけに言えることですか？」

「もちろんそうだ。警視庁警察官の数は日本警察の約五分の一を占めているんだからな。大阪府警の倍以上、神奈川県警の三倍近い数なんだ。だから、我々も警視庁の所属長を経験しているが、その感覚で他の道府県を見てはいけないんだ。大石、お前は警視庁の公安総務課長として各県の力量を把握しておくことが大事になってくる。そこを間違えると、警察組織的にも、政治的にも大失敗してしまうから気を付けることだ」

「政治的にも……というのが今一つ理解できないのですが……」

「政治家のトップは内閣総理大臣だが、時として、これも傀儡《かいらい》政権になることがある。その時の真の実力者の出身県を見てみるとよくわかる。案外、小県が多いんだよ」

「なるほど……確かにそのとおりですね。明治維新を作った薩長土肥は、現在では小県ですからね……」

「戦後、どうして東京出身の総理大臣が出てこないか……ここを考えるのも大事なことだ」

「面白い分析ですね……今まで思いつきもしませんでした」

「そのうち、県警本部長をやるようになれば、否が応でも小県の悲哀がよくわかるようになる。そこから這い上がっていくエネルギーとパワーは、欲しいものが手近にある都会育ちじゃわからないものだと思う」

「這い上がる力……ですか……。それにしても地方政治家には二世、三世が多いですよね」

「地方において国家の権力を握ることができる者は羨望の的になるんだ。そして、せつかく摑んだ権限を一代で手放すことは、地元の力がなくなることを意味するんだな。どうにもならないバカ息子ならまだしも、周りがしっかりしていれば何とかなりそうな親族ならば、霞が関が相応の対応をすることを地方自治体のトップクラスはよく知っている。地方だって道府県議会が国のために役に立つとは誰も考えていない。ただし、国会議員の世襲候補者が途絶えた時に出す予備軍として置いている程度の存在なんだ」

「国会議員予備軍……ですか……。与野党関係なく……ということですか？」

「政権与党がボロボロになれば、もう一度くらい政権交代は起こるかもしれないが、今の野党をどう集めても、一つにはならない。これは五十五年体制が崩壊した時の政権交代の状況を見ればよくわかる。野党に鮮烈なイメージをもつリーダーが出てきた時には、その可能性がないとも言えないが、そのリーダーがこけた途端に内部分裂を起こしてしまうのが今の野党だ」

「二大政党となるような野党第一党が生まれる可能性は低い……ということですね」

「日本の大企業の労働組合のほとんどが労使協調路線で生きてきた労働貴族の温床となっていることは、よく知られているからな。そうなれば公務員労組との溝は深まるばかりだ。そこに、革命政党系の労働組合が『なんでも反対勢力』として介入してくれば、公務員労組はいつまで経っても結束できないということだ」

樋渡課長と和彦の話は弾んでいた。

「しかし、公務員や大企業はともかく、日本企業の九十九・七パーセントは中小企業ですよね。従業員数で言えば約七十パーセントが中小企業ということになります。この人たちの意見を吸い上げる政党が野党ではないところに、わが国の経済の問題があると思うのですが……」

「大石は知っているとは思うが、中小企業の定義は『中小企業基本法』によって定められているだけで、製造業や小売業等、業種によってその形態が異なるし、当然ながら知名度やシェアなどは関係ない。中でも製造業の場合には、資本金の額又は出資の総額が三億円以下の会社又は常時使用する従業員の数が三百人以下の会社及び個人であることは知っているな。地方で社員が二百五十人といえば、大企業の支社の十倍以上ということころも多いわけだ」

「なるほど……。地場産業がある地域では世界を席巻するような中小企業だってあるわけですよね」

「そういうことだな。大企業だって赤字決算の会社もあるが、中小企業の場合、あえて赤字申告している企業が多いのも事実だ」

「確かに、中小企業の中でも優良企業に位置している会社は労働生産性も高いですよね」

労働生産性とは従業員一人当たりまたは労働時間一人当たりの成果を数値で表したものである。労働生産性が高い場合は、投入された労働力が効率的に利用されていると言える。

「かつてのバブル期にゴルフ会員権を買っていた中小企業の社長は多かったからな。儲かっている中小企業というのはそんなものだよ」

「バブルですか……公務員は全く蚊帳《かや》の外でしたからね。社会人になって三年目のバブルの最後の時期には、証券会社に入社した大学の同級生によく奢ってもらいました。『何が悲しくて公務員なんかやっているんだ？』と言われたものでした」

和彦が懐かしそうな顔つきになって言うと、樋渡課長も笑って答えた。

「私も似たり寄ったりの経験をしたな。一応、国会開会中は個人タクシーのクーポンだけは持たされていたから、奴らのような無駄金を使わずには済んだけどな」

「儲かっている民間企業の連中は、流しのタクシーを停めるのに三万円を手にして振っていましたからね。まだ携帯電話がほとんど使われていない時代だったので、霞が関周辺の個人タクシーを呼んであげると、僕に一万円くれていましたよ」

「公務員にとっては情けない時代だったが、バブル崩壊後は、バブル時代に行われていた様々な事件捜査で、捜査バブルになった時期もあっただろう？」

「確かに警部補で警視庁に出向させていただいた一年目は先輩方とバブル時の裏付け捜査で、赤坂、新橋、向島《むこうじま》の料亭三昧を経験させていただきました。一九八八年にはあのリクルート事件の捜査例もありましたからね」

和彦の言葉に樋渡課長は腕組みをして答えた。

「あの事件は一見、文部、労働だけがクローズアップされたが、実質的には未公開株の譲渡という案件なのに、いわゆる大蔵省の『四階組』と呼ばれている金融部局はノータッチだったからな。しかも現職の蔵相に加えて二人の蔵相経験者も譲渡先に含まれていたのだから、ある意味で大蔵省の事件と言っても決して過言ではなかったんだ。あの時、大蔵省内の膿を出していれば、その後の一九九五年の二信組事件関連での過剰接待問題や、さらに大スキャンダルとなった、一九九八年（平成十年）の大蔵省接待汚職事件、通称『ノーパンしゃぶしゃぶ事件』は防ぐことができたんだ。この事件では官僚七人（大蔵省四人、大蔵省出身の証券取引等監視委員会の委員一人、日本銀行一人、大蔵省ＯＢの公団理事一人）の逮捕・起訴に発展してしまったんだからな」

「二信組事件関連で辞任した、将来の次官候補とされていた税関長は、国家公務員上級試験の成績は一位、司法試験も現役で合格していたんですよね。それでも遊び好きがたたって過剰な接待を受けてしまったわけですよね。僕も料亭接待というものを経験して、初めてその怖さを知りました」

「接待はする方もされる方も、所詮人の金だからな……。彼も主計官の時は『昭和の三大バカ査定』発言で有名になったように、なかなか核心を突いた発言で評価もされていたんだけどな」

当該主計官による「昭和の三大バカ査定」発言とは、昭和時代の税金の莫大な無駄遣いとして「戦艦大和・武蔵、伊勢《いせ》湾《わん》干拓、青函《せいかん》トンネル」を指したもので、当時問題になっていた整備新幹線に関して、認めれば他を押しのけ「三大バカ査定」に数えられるだろうとして、『『建設費も維持費も国に出せ』と言い、その上に『固定資産税も免除せよ』と言っているが、それではまるで『オンブにダッコに、オシッコ』だ」と批判したものだった。

「ある意味で型破りな大蔵職員だったわけですね」

「そんな発言をしても、奴は出世ルートから外れることはなかったのだから面白い。しかし、その後の『ノーパンしゃぶしゃぶ』なんて名前が付けられただけでもみっともなかった事件は、当時の大蔵省をボロボロにしてしまったからな」

「大蔵省関係者だけでなく、銀行や政治家も逮捕、自殺、辞任が続きましたからね」

「国会議員、銀行、大蔵省のいわゆる政財官の利権が絡み合った時代だったからな。二〇〇一年一月の中央省庁再編で、大宝律令時代から千三百年続いたとされる『大蔵省』の文字がようやくなくなったわけで、他省庁は喜んでいるのだけどな」

「いつの間にか大蔵省は『省の中の省』『官庁の中の官庁』、大蔵官僚は『官僚の中の官僚』と呼ばれて、大蔵官僚自身も『われら富士山、他は並びの山』と豪語していましたからね。これで正常化してくれればいいのですが、やはり予算を握っている限り、態度は変わらないかもしれませんね」

二人の会話を面白そうに聞いていた隆一の存在を思い出したかのように樋渡課長が隆一を見て言った。

「高杉君も警視庁に戻ったら捜査二課勤務になるだろうが、二課の命は『サンズイ』だ。地検特捜部に負けないような情報を取るためにも、大石のような幼馴染とは連絡を取り合っていることは大事だと思うよ。特に役人を恫喝するような国会議員は必ず裏で何か良からぬことをやっているからね。そういう者の周辺を細かく見ていくと大きなヤマにぶつかることもあるよ」

「恫喝する議員というのは本当にいるものなのですか？」

「パフォーマンスとして、課長級以上の役人を事務所に呼びつけて怒鳴る者もいるが、相手かまわず吠えたがる馬鹿もいるんだ。時には秘書ふぜいが虎の威を借りる何とか……ではないが、偉そうな口を叩く場合もある。そんな秘書も必ずと言っていいほど悪さをしているね」

「秘書ふぜい……ですか……。確かに、生涯一秘書を貫く昔ながらの秘書もまだ残っているようですが、最近は議員の意識も変わってきていますね」

「生涯一秘書というのは、二代目、三代目の世襲議員に多いんだ。中には三代の議員に仕えたことを誇りにしていた秘書もいたようだが、そういう人物は秘書会でも派閥を超えて、議員よりも力がある存在になっている。こういう秘書に対しては霞が関も一応敬意を表しているんだが、一時期は要求も多くて対処に困った……といわれていた」

「例えば、どういう要求なんですか？」

「こういう有名な古株秘書は与党内に四、五人しか残っていないんだが、議員が大臣を長く経験している省庁に対して依頼する担当が決まっているんだ。外務省担当は○○議員の秘書の△△さん、厚生労働省ならば●●議員の××さん……という感じだな。例えば外務省には海外からの入国ビザの早期発給とか、厚生労働省には国立病院への早期入院……等々だな。本人の事務所よりも、周囲から頼まれてこれを受ける場合が多いんだが、立場上、古株秘書本人もなかなか断ることができないのが実情のようなんだ」

「要は裏口入学のようなものなのでしょう？　そういう犯罪行為を受けるなんてあり得ないじゃないですか」

「それが、秘書本人は一銭も受け取っていないんだな。古株秘書に依頼する立場の秘書も、依頼相手が有力な後援者だと断りづらい……という背景がある」

「そんな連中を後援会に入れているからダメなんじゃないですか？」

「それが田舎政治と言われる所以でもあるんだが、都市部の議員のところには滅多にそういう話は来ないんだが、田舎はそうはいかないのが実情で、未だに就職の世話を国会議員に頼む後援者も多いんだよ」

「情けない話ですね……」

「大物議員になると、最低でも十件くらいの大手企業の就職先を持っていなければならないと言われているからな」

「まさか、警察に対して言ってくる者はいないでしょう？」

「いや、まだまだいるぞ。昔は交通違反の貰い下げができたから、警察には下手に出ていたが、もうそういう時代ではないからな。そうなると向こうも『警察ごときに……』という態度に出てくるんだよ」

交通違反の貰い下げというのは、いわゆる「もみ消し」のことで、警察不祥事の一つであるが、一九九〇年頃までは所属長と交通課長の裁量の上で、特別な協力者に対して行われることがあった。その後、交通違反が全てデータ化されることになったため、もみ消し行為そのものが、公電磁的記録毀棄などの罪に問われるようになり、全国的にほぼ行われることはなくなった。

「警視庁に摘発された東京都内の違法カジノ店に偽名を使い客として出入りしていた元国会議員は、警察法第六条の定めによって、警察庁を管理するとされる立場の国家公安委員会委員長を経験していたんだよ。こいつも現職時代、自分のことは棚に上げて他党議員による交通違反もみ消し事件を告発したことで、警察庁は理由の如何を問わず、違反の貰い下げを禁止した経緯があったからな」

「どうして『貰い下げ』という言葉を使っていたのですか？」

「貰い下げというのは、本来、身元を保証して警察から身柄を引き取ることを言うんだが、警察としても、交通違反の『もみ消し』という言葉は、自尊心を傷つけるため使いたくなかったからだろうな」

「そうですね……議員連中にとっては支援者に顔を利かせたつもりでしょうが、頼まれた警察には何のメリットもないわけですよね」

「議員という職業には貸し借りは通用しないから、なるべく受けないのが原則だったんだが……。最近は『もうできません』で済むからよかったと思うよ」

隆一が樋渡課長の言葉に頷いていると、和彦が隆一に向かって言った。

「しかし関西では未だに強引なもみ消しを要求する輩がいるんだよ」

「警察官に犯罪を行え……と言っているようなものだろう？」

「その理由に『差別』をちらつかせる連中がいるんだな」

「差別？　誰との差別なんだ？」

「一般ピープルだ」

「特殊ピープルでもいるのか？」

「似非同和だよ」

「その話か……都内でも似非同和による詐欺事件が年に一、二度起きているが、自称右翼やヤクザもんが絡んでいる場合がほとんどで、二課はあまり相手にしないようにしている」

「確かに二課ネタではないと思うんだが、その背後関係だけはきちんと整理しておいた方がいいぞ」

これを聞いた樋渡課長が笑いながら和彦に訊ねた。

「二人の会話を聞いていると、幼馴染はいいものだと思うな……。ところで、同和を利用しようとしている組織は多いんだが、そこにも政治が関わっている地域は今でも点在しているのだろう？」

「そうですね。特に九州の日豊本線側にその傾向が見られますね。部落解放同盟執行委員長と親交があった縁で、社会労働党県委員会青年部長を経て、社労党青年部の本部役員となった男が上京して、解同出身議員の秘書となったんです。そしてその議員の紹介で大物右翼の知遇を得て、その片腕だった男の団体で活動したのちに独立して昭和維新連合を発足させ、初代会長から、最後にはフィクサーと呼ばれる存在になっていくんです」

「ああ、わかった。その後、小玉富士夫《こだまふじお》の門下に移って国粋主義団体を再建して、大手商社や証券会社等のトラブル処理に介入したほか、総会屋主幹とも刎頸《ふんけい》の友となって、広域暴力団岡広組の中でも『殺しの軍団』と呼ばれた暴力団の組長とつながりがあった奴だな」

「そうです。関西の在日朝鮮人不良集団をまとめ、世界平和教や世界空手会館初代館長ともつるんでいました」

「そうだったな……奴も振り出しは部落解放同盟だったな……さすが公安のエース候補、よく頭の中で整理できているな」

「今考えているのは、政治家の庇護を受けている世界平和教対策なんです」

「悪徳商法を公安がやるわけではないだろう？」

「もちろんですが二課もやる気がないのが実情のようです。なにしろ、十三年前のこの教団の教組の強硬入国に際しては与党の大物議員が関わっていましたからね」

「しかし、もうあの議員も死んだだろう？　その影響力がある元与党幹事長もジリ貧状態なんじゃないのか？」

「確かに亡くなった大物議員の金を当てにしていた元幹事長は、政党助成金という新たな法律を作って金儲けにしてしまいましたからね。人物的には大きくイメージダウンしてしまいましたが、世界平和教を選挙等に利用している与党議員は今でも案外多いんですよ」

「そうなのか……そうすると、事件はどこがやることになるんだ？」

「やはり公安がやらなければ仕方ないと思っています。オウムも結果的には公安がやりましたからね」

「すると問題は政府からの圧力如何……ということか？」

「それがないことを祈りたいですね」

「世界平和教が何を企んでいるのかは知らないが、捜査が上手くいくことを祈っているよ。ところで大石、申告の時間は大丈夫か？」

「そうですね。そろそろ準備した方がよさそうな時間ですね」

和彦と隆一は二課長室を出ると、お互いに顔を見合わせて笑顔で別れた。

自席に戻った隆一は清四郎に電話を入れて昼食を一緒に取ることができるか確認して、警察総合庁舎の地下食堂で会う約束をした。

「清四郎、フライングして申し訳なかったんだが、昨日お前と話した『文科大臣経験者の収賄と詐欺案件』なんだが、組対三課も動いていることを警視庁の捜査二課長に報告させてもらったよ。二課としての捜査経済上の問題があったし、二課が下手に動いて組対三課の事件を潰してしまっては困るからな」

「組対としてはヤクザもんを叩けばいいだけのことなんだが、こいつらを利用している政治家や似非同和の連中も叩いておきたいと思っているのも事実だ。俺は組織の意思決定の仕方はよくわからんが、二課長と三課長では二課長の方が格上だし、そこは刑事部長と組対部長が協議して決めるんじゃないかと思うけどな」

「最終判断はそうなるのだろうが、お前が言っていたように組対三課長の動向も気になるんだよな」

「まあな……宗教団体が絡んでいるだけに、面倒は面倒なんだが……」

「そう、その話なんだが、昨日、お前と話をしている時に世界空手会館の話が出ただろう？」

「そう、世界空手会館の二代目館長と今回パクった稲山会内藤組企業舎弟の内村裕樹が、詐欺の黒幕と思われる婆さんと一緒に写った写真があったんだ」

「実は、今日、朝イチで、和彦が僕のデスクに顔を出しているところに察庁の二課長が気が付いて、三人で二課長室で話をした時に、二課長と和彦の会話の中で世界空手会館の初代館長と世界平和教の関係で妙なことを口走っていたんだ」

「世界平和教と世界空手会館の二代目ではなく、初代館長も……か」

「何でも、九州の日豊本線側から出てきたというフィクサーの話で、こいつが部落解放同盟執行委員長と親交があった縁で、右翼や岡広組系の『殺しの軍団』と呼ばれた暴力団の組長や総会屋、そして世界平和教、世界空手会館初代館長とも付き合いがあった……というんだ。和彦もよく知っていて僕もびっくりしたんだけどな」
「『殺しの軍団』か……。大川総業だな……。するとそのフィクサーは内幸町《うちさいわいちょう》のドン
のことだな……総会屋は小島《こじま》グループだろう……なるほど……奥が深いな……在日朝
鮮人と同和の結合か……見事な関西裏人脈だな」
「清四郎はそこまでわかるのか？」
隆一が驚いて訊ねると清四郎が笑いながら答えた。
「今回勉強したばかりの関西人脈だからな……だいたい頭の中で整理ができ始めたと
ころだったんだ」
「和彦が、そのヤクザもんのことを『在日朝鮮人不良集団をまとめた』と表現してい
た」
「岡広組三代目大川総業の初代組長大川義人《よしと》に間違いないだろう。そういうつながり
があったのか。朝鮮半島つながりか……面倒な連中が揃ってきたな」
「組対三課はすでに着手しているんだろう？」
「今は別件のシャブ関連で始めたんだが、あっさり認めやがったんだ。パクられた本
人もまだ本ボシの売春や詐欺のことまで考えていないようなんだが、就いている弁護
士がヤメ検の中川森市のところの事務所長なんだよ」

「中川か……相当な大物が就いているな……油断できない……というところか？」

「中川本人がパクられているので、派手な動きはできないだろうが、たかだか稲山会内藤組企業舎弟に元東京地検特捜部長が所長を務める法律事務所の事務局長という大御所の登場となれば、この法律事務所の御用マスコミの連中も騒ぐだろうし、日頃から奴らにお世話になっている国会議員連中も決して穏やかな気持ちではなくなるだろうな」

「そこか……すると売春をやった後に詐欺に進む予定なんだな？」

「そうだな。こいつらの数多い詐欺案件の一つは国家の税金をもターゲットにしたものなので徹底的に叩きたいところなんだ」

「そうか……二課と組対三課が手を組むという珍しい構図だが上手くいけばいいな」

隆一の言葉に清四郎は笑顔で応えていた。

第六章　過去のデータ

公安総務課長として着任した和彦は着任早々思いがけない朗報に接した。それはこれまで噂としてしか聞いていなかった公安部公安総務課の初代IS班の情報マンについて、彼が当時使用していたパソコンのハードディスクが保存されている……というものだった。当時、公安部ではパソコンは全員に支給されておらず、個人で業務に使用したパソコンのハードディスクは完全コピーして保管される体制になっていた。しかし、IS班の情報マンは当時の技術では復元不可能といわれていた方法で極秘データを抹消していた。それでも、それから約十年も経つとコンピュータ技術は格段に進歩し、消去データの復元方法も同様だった。

悪戦苦闘はしたものの、一九九二年当時のデータから復元が可能となった。和彦は猛烈な勢いでパソコンのハードディスク消去データを確認した。

「もうこの頃から彼はパソコンを使っていたのか……」

和彦は呟きながら、ふと目に留まったのが、一九九四年（平成六年）七月にアメリカ合衆国から来日した韓国系ジャーナリスト文昭子の動向だった。現在、清四郎の抱える案件の中でキーパーソンとして挙がった名前でもある。この報告は公安総務課長には上げられておらず、チヨダと警備局長に即日報告されたことになっていた。和彦は直ちに文昭子のデータを警視庁公安部公安第四課に照会した。

警視庁公安部公安第四課は警視庁だけでなく、警察庁警備局に届くあらゆる公安情報を蓄積している部署である。これを警察庁内に置かなかった理由は、警察庁の旧庁舎である赤レンガの人事院ビル（旧中央合同庁舎第二号館）があまりに狭かったことが最大の理由だった。

公安総務課長からの直接の依頼に公安第四課長は最大限度のスピードで情報をデータ化して公総課長室まで持参した。

報告一

地政学上にも孤立した金正日にとって、最大の理解者が、父・金日成と兄弟の契りを結んだとされていた世界平和教の教祖だった。

金正日の要請を受け、教祖はまずアメリカで共和党と深い関係にあった世界平和教が経営している新聞社のワシントンニュース社長の朴普護《パクシンウン》に連絡を取った。これを受けて朴普護はジャーナリストとしてホワイトハウスにも入っていた女性記者・文昭子に共和党への政治工作を命じた。これは、民主党政権に大統領の座を奪われていたものの、一九九四年の中間選挙で共和党が上下両院を奪還したことが大きく影響していた。

世界平和教と政治の関係は深く、米国でも、保守政党である共和党の有力者らが関連団体の会合に出席したり、メッセージを寄せたりしてきた。教団側のさまざまな支援や、党の支持基盤であるキリスト教右派との連携などが背景にあるとみられる。共和党にとって世界平和教は敬虔なキリスト教の一派とみられていた。このため過去には教祖がアイゼンハワー、ニクソンのいずれも共和党に籍を置いた大統領と会見したとされていた。

共和党対策を行った文昭子は、さらに教団の密命を受けて日本へ入国した。彼女は日本でも大学と大学院を出ており、韓国語、日本語、英語をほとんどネイティブ同様に話すことができた。彼女が日本の政治家との接点を求めた場所が銀座のあるクラブだった。

報告二

ほぼ同時期、関西トップの反社会的勢力組織であった岡広組が、関東進出を図っており、その先鋒役として出てきていたのが中京地区に拠点を置く武闘派だった。その武闘派の資金源の一つが北朝鮮系パチンコ業界だった。そして、この業界と密接に関係を持ち、岡広組幹部との人脈を持っていた女、片桐邦美もまた、金儲けのネタを求めてこのクラブに通っていた。

片桐邦美は、都内に拠点を置く反社会的勢力傘下の経済ヤクザの愛人で、愛人が経営しているホテルの支配人のような立場にあったが、一九九〇年、経営者だった愛人が仕手戦を手掛けている真っ最中に忽然と姿を消したため、ホテルの経営者の座に就いていた。片桐本人の言により「社長になったのは二十五歳の時」だったと伝えられている。

文昭子がターゲットにしたクラブのママは業界では銀座で五指に入る有名人で、そのクラブには多くの政財界、スポーツ、芸能関係者の大物が集まることで知られていた。

報告三

文昭子はクラブのママと懇意になると共に、片桐とも接点を持つようになっていた。

一九九四年夏、ママと親しい新人の参議院議員がクラブを訪れた。新人議員とはいえ、著名人であったとともに、この議員が所属する少数政党の幹部であり、この議員を政界に引っ張った議員は、常に金になる話を追い、北朝鮮にも興味を持っていた。

ママは新人議員に文と片桐を紹介した。新人ながら政治だけでなく人脈の空気を読む才があった男は、文の話に政治家として興味を抱いた。そこで彼の政策秘書となっていた、元与党の最大派閥の秘書会長を通じて与党幹事長に連絡を取った。数日後の深夜、都内のホテルで与党幹事長に同席する形で文を紹介した。文は首相時代の鄧《とうしよう》小平《へい》、金日成や金正日とのツーショット写真をも示して見せたが、幹事長は外交に疎く、それ以上に北朝鮮に対しては嫌悪感さえ抱いていたため、全く乗り気でない態度をあからさまに示していたようだ。新人議員は与党幹事長の能力や態度に失望するだけでなく、自分が二年前の一九九二年の国会で大問題となっていたPKO法案成立のキーパーソンとなって法案成立に力を貸したことも知らなかったこの幹事長との縁を切る意志を固めたと語っている。

一方で、この新人議員は、銀座のクラブで知り合った片桐邦美に対して興味を持ち、さらに共通の友人の存在があったこともあり、片桐の弟が名古屋城に面する眺望の良い高級ホテルで結婚式を挙げた際には新郎の姉の友人として披露宴に出席するほどの関係になっていた。

この状況下、文は阪神・淡路大震災や一連のオウム事件の発生により、日本の政財界と深いコンタクトを取ることができず、失意のうちに帰国したと言われる。

報告四

一九九七年から二〇〇〇年にかけて、金正日は最高指導者の地位をより確立させるべく、義理の弟の張成沢《チャンソンテク》を使って古参幹部とその側近と彼らの親族の大規模な粛清を行っていた。

アメリカは二〇〇〇年はクリントン二期目の最後の年で、クリントン在任中は共和党のお株を奪うような、財政赤字削減から黒字に転じており、アメリカ議会与党の共和党は、クリントンの任期切れによる次期大統領選挙での勝利に総力を挙げていた。

その情勢の中の二〇〇〇年四月、文昭子はかつて面談した幹事長が内閣総理大臣の地位に就くと、教祖の依頼を受けて七月に再来日し、改めてクラブのママに首相とのコンタクトを懇願した。クラブのママは以前とは別のルートを通じて官邸との接触を試みた。しかし、就任して僅か三ヵ月を過ぎた時点で総理の支持率は極めて低く、中でも五月の「神国大和発言」に始まり、「九州・沖縄サミット」を「沖縄万博」と連呼するなどの失言で内閣支持率が一気に低下、総理離れが加速していた。文昭子は総理に面談することはできたが、総理自身が拉致問題にほとんど興味がないだけでなく、日朝間の経済協力問題に力を注ぐ余裕もなく、両国間の関係が前進することはなかった。

北朝鮮は二〇〇〇年前半までに西欧に対して積極外交を行い、多くの国と国交を結び、経済面でも韓国の現代《ヒュンダイ》グループから四、五億ドルともいわれる違法な巨額の送金を受け取る等、徐々に開放政策へと舵を切り始めていた。そのような中の十月、総理はイギリス首相のトニー・ブレアとの会談に臨んだ際、北朝鮮との国交樹立の問題点として、突如として日本人拉致問題を挙げ、「人道上の大きな『石』を取り除かなければ、国民の理解は得られない」と述べている。

報告五

二〇〇二年一月、アメリカ大統領のジョージ・W・ブッシュが、前年発生した「九・一一」に関する一般教書演説において「悪の枢軸（axis of evil）」発言を行った。これは北朝鮮、イラン、イラクの三ヵ国を「テロ支援国家」であるとし、「悪の枢軸」と呼んだもので、北朝鮮敵視政策が国際的緊張を生んだ。中でも「アメリカの防衛のためには、予防的な措置と時には先制攻撃が必要」との方針から、本気で「斬首作戦」とも言われる作戦計画（operation plans）を考えていた。これを共和党関係者から世界平和教を通じて知らされた金正日は自らの死が国家の存亡に関わることを真剣に考えなければならない状況に驚愕していた。金正日は再び世界平和教の教祖に外交だけでなく、自らの命をも預けるしか選択肢がなかった。

これを契機に日朝交渉の空気が変わった。日本の与党幹部、北朝鮮の国家安全保衛部、アメリカの共和党幹部、そして世界平和教が足並みを揃える結果となったためであると思われる。拉致問題の当事者である日本にしても対北朝鮮外交を単独で行うことはできない。北朝鮮側もその日米間の対朝鮮状況を理解していたため、世界平和教の教祖に泣きついた結果である。

教祖の動きも早く、共和党に近いワシントンニュース社長の朴普護に連絡を取った。朴普護は自ら共和党幹部に積極的に働きかけると共に、再び文昭子を訪日させた。文は既に首相の座を降りていた国会議員にコンタクトを取った。しかも、その際の最大のカードが「拉致問題」だった。現総理の就任に大きな影響を及ぼし、総理派閥の長となっていた議員は拉致問題の解決に自分自身は何もできないことを知っていたが、この問題に積極的に動くであろう派閥議員が官房副長官に就いていることが幸いした。これを契機として拉致問題は大きな転機を迎えることになった。この官房副長官もまた世界平和教との関係が深かったからだ。

文昭子からのメッセージは極秘に官邸にもたらされた。これを受けて官房副長官は外務省アジア大洋州局長に日朝交渉を打診した。外務省の局長は直ちに総理に北朝鮮との交渉開始を打診した。総理からの密命を受け、局長は即動いた。

拉致問題に関する動きは北朝鮮内でも同様だった。対日交渉の窓口が金正日本人によって指定された。

北朝鮮外交で密使は金正日の側近中の側近の役目である。「絶対に裏切らない」が絶対条件となる。現に、二〇〇〇年の金大中《キムデジュン》・金正日南北首脳会談の密使は正日の長男・正男だった。その際、正男は偽造旅券で何度も訪日し、韓国の国家情報院長と秘密接触を繰り返していた。

報告六

拉致問題をめぐる日朝首脳会談実現のための秘密交渉を担った北朝鮮側の主要人物

は、日本政府内で「ミスターX」と呼ばれた国家安全保衛部副部長の柳敬《リュギョン》と、金正日の第四夫人で国防委員会課長の肩書を持つ金玉《キムオク》だった。そして交渉の黒幕として存在したのが、金正日の妹の金敬姫《キムギョンヒ》を妻とし、金正日の側近を務めていた張成沢である。

金正日総書記とのあいだに子供をもうけた女性は、正妻、愛人を含め、これまで九人が確認されている。この中で後継者選びの権力闘争に巻き込まれたのは四人である。第一夫人とされる成蕙琳《ソンヘリム》は正男の母親であるが、人妻である蕙琳を略奪して夫人としたため、正日の父親の金日成はこれを認めていない。金日成が選んだ「公式の夫人」は第二夫人の金英淑《キムヨンスク》のみである。正妻の英淑に隠れて子供を産んだのが第三夫人の高英姫《コヨンヒ》で正恩《ジョンウン》等の母親である。そして第四夫人が正日総書記の個人秘書兼国防委員会課長の金玉である。

日朝交渉は週末、密かに繰り返された。

交渉の結果、日本の首相本人が北朝鮮に乗り込んでくることを知った金正日は、拉致問題を認めざるを得ない状況になっていることを自覚した。日朝首脳会談の席で、金正日は日本人十三人を拉致したことを認め、口頭で謝罪した。犯人については、「特殊機関の一部の妄動主義者らが、英雄主義に走ってかかる行為を行ってきたと考えている」とし、関係者はすべて処罰したと述べた。また、二国間の懸案を解決し、国交正常化へ努力することを記した「日朝平壌宣言」を発表した。そして五人の拉致被害者の帰国が実現した。しかし、被害者全員の安否が明らかになったわけではない。

この状況の中でも二匹目のドジョウを狙って動く政治家や詐欺グループも雨後の筍のように増えており、その中心的人物の代表が片桐邦美と、この配下に当たる自称フリージャーナリストの三瓶《さんぺい》スエの二人で、前者には警察官僚の東紘一《あずまこういち》、後者には警察出身議員の大沢静夫《おおさわしずお》と、通称「エロ崎」と呼ばれる崎口巧《さきぐちたくみ》が転がされている。

和彦はこの情報を確認するや、思わずつぶやいていた。

「この公安マンはどれだけの人間関係を築いていたのだろう……それに、『片桐邦美』という名前……以前清四郎が話していた、もう一つのコールドケースのターゲットだ……」

文昭子という女性ジャーナリストが世界平和教と近い筋、もしくは教祖の姻戚関係にある者という情報も入手していた。さらに、彼女の出入国記録と、その際のパスポートの写しから、彼女が日本だけでなく、韓国や北朝鮮への出入国歴があることも判明していた。

和彦はさらにその後の情報を確認すると、この文昭子は北朝鮮の二代目最高指導者である金正日とも親しく、金正日と手をつないで歩き、単独インタビューをする写真まで添えられていた。

彼女の宿泊先は永田町にあるキャピトル東急ホテルであったが、この時、先の参議院議員が間に入って、与党幹事長時代の前総理と真夜中に赤坂にあるホテル内で面談していることが判明し、これはホテル内の防犯カメラ画像からも明らかになっていたと報告されていた。

和彦は直ちに外事第二課長に電話を入れた。

「北朝鮮情勢に関して、世界平和教関係者との情報があったら教えてもらいたいんだけど」

「世界平和教ですか……、過去はどうかわかりませんが、ここ数年はノータッチだと思うのですが……担当者から直接報告させますか？」

「できればそう願いたいな。君も一緒に聞いておいた方がいいかもしれないからね」

「承知いたしました」

一時間後、公安総務課長室に外二課長と北朝鮮の内政担当係長が三十分間の予定で訪れた。和彦が担当係長に訊ねた。

「最初に基本的な問題なんだけど、世界平和教と日本の政治家の関係について捜査が始められ、打ち切られた経緯を知っていますか」

「はい、昭和六十年代だったようですが、世界平和教か日本反共連盟だったか記憶は定かではありませんが『衆参両院議員選挙で百三十人の反共推進議員が当選した』という報道があり、世界平和教と政治家の調査が始まったと聞いています。そして一九九九年に大手出版社の週刊誌で『現職国会議員の日本反共連盟・世界平和教関係度リスト』というのが掲載されたことが契機となって、官邸サイドから圧力がかかったと聞いています」

「官邸ですか……」

「官邸というのは微妙な言い回しなのですが、私が聞いたのは官邸というよりも外相、官房長官と国家公安委員長が激怒した……ということでした」

「圧力は警察庁長官になされたものなのでしょうね」

「そう聞いております。当時、チヨダに報告に行った際に、当面は世界平和教案件について報告は不要……ということでしたので、これを『捜査は行っても報告はしなくてよい』と考えた捜査官もいて、当時の外二課長は捜査継続を指示していましたが、課長が変わった段階で、捜査中止を伝えられたと記憶しています」

「なるほど……チヨダとしても捜査の中止は言いにくかったのでしょうね」

「当時のチヨダの校長は人格者でしたし、全国の情報担当からは神のように思われていた方でした。私自身もそう思っていましたが、当時の公総課長が、その時の警備企画課長に近かったらしく、世界平和教に関する捜査は打ち切りになって、そのまま担当者がいなくなってしまったのです」

「そうでしたか……公総のＩＳや宗教担当部門も似たような経緯だったみたいですね。すると現在も外二では北朝鮮と世界平和教を結び付けて考えている課員はいないわけですね」

「そのとおりです。いつの間にか世界平和教の名を出すことさえタブー視されてきたと思います」

　そこに外二課長が口を挟んだ。

「かつて極左に関しても、公安部内であるセクトに対する調査を上からの命令で止められたことがあって、数年放置した結果、最悪最大の組織にのし上がってしまったことがあったんです。その背景にも政権交代によって、そのセクトが力を入れていた労働組合が政権側に入ったことによって、労組そのものが完全に奴らに乗っ取られてしまったんですよ」

「政治というのは恐ろしいものですね」

「警察が政治を恐れてはならないのですが、警察捜査も所詮は行政行為ですからね。時の政権によって捜査そのものが変わってしまうことも、ある意味では仕方ないのかもしれないですね」

外二課長がため息交じりに言ったため、和彦は首を傾げて訊ねた。

「そこまで割り切っていいものなのでしょうか？」

「行政機関が持つ宿命の一つでしょうね。とはいえ、停止させられた事件を風化させるのではなく、記録として残しておいて、再び政権交代が起こった時に時効ではない限り、即座に捜査に取り掛かることができるようにしておくのも、私たちの仕事だと思います」

「風化させない工夫が必要ですが……」

和彦はふとロシアから帰ってきてチヨダの理事官に着任した時のことを思い出していた。

当時、チヨダ内でも世界平和教に対する伺察の続行の如何について意見が分かれていた。和彦はその理由を前々任者の公総課長に訊ねた。

「世界平和教に関する捜査は一旦打ち切っている。前総理にしても、今や何の影響力もないだろう？」

「世界平和教関連の捜査を打ち切っているのですか？」

「警備企画課長の方針だろうが……お前は引継ぎを受けていないのか？」

「前任者が病休になったため直接の引継ぎを受けておりません」

「チヨダの校長なら担当者がいるだろう？　そいつに聞いてみろ。忙しいから切るぞ」

和彦は唖然として、全国の公安情報従事者から「先生」と呼ばれている担当者で福島県警から出向してきている平田《ひらた》警部に訊ねると、彼は悔しそうな顔つきで答えを返してきた。

「実は私が警部補で警察庁に初めて出向してきた時、オウム事件の前だったと思いますが、当時、警視庁公安部が懸命に世界平和教に関して様々な分野で事件化を進め、いくつかのいい結果を残したことがありました。さらに、その時の警部補で情報分野に移った方が、世界平和教の内部資料を入手したことがあったのです。当時、世界平和教の金集めに関して世間から批判はあったものの『これは教団からの指示ではなく、日本支部が勝手にやっている』と言われていた時でした。しかし、この警部補はどういうルートか知りませんが、教団本部が教祖の三男坊の指示として金集めに対する指示文書を発出し、しかも、この三男坊が秘密裏に入国して、教団関連企業を巡回して金集めに関する指示を出している音声テープと、これを文字に起こした資料を入手してきたのです」

「そんなことがあったのですか……」

「この存在を知らず、しかも、三男坊の入国はなかった……と報告していた公安総務課の宗教担当だった部門の管理官は、当時の公総課長の逆鱗に触れて飛ばされたんです。当時のうちの校長も『警備警察に入って初めて目が覚めるような極秘資料を手にした』と感激していた……と伝えられていました」

「そりゃそうでしょうね……それで、その事件化はどうなったのですか？」

「それが、上から……というよりも政治的圧力と聞いていますがストップがかかったようなんです」

「それはいつ頃か覚えてないですか？」

「確か……松川警備局長が内調室長に転出された年ですから、一九九八年の秋ごろだったと思います。松川局長は世界平和教の捜査を推進させていた方でしたから」

「そうか……松川さんはオウム事件さえなければ確実に長官になられた方だからな

……。政治的圧力を掛けたのは誰だったか聞いていませんか？」

「はっきりしたことはわかりませんが、当時の校長の話では、前総理だったと聞いています。それも、前総理の意志ではなく、そのバックにいた大御所の遺志だったと聞いています」

「遺志？　生前から申し渡されていた……ということですか？」

「そのようです。その大御所にだけは終生仕える気持ちを持っていた……とか」

和彦はめまぐるしく頭を回転させて、ある政治家に辿り着いていた。

「世界平和教の背後にあったのは、戦後十年以上経った頃、昭和天皇をして時の総理に向かって『自分はこの名簿に対して只一つたずねたいことがある。どうしてこれを外務大臣にしたのか。彼は先般の戦争に於いて責任がある。その重大さは東條以上であると思う』と言わしめた男に違いないと思う。そして、一九六〇年代の反安保闘争が契機となって、強力な海外の反共組織と手を組む必要性があったのでしょう。彼はＣＩＡのエージェントでもあったわけですからね」

「昭和天皇がそのようなご発言をなさっていたのですか？　おまけにＣＩＡのエージェント……ですか？」

「そう聞いています」

「そもそも、世界平和教が組織内に日本反共連盟を造ったのも、ＫＣＩＡの指導によるものでした。この日本反共連盟を日本の政治に持ち込んだのが、日本の傀儡国家である満洲国において実力者として利権を貪った政治家と、第二次世界大戦中に軍部と結託して莫大な私財を築いて、その後フィクサーと呼ばれた連中ですからね」

「そう言われると私にもだいたい見えてきます。世界平和教の教祖がアメリカで脱税によって投獄されていた時に、その釈放を求める意見書をレーガン大統領に送った人物ですね？」

「そうです。またその時の文面が公表されていて、当時のアメリカの捜査と司法を否定するかのような『尊師は、現在、不当にも拘禁されています。貴殿のご協力を得て、私は是が非でも、できる限り早く、彼が不当な拘禁から解放されるよう、お願いしたいと思います』というものだったのだから。呆れて口がふさがらないものだったのですよ」

「日本人として恥ずかしいですね」

「さらには、その仲間のフィクサーに至っては『自分は教祖の犬』とまで言っているのですからどうしようもない」

「犬ですか……朝鮮半島では、人を最も蔑む例えですけどね」

「そこまで世界平和教の教祖にへりくだる理由の本当のところは何だったのでしょう。単なる反共思想だけだとは思えませんが……」

「何らかの利権が伴わなければ動く連中ではありませんからね。こういう連中は表の顔と裏の顔を持ち合わせていますから、裏の利権と考えるのが妥当でしょう。現に、この時のフィクサーの一人はその後、関東と関西の暴力団の手打ちを進め、西の岡広組と東の西友会《せいゆう》のトップ同士の『兄弟盃』を実現させていますからね」

「表がダメなら裏で……ですか……」

「これに便乗、もしくは尻尾を振った国会議員も実に多かったし、広告代理店やマスコミも傘下に入っていたほどです。残念ながら警察の上層部にもいたのですけどね」

「本当ですか？」

「犯罪心理学者などという触れ込みで、様々な刑事事件にも登場して、退職後はくだんの広告代理店の取締役に就いていました」

「悲しいものですね」

「そういう時代も、そろそろ終わりにしなければならないと思っているのですが、政治の世界がなかなか変わらないので、警察組織もいまだにこの有様です」

「誰が変えてくれるのでしょうか？」

「世界的に何かとんでもない出来事がなければ難しいでしょうね」

「日本国内だけではどうにもならない……ということですか」

「日本は民主主義も経済も止まったままですからね」

和彦はため息交じりに答えていたのだった。

和彦は少し遠いところを見たまま記憶を辿っている自分に気付いて、大きく息を吸い込む腹式呼吸を二回行い、外二課長に言った。

「私たちが国政をどうこう言っても仕方ありませんが、これから少しずつでも進歩してくれるのを願うだけです。現政権も今国会でどうなるかわかりませんからね」

「安定ムードが残っている現政権が……ですか？」

「郵政民営化は現首相の宿願ですから、本気でやる可能性がありますよ」

「しかし、党内にも民営化の反対派だけでなく、全国の郵便局を支持票に持っている議員も多いと思います。首相も口では解散も視野に入れる……と口に出してはいますが、まさか本気ではないでしょう」

「政治にまさかはありませんよ。八月に解散してしまえば残暑の中の選挙戦になってしまいますが、案外野党も準備ができていなければ、やる可能性もあるかと思いますよ」

「反対議員はいるでしょうし、閣内にも反対派はいると思いますが……」

「閣内はどうにでもなるでしょう。罷免すればいいだけですから」

「自分で選んだ閣僚を自ら罷免するのですか？」

「それくらいの覚悟がなければ解散など口に出せませんよ。『あれだけ言ったのに、理解してもらえなかった』という大義名分はありますからね」

「なるほど……民営化反対の議員は党内にどれくらいいるのでしょう？」

「ざっと数えても、閣僚経験者を含めて衆議院で三十五人、参議院で二十人はいますね。衆議院では何とか可決するでしょうが、参議院で否決される可能性もあります。案外、総理はそれを狙っているのかもしれません」

これを聞いて外二課長が和彦に訊ねた。

「大石課長は現総理をよくご存じなのですか？」

「面識などはありませんよ。ただ、日本国内だけでなく、アメリカからも首相に関する情報はたくさん入ってきますからね」

「そうか……チヨダは国内外の情報が入るのでしたね……」

「国内関連情報が八割ですよ。それも極めてディープな内容です」

「それにしても首相はどうしてそんなに郵政民営化にこだわるのでしょう？」

「以前からの持論であることは確かですが、首相になってアメリカからの要求も強くなったことも考えられますね。何しろ、郵便貯金と簡易保険の資産合計は減少傾向にあるとはいえ、一九九九年には郵貯で約二百六十兆円、簡保でも約七十兆円の資産があるんです。日本人の預貯金総額が千兆円ですから、約四分の一が貯金、つまり郵便貯金ということになります。アメリカだってそこは欲しい部分の一つでしょう」

「つまらない話かもしれませんが、アメリカ人と日本人の平均年収はそんなに違うものですか？」

「アメリカは日本以上に地域差が大きいのです。州別では、特にワシントンD．C．と東海岸のコネチカット、マサチューセッツ、ニューヨーク、ニュージャージー四州がトップファイブです。都市別では、シリコンバレーに近い百万都市のサンフランシスコの平均収入が最も高いようです。逆に南部のアーカンソー、アラバマ、ケンタッキー、ニューメキシコ、ミシシッピ州のワーストファイブとは、平均年収で倍近い格差が生じているようです。つまり、日本で言えば、東京二十三区のトップファイブと、地方都市のそれを比べるのと同じようなものです」

「そんなに差があるものなのですか……」

「まるで笑い話のようですが、米住宅都市開発省の調査では、サンフランシスコでは年収約一千万円の四人家族を『低所得者』に分類しているそうです」

「年収約一千万円の家族が『低所得者』ですか？」

「そう聞くと驚く数字ですが、実は『四人世帯』というのがミソなんですけどね。物価も驚くほど高いですしね」

「しかし、州単位の差が倍と言うのも凄い格差ですよね」

「これに加えて、日本のように国民皆健康保険制度ではありませんから、病院に行くことができない低所得者も多いのです。さらに不法滞在をしている人も南部やカリフォルニアには多く、その対策も大変だと思います」

「九・一一の時、一時期よりもホームレスが減った……という話もありましたが……」

「確かに、何らかの働き口を見つけることができた……とは思いますが、一度ホームレスの生活を覚えてしまうとケアハウス等での集団生活になじむことができず、結果的には再び元の生活に戻ってしまう人が多いようですよ」

「なるほど……日本も同じような繰り返しですからね。ところで話は戻りますが、首相が解散をした場合、結果はどうなると思いますか？」

「首相が党内の総裁選に立候補した際の謳い文句は『与党をぶっ壊す』でしたからね、混乱の始まりになるのではないかと思います。首相にとっては『余計な人材はいなくなって結構』という姿勢で改革を行うつもりでしょうが、造反者の処遇を誤れば、その後の混乱は大きくなると思います」

「造反……『造反有理』もまた嫌な言葉ですね」

「毛沢東《もうたくとう》が演説で初めて用いて、文化大革命でのスローガンの一つとなった言葉ですからね。その後の日本の大学闘争でもよく使用されたスローガンになっていたようです」

「さてどうなることやら……公安総務課も選挙予想を扱っているのでしょう？」

「都道府県警の公安と捜査二課は国政選挙に関しては一応調査しますが、与党の党本部とマスコミ各社の予調も情報として確認します」

予調とは「選挙情勢予測調査」の略語で、大手マスコミ各社は単独もしくは連携して、通常は選挙期間中に二度の調査を行う。この結果と投票当日の出口調査をもとに開票速報が行われ、開票と同時に当選確実が報道されるのはこのためである。

「マスコミの予調は政治部の宝といわれているようですね」

「そうでしょうね。しかし、どのマスコミも他社の情報が気になる様子で、記者同士は本来部外秘となっている調査結果をこっそり交換し合っているみたいですけどね」

「なるほど……公総はだいたいのデータは入手できるのでしょう？」

「以前はＩＳ班員が即日入手していたようですが、最近はどうなんでしょうね。私にとっては今回の選挙が初めての現場ですから」

「ＩＳか……相変わらず優秀なんでしょうね」

「うーん。チヨダにいた限りでは目が覚めるような情報に接したことはありませんでしたね。ただ、北朝鮮との拉致問題の交渉相手が国家安全保衛部の柳敬だというのは早かったですね。しかし、この情報の出所も、元ＩＳ班員からの二次情報だったのですけどね」

「えっ、あの『ミスターＸ』は柳敬だったのですか？」

「えっ？　外二課長が知らなかったの？」

「というよりも、当のアジア大洋州局長本人だけでなく、官邸もまだ知らないのではないですか？　国家安全保衛部は朝鮮民主主義人民共和国国務委員会に直属する秘密警察・情報機関ですからね。現在は部長が空席のままで、副部長が第一、第二の二人体制になっているはずですが……」

「組織粛清の中心的存在ということになるわけで、何故、その役職の者がネゴシエーターになったのかが問題でしょうね。実質的には軍人に近いのでしょうが、金正男のディズニーランド事件以降、金正日は自らの後継者問題で相当悩んでいるようです。あの一件で正男は終わってしまったからね。正男は中国国家主席の江沢民の息子と関係が深く、中国の太子党と深いパイプを作っていただけに、今後の対中国政策も大変になっているのでしょう」

太子党とは中国共産党の高級幹部の子弟等で特権的地位にいる者たちの総称である。

和彦は話を続けた。

「国家安全保衛部を前面に出すことができるのは金正日しかいませんが、間接的には世界平和教からの申し入れがあった……と考えるべきでしょうね」

「すると、現首相も当然ながらこれを支持しているわけですね」

「そうでしょうね。ただし、その前段として前首相が関わっていたことが大きいのでしょう。彼が幹事長の時に文昭子と接点を持っていることは一九九四年当時の公安部のＩＳ班員というよりも、松川前危機管理監に言わせれば『情報マン』から報告を受けていたようですからね。前総理は外交問題では全く使い物にはなりませんが、唯一再任された官房副長官との関係は要注意ですね」

「松川さんですか……私なんかにとっては雲の上、いや天の上の存在ですね」

「松川危機管理監が警備局長時代に直接運営していた……という情報マンについて、チヨダの時に直接電話で聞いたことがあります。すると『それを聞いてどうするんだ？』と厳しい、そして、どこかしら棘のあるような口調で訊ねられましたよ」

「それで、どうでした？」

「その情報マンは与党の総合政策研究所にも出入りしていたようで、財界のエリートクラスとも付き合いが深かったそうです。しかも、総政研に警察官が出入りしていただけでなく、発言もしていたようです。経団連ともつながっていたし、総理大臣補佐官も務めた元外交官で経団連の研究所のトップも、彼を『面白い男』と言っていたそうです。そして最後に、『私が情報マンと評価する極めて稀な存在と言っていいだろう』とおっしゃっていました」

「そういう情報マンが存在すると、私なんか馬鹿みたいですね。それにしても、そんな人材は今どうしているのでしょうか？」

「『先が見えた』ということで、警察を去ってしまったようです。決して警察組織を嫌になったわけではなかったそうで、危機管理監のところには直接連絡を寄こしていたそうです」

和彦は笑顔を見せて答えていた。これを見て外二課長が訊ねた。

「そういう情報に直接接してみたいものですが、その経緯を熟知していなければ、情報の意味を理解できないかもしれません。当時の公安部の上層部は理解していたのでしょうか？」

和彦は今度は声を出して笑って答えた。

「理解以前の状態ですよ。『知らなくていい者に国家機密を知らせる必要はない』つまるところ、情報の終着点である『知るべき人』の判断をしている……ということです。それはＩＳの立案者である、前内閣危機管理監の松川さんの指示だそうです。だから当時のＩＳ情報のうち半分も当時の公安総務課長には届いていなかったらしいですよ」

警備情報の要諦は「知るべき人に知るべき情報を迅速かつ正確に伝えること」である。そしてその「知るべき人」を判断するのは情報収集を行う情報マン本人なのだ。

「公安総務課長も列外に置かれていた……ということですか？」

「ある部分はそうでしょうが、その情報マンを直接動かしていた人物が誰だったのか……そこに問題があったのでしょう。警視庁警察官でありながら、警察庁の一部の幹部が動かしていた……ということになるのでしょうね。そのそしりを受けないために、本人は相関図ソフトを構築してそこに情報を残していたのだと思います。そう考えると警察庁キャリアから警視庁公安部に来ている公安部長、公安部参事官、公安総務課長でさえも、情報マンから相手にされてなかった……ということです。彼は今でも数人のキャリアとはつながりがあるようです」

「ほう、どのクラスの人たちですか？」

「現在の京都府、長野県、福島県の警察本部長のようです。全員が警備公安畑ですが、年次はみな違います。松川警備局長時代の備局ラインですね。備企課長、公安課長、チヨダの理事官という列です」

「情報を共有していたチーム……ということですか？」

「まあ、それぞれの年次のトップクラスであることは間違いがないですね。三人とも将来の長官、総監コースということになります。それだけの人材を松川さんが見越して育てていた……ということでしょうね」

「すると、その情報マンも運がよかった……ということでしょうか？」

「それもあるでしょうが、当面、彼が誤った方向に進むことはないと思いますよ。そこを考えただけでも組織として少しは気が楽ですが、警察内部のことも知り尽くしているのだろうから戦々恐々たる思いを持つ者もいることでしょうね。ただ、その情報マンは国内だけでなく海外の情報にも通じているようですね」

「海外にもパイプを持っていたのですか？」

外二課長があきれた顔つきになって訊ねた。

「北米とは極めて強いパイプがある人ですから。一九九六年十二月十七日、ペルーの首都リマで起きた在ペルー日本大使公邸占拠事件の際、事件発生から百二十六日後の四月二十二日、ペルー海軍特殊作戦部隊等が公邸に突入し、左翼ゲリラに拘束されていた七十二名の人質のうち七十一名を救出したことがあったでしょう？」

「かの有名な『チャビン・デ・ワンタル作戦』ですね」

「松川さんの話では、その作戦決行数日前に、その情報マンは松川さんに強行突入が行われることを伝えていたんです」

「何ですって？」

「松川さんは当時の首相に耳打ちしたらしいんですが、首相は信用しなかった……という話でした」

「しかし、その情報マンはどこからそのような機密情報を入手することができたのでしょう？」

「ペルー海軍特殊作戦部隊は、この作戦を行うに当たって、大使公邸と同じ間取り・

建材を使ったレプリカを建造し、突入訓練を行ったそうなんです。この訓練の終了を知ったアメリカ系シンクタンク関係者から得た情報だったらしいです。彼はその後も日本国内にシンクタンクの必要性を説いていたのですが、当時の日本社会はシンクタンクを活かす社会的必要性を知らないと嘆いていたというから、恐ろしいものです」

「いち警察官、それもノンキャリの立場で、どうしたらそんな発想ができるようになるものなのでしょうね」

「情報というものを真剣に考えると、その使い道まで考えることになるんでしょうね。いつか、彼に会う機会が訪れることを楽しみにしているんです」

「会えるんですか？」

「松川さんの口ぶりではそんな雰囲気があった気がしたんですよ」

和彦が言うと外二課長はそれ以上訊ねることはなかった。

「現首相はどうなのでしょうか？」

「事実上、私も仕えている立場ではありますが、彼は金に対しては実に無頓着ですが、パフォーマンスはピカイチです。惜しまれながら退場していくストーリーを自ら演じることでしょう」

「その時、後継者はどうなるのですか？」

「本物の役者というのは、必ず、その日その日の自分の姿を第三者的に見ることができるものです。それに加えて近くでこれを細かくアドバイスしてくれる者を置いているものです。いい歌舞伎役者と呼ばれる人の傍には必ず、よくできた奥さんがいると言われているものなのですよ」

「自分自身を第三者的に見てくれる人……ですか？　今の首相は独身ですよ」

「以前写真集を出していますが、そのカメラマンなら私生活から公の席まで全てを見ていることになるでしょう？」

「なるほど……現職の首相の写真集が出るのは日本の憲政史上初ということで、世界各国で報じられ話題となりましたね」

「私もそのカメラマンをよく知っているのですが、プロのカメラマンというのは瞬間、瞬間を実に巧く捉える目を持っています。そしてそこで撮られた写真が世間の目を集め、被写体のイメージとなっていくんです。俳優やモデルではなく、政治家を被写体として選び、それに応えた総理もある意味で一流の役者だったのかもしれません。だからこそ彼の一挙手一投足が『劇場』と称されているのでしょう」

外二課長は頷きながら、公安の世界では掟破りのメモを取っていた。これを見た和彦が話題を変えて質問した。

「ところで、金正日も正男以外の後継者を選ばなければならない時期ですが、そちらの方も探っているのですか？」

「現在、情報収集中ですが、大阪府警からの報告では、後継者候補として、軍部の支持を受けていた次男の金正哲《ジョンチョル》と三男の金正恩の名前が挙げられているようですが、性格的に金正恩の可能性が高いのではないか……とのことです」

「三男坊か……頭はあまりよくなさそうですが……」

「ただ、金日成総合大学では情報工学を学んでいたようで、この点がこれからの北朝鮮には必要な分野だと言われているのも確かです」

「そうですか……現在、金正日の側近で力を持っているのは金正日の妹に当たる金敬姫を妻としている張成沢ですか？」

「そうです。国防委員会副委員長、朝鮮労働党の中央委員会政治局員、中央軍事委員会委員、中央委員会行政部長などの要職を務めるだけでなく、朝鮮人民軍においては大将の軍事称号を保有しています」

「党・国家・軍・公安部門に影響力を行使する立場か……金正日体制の実質的なナンバーツーですね」

「甥である金正恩にとっても後見人的存在になるかと思われます」

「しかし、正男は嫌っていたようですけどね」

「その情報は掴んでいましたが、正男は完全に後継者レースから外れてしまいました」

「そうですね……惜しいことをしました。現政権最大のミスとなるでしょうね。それからたった一年ほどで、北朝鮮が拉致問題交渉のテーブルに着くというのは、金正日サイドに相当な焦りがあったということでしょう？」

外二課長と担当係長が部屋を出ると、和彦は事件担当理事官に対して世界平和教とその傘下の日本反共連盟の調査を指示した。理事官の勝呂《すぐろ》警視が言った。

「世界平和教は日本国民を愚弄しながら金集めを要求する宗教なのに、普通の日本人が積極的に改宗、入信するとは考えにくいのですけど……どこに魅力があるのかも知っていかなければならないと思うのですが……」

「確かにそうですね、ターゲットを選んで本音を隠して勧誘しているのでしょうか？それとも有名人が入信したことをうまく利用しているのか……」

「宗教に溺れる人の多くは弱い立場の人だと思います。そこにつけ込む悪質な宗教やビジネスの勧誘は、まず『集団の中に引き込むこと』を最初の手口にすることが多いです。いわゆる『催眠商法』の手口ですね」

催眠商法とは悪徳商法の一つで、高齢者、特に女性に被害が多発している。事業者が無料の商品をばらまくなどして客を呼び寄せ、展示会式の会場で商品を勧め、興味を引く話を聞かせて信頼させ、高額な商品を買わせる手口である。結果的に販売員に言いくるめられるケースが多い。

「いわゆる宗教でもよく使われるセミナー方式ですね」

「はい、物事を自分の経験則からではなく『他人の経験』から学ぼうとする傾向がある人に多いようです。それが結果的にバイアスに落ち込んでしまうのです」

「バイアス……思い込みですね。これから逃れる方法はないのですか？」

「単独では難しいでしょうね。悪徳宗教や悪徳業者は『金を取れる』と思った段階で『隔離』を始めます。出家や泊まり込みのセミナーと同じで、そこでいわゆる『洗脳』を行うわけです。さらに悪徳宗教では人の不幸に付け込む手口も多く、配偶者や子どもを亡くした人の所に接近してくるのです。遺産や保険金狙いも手口の一つです」

「逃げられないのか……辛いですね」

「家族関係が希薄になっている人がターゲットにされやすいのでしょうね。オレオレ詐欺に引っかかる高齢者も、日頃から子どもや孫と連絡を取り合っていないためでしょう」

「やはり心の隙間を狙ってくるのですね」

「悪徳宗教も詐欺師と同じで、下手な鉄砲も数撃ちゃ当たるでいいんですよ。テレビでも盛んに『騙されないで』と報道していても、そのテレビを観ていない高齢者も多いんですよね。高齢者向けの番組が少ないのも事実ですけどね。高齢者が喜ぶ番組を創ってあげるのもマスコミの仕事だと思うのですが、どこのチャンネルや番組を見ても、出てくるのはお笑い芸人と若いお兄ちゃんばかりですからね」

「しかし、その詐欺行為をやっているのは日本反共連盟ではなく、世界平和教本体なのではないのですか？」

「世界平和教本体には手を出すな……という指示ですから、こちらとしては表向きはこれに従うしかありません。しかし、構成員が世界平和教と完全に一致する日本反共連盟ならば話は変わってきます」

「日本反共連盟のメンバーも悪徳商法をやっているのですか？」

「直接はやっていないでしょうね。ただ、彼らの家族は必ずやっています。国政だけでなく首長、地方で行われるあらゆる選挙に関わる日本反共連盟の動きを追いながら、その家族を追いかけていけばいいのです」

「よくわかりました。直ちに道府県警に通達を出します」

第七章　政治案件

「それにしても、ここに出てくる悪い婆さんも酷いものですね」

「同じ選挙区の与野党二人の愛人になって、さらに与党の幹部にすり寄っていったのだからな……。永田町の中でもタチの悪い詐欺師なんだが、馬鹿な国会議員が皆、手玉に取られているし。ただ、一時期、婆さんの口車に乗せられて省庁を動かした挙句、国の金をいいように使って私腹を肥やしていた議員は、公安部が静かに政治的に抹殺してくれたそうだ」

「政治的に抹殺……ですか？」

「そう、選挙区から追放し、その一族も政界に残すことを許さなかったんだ」

「それで、この一旦は政治的に抹殺された元代議士は婆さんが立ち上げている、意味不明のいろいろな団体に役員として残っているわけですか？」

「客寄せパンダになれば……という思惑なんだろうが、今度は俺たちがこいつも含めて抹殺する番だ。北朝鮮とも近かった元議員秘書や、詐欺で捕まった元不動産会社役員の名前もあるだろう？　こいつらが手を替え品を替え新たな詐欺を行おうとしているんだが、そうはさせない……ということだ」

「そこに反社会的勢力が絶妙に係わっていますね……」

「その実態解明もまた情報担当の仕事だ。チャートを見るだけで、何となく背景が見えてくるんじゃないか？」

「そうですね。この一見して反目しているような二つの反社の裏のつながりを知っている者は少ないと思います」

「まずは、この詐欺ババアの周辺から潰していこうと思っている」

「現職議員が三人ですか……」

「現職三人のうち二人は次回の選挙で落選確実だから自滅してくれるだろうが、現在も当落線上にあって、息子を秘書にしているこの議員が狙い目だな」

「なるほど……」

隆一は、直属の上司である情報担当管理官の岡野《おかの》祐司《ゆうじ》警視正から説明を受けながら、手渡された捜査チャートに示されている相関図に見入っていた。

岡野管理官が話を続けた。

「高杉補佐も知ってのとおり、うちの情報担当は警視庁公安部の情報担当と競いながら政財官の不正を摘発してきたんだ。公安部が表に出ない手法で結果を出すのと比べて、我々は事件化することによって諸悪を白日の下に晒してきた」

「私は公安部にも尊敬できる先輩がいますし、公安部が作成した事件チャートを拝見したこともあります。しかし、どうしても公安的手法というものに共感できないところがあるんです」

「昔は私もそう思ったものだったんだが、この数年、捜査二課長と公安総務課長が情報交換をするようになってから、公安部の目的というものが少しずつではあるんだが理解できるようになってきたんだ」

「犯罪に対する認識が公安部と組対部を含む刑事分野では違う……ということなのでしょうか？」

「そうだな……例えば反社会的勢力に対する姿勢だが、公安部の場合組織を壊滅させようという姿勢ではなく、これを利用しようとしている企業や政治家を徹底的に潰す姿勢なんだ。しかし、我々は反社組織そのものを潰すことに専念しているため、いつまで経っても目的に達しないだろう。反社が生き残っている原因には需要と供給の問題があるんだが、いくら暴対法ができたからといっても、奴らはその法の網を潜りながら新たな生き方を模索している」

「そうすると、ヤクザもんを潰すことはできない……ということですか？」

「直ちにはな……その点で公安は、このような反社会的勢力を利用している公的連中を片っ端から潰している。シャブ一つ取っても、一般人はほったらかしにしていても芸能界やその背後にいる政財界人を叩いて、その世界から抹殺してしまうのが公安の手法ということだ」

「適正手続を取らずに捜査を行ってもいいということですか？」

「公安捜査が全てデュープロセスを踏まないかといえば決してそうではない。事件の取っ掛かりに関する情報収集手続きに違法性があったとしても、そこで得た情報を詳細に分析したうえで新たな証拠を発見し、それに対してはデュープロセスで臨んでいるから、裁判でも有罪を取ることができているんだ」

「観念的な表現かもしれませんが、不正から適正が生まれる……ということですか……」

「まあ、そういうところだろうな。公安の本当の対象は人の思想だと言えるだろう。しかし、それは立証できるものではない。だから、その思想に基づく行為そのものを捉えようとしているのだと思う」

「反社会的勢力と思想犯は似て非なるものでしょうが、我々がターゲットにしているものはそういう分野ではないと思うのですが……」

「しかし、よく考えてみてくれ。我々がこれまでやってきた贈収賄等の汚職事件や詐欺事件を見ても、必ずその背後には反社会的勢力とまではいかなくても、魑魅魍魎のようなフィクサーと呼ばれていた連中や、キングメーカー気取りの政治家が、海外の新興宗教団体や独裁的共産主義国家と裏でつながっていた実態があったじゃないか。これを考えれば公安がターゲットとしていた相手と何ら変わりがないのではないか……と思ってしまう」

「そう言われると確かにそのとおりですが、公安部の場合は特定のターゲットを抹殺するだけでなく、さらにその背後の巨悪に対しても何らかの手を打っている……ということなのですか？」

「結果的にそうなるな……二課長の話では、次期総理候補だったり、財界のトップだったり、時には警察庁内のキャリア官僚でさえ特定のターゲットになったこともあるらしい。さらには、その連中に資金提供をするなどして陰で動かして、莫大な利益を得ようとしている者を、海外諜報機関とも組んで、とことん追い詰めているというからな」

「海外諜報機関と組んで……ですか……。その陰にいる者というのは、例えばどういう奴なのですか？」

「二課長が詳細に教えてくれたわけではないんだが、日本の隠れた大富豪と言われながら税金を払っていない連中……ということだそうだ」

「確かに大富豪の中にも酷い税金逃れをしている者もいるようですが……」

「自転車操業のように、次から次へと借金をして事業を拡大したり、必要以上の広告宣伝費を使ったり……金儲けにはあらゆる手法を駆使して法人税を逃れているような企業のトップのことだな」

「しかし、この隠れた大富豪といわれる連中は、大企業のトップという者だけではないようですね」

「そうだな。代表的なものが宗教団体のトップ。さらには国家から何らかの保護を受けている団体のトップも含まれる……ということだな。さて、捜査会議に行くか」

丸の内警察署七階の講堂で午前九時から捜査会議が始まった。

特別捜査本部の本部長は警視庁ナンバーファイブの一人、刑事部長の津村雄二《つむらゆうじ》警視監だった。津村刑事部長が会議の冒頭で訓示を述べた。

「丸の内署における捜査二課の特別捜査本部の設置は久しぶりのことだが、諸君には日本の政治の中心を管轄する所属で本件のような重要事件捜査を行う意義をまず理解してもらいたい。二課の諸君は久しく国会議員が積極的に関与するサンズイ事件を立件してこなかったが、今回は腹を据えて事件の全面解決に臨んでいただきたい。また、組対三課の諸君の中には私自身が捜査四課長時代のメンバーも何人か残っている。課の垣根を超えた徹底した捜査がよどみなく遂行され、全面解決になることを切に願っている。また、本件に関連する重要容疑者については過去の事件捜査の経緯から、今後、公安部からの捜査員の投入も検討している。諸君の健闘を祈る。以上」

刑事部長が退席した丸の内署の会議室ではざわめきが起こっていた。

「公安が入るのか？」

「事件捜査できるのか？」

「違法捜査で事件が潰されるのではないか？」

引き続き刑事部捜査第二課長が指示を行った。

「それでは手元に配付している事件概要資料を確認していただきたい。どうだろう？　これまで見てきた捜査資料とは違いがあると思うのだが……」

資料に目を通していた捜査員ほぼ全員が頷いていた。これを見て捜査二課長が続けた。

「この捜査資料の中央部に描かれている、我々も日頃から目にしていたチャートに特徴があると思うのだが……」

捜査員の反応を確認した捜査二課長が今度は一人の捜査員を指名した。

「岡本《おかもと》主任、どう感じた？」

「はい、チャートの人間関係がわかりやすく、さらに異なるグループ同士の上下関係が一目瞭然だと思います」

「そうなんだ。事件の詳細については捜査主任官から追って指示が行われるが、このチャートを作成したのは、実は公安部なんだ。それも、過去の多くのデータを集積して分析した結果、上下関係だけでなく、現時点で表面に出てきていないグループの存在をも示している。公安部が刑事部等の他の部の事件捜査に協力をすることは少なかったようだが、今後は警視庁一体となった捜査を展開したいと考えている。事件の全面解決を期待している。以上」

引き続き組対第三課長が指示を行った。

「捜査二課の皆さんは反社会的勢力による経済犯については、これまでに何度か捜査を行ったことはあるかと思いますが、今回は武闘派と呼ばれる集団が多く入っている事件です。このため、捜査概要についてはこれまで以上の保秘と、日頃からの自分自身の行動に十分な注意を払っていただきたい。特に自宅に帰る際には、必ず追尾者を意識して、家族に危害が及ばないように配意していただきたい。健闘を祈ります。以上」

組対三課長の言葉に捜査二課員の顔が引きつった。

「本当にそんなことがあるんだろうか……」

捜査二課員たちがざわついていた。

この状況を見て、今回の捜査の捜査主任官に就いた捜査二課理事官の落合孝雄《おちあいたかお》警視が指示を始めた。

「本事件の捜査主任官を命じられた、捜査二課の落合です。私はかつて捜査四課で巡査部長から警部まで勤務し、捜査二課の情報担当係長と情報交換をしながら、国会議員等が絡む幾つかの重要事件を摘発したものです。今回は刑事部長が頭となって行う、久しぶりに大掛かりな事件です。しかも、ここに登場する反社会的勢力は金次第で動き、何でもやる。中には過去に現職警察官を殺害したことのある団体も含まれています。先ほど組対三課長もおっしゃいましたが、皆さんは、まず自分と家族を守ることを第一に考えて捜査を遂行していただきたいと思います。それでは、捜査方針について話します……」

捜査員に配付された資料は事件の全容が示されたチャートの他、捜査員が担当する事件毎に別のチャート図が含まれた五枚セットで、一枚目の右上部分には角秘の赤い印が押されていた。

「角秘」とは警視庁秘密文書取扱規程によって「秘密文書」の指定を受けた公文書のうち、警察業務の遂行上、秘密保全の必要度が極めて高いものとされる「極秘」を意味し、正方形の枠の中に「秘」の文字が書かれている。警察業務の遂行上、秘密保全の必要度が高い「秘」文書の場合には円の中に「秘」文字が記され、一般的に「マル秘」文書と呼ばれている。この角秘の印がついた極秘文書を会議の席上で配付する等、関係者に直接配付する場合には角秘印の横に通し番号が穴開きスタイルで打ち込まれており、被配付者を特定できるようになっていた。

一般的な捜査方針の指示が終わると、捜査二課と組対三課は別室に分かれ、それぞれの任務分担とチーム分けが行われた。

警察庁で捜査会議の報告を受けた隆一は、情報担当会議を開いた。二課が作成した事件捜査チャートの原案を見ながら情報担当係長の川田進《かわたすすむ》警部が言った。

「同じ詐欺事件でも国会議員が絡むとがぜんやる気が出るものですね」

「与野党関係なく、一応は国民を代表しているはずの連中だからな。しかも今回は三人の内二人が与党の大臣経験者と来ているから面白いんだ。だから国会閉幕中を狙ったんだからな。通年国会にでもなっていたら大変なことになるところだった」

「東京地検には事件相談をしていないのですが、大丈夫なのでしょうか？」

これを聞いた情報担当理事の五十嵐公一《いがらしこういち》警視が腕組みをして答えた。

「なんでもかんでも地検に相談する必要はない。特に今回のような『疑獄』ともいえる事件は特捜部が動くはずだが、今のところ向こうにはそのような動きがないからな」

疑獄とは罪状がはっきりせず、有罪・無実の決定のしにくい裁判事件のことで特に、高官などが関係している大がかりな贈収賄事件を言う。

「組対三課は独自で動くのですよね」

「組対三課の連中は狙っていた別件の児童買春事件が中途半端な形で終結させられてあまり面白くはなさそうだったが、今回の事件は彼らの捜査情報があったおかげで、極めてスムーズに事が運んだからな。組対三課にも土産を持たせてやらなければ、うちとしても面目が立たないだろう」

隆一が口を挟んだ。

「国会議員とつながる反社会的勢力ですからね……それにしても、パチンコ屋関連が出てくると、どこぞの警察OBまで出てきそうな気がして嫌なんですけどね」

「半島系のヤクザもんとつながっている者は少ないとは思うけどな。それにしても『警察に顔が利く』という触れ込みをされてしまっては埼玉県警も黙ってはいられないだろう」

「チャートにある、二年前のパチンコスロットチェーン・アルファーの最大店舗での風営法違反ですね。営業許可の取り消しを恐れた経営会社ユニバースは警察に顔の利く人物を捜せと顧問会計士に命じたことになっています。そこで白羽の矢が立ったのが、どこでどう間違えたのか詐欺師としてその名も高い遠山茂子だったわけですよね。埼玉県警はなぜすぐに動かなかったのでしょう？」

「どういうルートだったのかはまだわかっていないが、県警生活安全部保安課長の警視に、遠山の婆さんから金が流れていたようなんだ。内部調査をやっていたんだろうな」

「保安課長ですか……しかし保安課長クラスじゃもみ消しはできないでしょう？」

「もちろんだ。生活安全部長肝いりの事件だったようで、結果的にアルファーは『全店舗営業取り消し』という想定外の処分を受けているからな」

「その時名前が出てきた国会議員の名前が諫山寛太だったわけですね？」

「そう。防衛族ではあるが警察とは縁もゆかりもない諫山だ……こいつもなかなか悪い野郎なんだが……」

「遠山茂子は一体、どういうルートで何人の国会議員を転がしていたのか……ですね」

「これからまだまだ出てきそうだ」

「その後、その保安課長はどうなったのですか？」

「懲戒免職ではなく、減給処分を受けて諭旨免職になったようだ。当時の県警の捜査では口利きの事実は認めたようだが、裏金の件は判明していなかったらしく、遠山の婆さんから貰った三千万円で居酒屋を開店したそうだ。その後、金の出所が噂として流れると、捜査員の間でも『結果的には何も出来なかったくせしやがって、どれだけ面の皮が厚いのか』とその話が広まって、これを聞いた県警幹部は怒って『元保安課長の居酒屋への県警関係者出入り禁止』を指示したそうだ」

「それをやられると居酒屋も半年もちませんね。諫山ルートはどうなったのですか？」

「婆さんの『売り』は『諫山寛太先生を動かせる』ということで、深い関係を強調していたようだが、当の諫山には、この件は一切伝わっていなかったらしい。ただし、諫山には億単位の裏金が回っていたことが、諫山の愛人名義の銀行口座で明らかになっている。これは婆さんの二人の手下の内の一人の市原義男が、埼玉県内の土地を国と売買するのを口利きしてやったからなんだ」

「愛人は遠山の婆さんじゃなかったのですね」

「それは遠山の婆さんが中洲のクラブに勤めていた頃の、大昔の話だな。今の愛人は諫山の地元で温泉旅館を経営している」

「温泉旅館……ですか？」

「その金が入った時に、愛人の女将《おかみ》は新たな露天風呂を造っている」

「パチンコスロットチェーン・アルファーの件で、遠山の婆さんはいくら分捕ったのですか？」

「四億だ。婆さんは五億と言ったようだが、四億が限界だったそうだ」

「ユニバースの社長は告訴しなかったのですか？」

「告訴しようにも、そもそもが不法行為の依頼だし、警察内部の問題も抱えている。警察も検察も受理をしないだろうな」

「騙された方が馬鹿だった……ということですか……。しかし、諫山の愛人のところに回った金に関して、何か罪名を付けることはできるのではないですか？」

「その裏付けをどうとるか……だな」

　その後、捜査二課による厳しい捜査が行われ、捜査主任官の松前係長が捜査会議で管理官に報告を行った。

「最初に接点があったのが『疑惑のデパート』と呼ばれていた田中宗治で、彼の師匠が中洲のホステスだった遠山を東京に連れてきたことが、遠山の国会議員の愛人遍歴のスタートです。その頃、すでにヤクザになっていた遠山の弟つながりで、岡広組の連中に金を渡して様々な情報を集めていたようです。そして田中宗治が北海道・沖縄開発庁長官になったのをきっかけに、その当時の防衛庁長官だった諫山に乗り換えていたのです」

「沖縄つながりか……」

「いや、北海道もその後出てくるんです。何と言っても、北海道は旧労働党の巣窟でもありましたから、そのルートから労働組合出身のエリート議員を捕まえたんです。当時の遠山茂子の写真がありますが、色気ムンムンの巨乳ネエチャンです」

　捜査員が写真をプロジェクターで見せると、部屋にいた一同がほぼ一斉に「おおっ！」という声を上げた。

「なるほど……エロジジイじゃなくても、案外、コロッと行ってしまうかもしれないな」

「しかも、本人の弱みをヤクザルートで摑んでいるのですから、逃げられないでしょうね」

「その労働組合出身議員はどういう奴なんだ？」

「東大出のエリート労働貴族です。出身母体も大企業ですから」

「なるほどな……コロリとやられたか……」

「その労働貴族議員の秘書をやっていたのが、その後の公共工事の発注を巡り、公契約関係競売《けいばい》等妨害の罪で捕まって、その後、詐欺事件を起こした本犯で、遠山茂子の手下になっていた田部裕人です。田部はその後政権交代や議員が落選する度に遠山の手下ってを使って秘書業を転々としていったのです。そして田部が手に入れた金をクリーニングしていたのが不動産業で政界とのパイプ役だった市原義男になるわけです」

「そこで市原義男が出てきたのか……与野党を問わず政治資金パーティーには顔を出していたようだな」

「国会議員だけでなく、議員から首長に転身した者に対しても徹底した金銭攻撃をかけていたようです」

「やはり公共事業が目的なのか？」

「それもありますが、国土交通省と都市基盤整備公団とのつながりを求めていたようです」

地方公共団体、民間事業者等と協力し、都市の居住環境の向上、市街地の整備改善並びに賃貸住宅の供給及び管理、都市公園の整備等を行う都市基盤整備公団は、二〇〇四年に独立行政法人都市再生機構（Urban Renaissance Agency：ＵＲ）に組織変更された。

「国交省は住宅局か？」

「住宅局はもちろん、鉄道局もターゲットだったようです」

「鉄道と住宅……ニュータウン構想だな……。運輸省と建設省が合体したおかげで、新住宅市街地開発事業がやりやすくなったのは事実だが……当時、首都圏で行われていたニュータウン建設計画を全てリストアップして、その中に市原義男が役員をやっていたサンズコーポレーションの案件を探してみてくれ」

数日後、二つの案件が浮かび上がった。

警視庁捜査二課の事件担当係長が、警察庁の隆一のところに報告に来た。この堀《ほり》係長は捜査二課の生え抜きと呼ばれている存在で、巡査部長、警部補でも捜査二課を経験し、この春から新任警部として着任していた。

「埼玉県と千葉県の二つのニュータウン建設計画に、どちらも同じ議員が関わっていますね。それも与党の幹部ですが、この議員は、これまで遠山が付き合っていた議員連中とは派閥が違っていますし、埼玉、千葉出身の議員ではないのです」

「名前は？」

「新宮誠二《しんみやせいじ》です」

「新宮か……政敵も多いが、確かにサンズコーポレーションの創業者と近い議員だな。旧建設族だからな」

「新宮は関西の似非同和のドンとも深くつながっていた……というデータが残っていたのですが……」

「似非同和か……」

この時隆一には、ふと言いようのない不吉な思いが脳裏に浮かんでいた。隆一の隣で話を聞いていた情報担当主任が隆一に訊ねた。

「関東では同和問題というのはあまり聞きませんが、やはり反社会的勢力も関わっているのですか？」

「似非同和そのものが反社会的勢力だな。権利もないのに同和利権を食いものにしている連中のことだ」

「そういう連中とくっついている新宮誠二という議員はどういう奴なのですか？」

「実力者としてのし上がった男……というところかな。奴の親玉も国会の寝業師と呼ばれていた男で、一見豪放磊落《らいらく》のようで、根回しが巧みな男色の政治家だったようだ」

「男色で根回し上手か……。ヤクザにとっては狙い目……というところですね。すると新宮にもその気《け》がある……ということですか？」

「そういうことだろうな……親玉も新宮を可愛がった……というし、新宮自身も『私の人生を変えた師』と言っているくらいだからな。ところで今回の二つのニュータウンに関して金の流れはどうなっていたんだ？」

「どちらも街の中心駅周辺に大地主がいたのですが、この大地主が姻戚関係、双方の息子と娘の婚姻によって同族になってしまっているんです。この間を取り持ったのが新宮なんです。そして、実質的にこれを動かしたのが田部裕人なんです」

「田部と新宮はどういうつながりなんだ？」

「田部は新宮がコミッショナーに就任していた格闘技団体の会計責任者をやっていた

のです。しかも、その格闘技団体の創設者が一時期国会議員になっていた際には、その秘書にもなっていたのです。さらに、この議員は北朝鮮とのパイプがあり、北朝鮮の平壌での格闘技大会まで行っていたのです」

「なるほど……そういうつながりがあったのか……。ようやく全体像が見えてきた」

隆一が言うと、情報担当主任が訊ねた。

「全体像……という意味がわからないのですが……」

「北朝鮮ルート、それも世界平和教と前総理をつないだ文昭子が最初に前総理と会った際のセッティングをした参議院議員を国会に送り込んだのがこの格闘技団体の創設者だったんだよ」

「格闘技と北朝鮮ですか……そうなると当然、反社会的勢力も関わってきますよね……そうか、世界空手会館二代目館長と稲山会内藤組企業舎弟の内村裕樹につながりました」

「そこでようやく永田町の遠山の婆さんがお出まし……というところになるんだな」

隆一はもう一度、捜査二課が導入した相関図ソフトに公安部から受理した新たなデータも入力してみた。

「やはり関西ルートにつながったか……」

隆一が警視庁に赴き二課長に相関図を示すと、二課長は苦り切った顔つきになって言った。

「この案件に大阪府警を巻き込むのは難しいな……兵庫と組むか……」

「せめて関東圏のマル暴情報だけでも、組対三課に情報提供してはいかがでしょうか？」

「組対三課の諸君には申し訳ないことだが、今の組対三課長では無理だな。潰されることが目に見えている。それに加えて高杉補佐の幼馴染に圧力がかかる可能性もあるからな……」

「清四郎に……ですか？」

「出る杭は打たれる。出過ぎた杭は抜かれるものなのだよ。これは将来的に見て高杉補佐にも言えることになるかもしれない」

「僕はどうにでもなると思いますが……」

「人事は所詮『ひとごと』なんだ。高杉補佐の能力を認めている者も多いが、どうやら組対三課長の列から見ると厄介な存在になりつつある。特に前回の児童買春事件が潰された背景には組対三課長が末端にいる警察庁内部人脈が深く関与しているようだ。この背後には今回の捜査に被疑者グループとして登場する政治家たちがつながっているからな。高杉補佐の将来を考えると、今は我慢の時かもしれない」

「このまま引き下がるのですか？」

「いや、そうではなく、ピンポイントで奴らの最大の弱点だけを潰しておくんだ。奴らだって身内の整理を始めるかもしれないが、大きな警告となることは間違いがない。関西の似非同和グループも、悪徳政治家もあと十年はもたない高齢者になっているからな」

「課長はピンポイントをどこにした方がよいとお考えですか？」

「もう少し考えさせてくれ。大山鳴動して鼠一匹……にならないような奥深い楔《くさび》を打つことが肝要だ」

「なるほど……よくわかりました」

「ところで、組対三課長は先般の児童買春事件の名簿に関して、完全に抑えたつもりでいるようだが、現に私の手元にも高杉補佐のおかげで届いている。このデータは、私が知る限り日本の政財官の要人にとってまさにパンドラの箱だからな。パンドラの箱の中には『希望』が残っているというから、その希望を持つことができるようになるまでは私も開けずにおこうと思っている」

三日後、二課長が決断した。

諫山寛太元防衛庁長官の政治資金規正法違反とその愛人の所得税法違反、さらに遠山茂子、市原義男は公契約関係競売等妨害の強制捜査が行われた。組対三課はこれを受けて遠山茂子、市原義男に関連した反社会的勢力の稲山会内藤組に対して宅地建物取引業法違反容疑で強制捜査を行い、この際に十丁を超える拳銃やキロ単位の覚せい剤を押収しただけでなく、内藤組が組織的に行っていた特殊詐欺の指示文書やこれに関連した銀行口座を差し押さえた。

第八章　新たな敵

二〇〇五年（平成十七年）十月末、郵政選挙から一ヵ月が経って、ようやく改造内閣が成立した時、公安部長室で公安部長と公安総務課長の和彦が、首相の任期が残り一年となった現政権について話し合っていた。

「郵政選挙に続き、組閣も予想外の展開でしたね」

「まあ、郵政選挙そのものはまさにサプライズだったが、そのおかげで久しぶりに選挙違反も多く検挙できたのだから、警察的にはよかったのではないかな。ただし、与党が圧勝したとはいえ、今後の政権運営はなかなか厳しいだろうな」

「全国民が注目する選挙となった郵政選挙は、政権与党は二百九十六議席を獲得し歴史的圧勝を飾ったわけですが、僕にはまるで小学校の学級委員長選挙でも見ているかのような、ポピュリズムを最大限に利用した選挙にしか思えませんでした。確かに投票率も上がりましたが日本の民主主義のレベルの低さに失望した感もあります」

和彦の言葉に、やや眉をひそめながら公安部長が答えた。

「現在の郵政内にある問題を首相は早い段階から認めていたのは事実だし、公務員という立場を利用して、ある意味で左翼系労組に牛耳られていた組織実態を、財政面からチェックし、基本から見直すという立場であったことは事実だろう」

「かつて『三公社五現業』と呼ばれた公共企業体の三公社は一九八七年までに民営化され、国が経営する五現業も民営化が望ましい状況であったことは認めます。その中の一つである日本郵政公社が運営している『郵便』『簡易生命保険』『郵便貯金』のいわゆる郵政三事業を民間に移行するという改革の必要性も理解できますし、国家公務員の削減や財政投融資の改革、新たな税収確保の必要性もわかるのですが……」

「それを選挙に利用する手法が気に食わないのだろう？　しかも造反者に対して刺客まで送り込むやり方にな」

公安部長もその点は気になっていたようだった。公安部長はさらに続けた。

「しかも八十三人もの『チルドレン』と呼ばれる新人議員の顔ぶれのお粗末さには呆れるばかりだしな」

「現在の与党政権の終わりの始まり……という気がします」

「そうなるだろうな。刺客となって当選した国家公務員あがりの議員が『私をただの一回生とは思うな』と、のたまったのを見て、私でさえ次の選挙では徹底的に選挙違反で落としてやろうと思ったよ」

公安部長の反応を見て和彦が本筋に話を進めた。

「それにしても改造内閣では官房長官が初入閣というのも珍しいことでしたね」

「公安的にどうかな……という人事だな。とはいえ、彼はその前には、閣僚も党の要職も未経験で幹事長になり、その際にも、党内には総幹分離の原則が長く続いていて、総裁派閥幹事長は二十四年ぶりというサプライズ人事だったことを考えると、首相は個人的に見込んでいたんだろうな」

公安部長の「公安的に……」の発言を受けて和彦が言った。

「しかし、その時の幹事長職は一年だけで、その間の参議院選では負け戦だったわけですからね。やはり拉致被害者五名の帰国に対する論功行賞というところだったのでしょうか」

「そうだろうな……拉致問題を北朝鮮に認めさせたことは、現政権が世界に示した最大の功績で、拉致被害者の帰国も大イベントだったわけだからな。その裏交渉に官房副長官として動いた功績を認めたのだろう」

「世界平和教との関係を含めて……ということでしょうか……」

「それも大きいだろうが、アメリカ共和党との彼の爺さんの代からの関係も大きかったのだろう」

公安部長が腕組みをして答えたのを見て和彦はやや声のトーンを落として言った。

「あと一年、現政権の動向を見ておかなければならないと思いますが、その次が問題ですね」

「首相も多くの有能な人材を失って、ここまで人材不足になってしまうとは思ってもみなかっただろう。あの人の性格から政界引退になると思うけれど、首相本人の党に対する意識は『アフター　フィールド　マウンテン』だろうな」

「はい？」

「後は野となれ山となれ……だよ」

そう言って公安部長は声を出して笑った。


その頃、隆一は警視庁捜査二課の堀係長から警察庁のデスクで報告を受けていた。

「最近、北朝鮮利権をめぐる詐欺事案と思われる案件が増えているんだが、その中でもこの片桐邦美という女は特別な存在のようだな。特に拉致問題で外務省のアジア大洋州局長のカウンターパートとされていた『ミスターX』と呼ばれている謎の人物とも接点があるという触れ込みで、財界人と盛んに接触しているという報告が他県からも上がってきている」

「国会でも、その『ミスターX』なる者が話題になっており、得体のしれない者と交渉を行ったアジア大洋州局長が叩かれていますが、本当にその正体がわからないのですか？」

「公安部が知っているかどうかはわからないが、当のアジア大洋州局長や外務省関係者は本当に知らないようだ。ただし、スパイ容疑で二年間北朝鮮に拘留されて、拉致問題の交渉の一環で帰国できた人物の供述では、御領主様直々の釈放指揮だったということだったそうだ。金正日の指示がなければスパイ容疑の者を釈放することはないだろうから、そうなると『ミスターX』はそれなりの地位にある者には間違いなさそうだ」

「それにしても、首相の命を受けたアジア大洋州局長が相手の身分も知らずに交渉できるものなのでしょうか？　しかも、そのネゴシエーターが、今度は日本の財界人と接点を持つものなのでしょうか？」

「一般的にはあり得ないだろう。もし、それが事実なら、日本で言えば『ミスターX』が財務大臣と外務大臣と経産大臣を兼務しているようなものだからな」

「そうですね……しかし、財界人はアジア大洋州局長や外務省関係者でさえ素性を知らないという『ミスターX』なる謎の人物と接点がある……というような話に、いとも簡単に騙されてしまうものなのでしょうか？」

「この詐欺師女の本当の姿を知らないからだろう。片桐の周辺で起こった失踪、変死事件に加えて、北朝鮮絡みのきな臭い情報がうやむやにされ、しかも、彼女に関係した地元愛知県のゴルフ場の脱税で作った金が流れていた……という国会議員も、元々は警察に極めて近い存在だからな。それに、この国会議員も一時期は現首相と盟友関係にあった者だ。それに外務、警察官僚も一緒となれば、信用してしまうな」

「警察官僚もふくまれているのですか？」

「どうしようもない奴もいるもんだよ」

隆一が吐き捨てるように言うと、事件担当係長はその件については聞いてこなかった。

「ところで、世界平和教の存在はどうなっているのですか？」

「現時点では、奴らが行っている霊感商法と呼ばれる悪徳商法が、よほど悪性の高いものでない限り目を瞑る……というのが上からの指示だ。今の与党との複雑な関係がまだ残っているんだろう」

「教祖と蜜月関係にあった政治家は死んでしまったのに……ですか？　しかも、その政治家は金正日の父親である金日成とも盟友だったわけで、その金日成の指示で行われていたのが拉致だったわけでしょう？」

「その後を継いでいる有力政治家が存在しているからだろう。それに、その仲介者となっているのが、どうやら前総理らしいからな」

「あの失言総理が……ですか？」

「どうもそうらしい。現総理も結果的には前総理の派閥出身だったわけだからな」

「なるほど……表の顔と裏の顔があった……ということですか……」

「党三役を全てやって総理の座に就いた人物は前総理しかいない……と話題になっていたのだから、人脈という点では相当広かったのだろうと思う」

「言われてみればそうですね……なかなか納得できませんが……」

「それはその前の総理の急死を受けた後の密室政治が批判されたから……ということもあるかもしれないな」

「そうですね……古い時代に逆戻りしたようなイメージでしたし、何とかの『乱』が起こったりしていましたからね」

「与党内もゴタゴタした時代に出てきた現政権……ということだったのだろうな。現政権誕生時は圧倒的な支持率だったからな。現総理にしても、今回の拉致問題を金正日に認めさせたことは世界的にも大きな成果だったということを考えると、総理本人は直接関わっていなかっただろうが、世界平和教にも少々の遠慮があるのかもしれないな」

「しかし、警察がそれに追従しなければならないというのは腑に落ちません」

「だから、今回のような詐欺事件に世界平和教が関わっていることになれば、話が変わってくる可能性もあるということだ。公安部も動いているだろうが……」

「公安部ですか……彼らは敵なのか味方なのか時々わからなくなるときがあります」

事件担当係長の言葉に隆一はやや強い口調で諭すように言った。

「係長、公安部員だって警視庁警察官だよ。しかも公安部長も刑事部長同様、警察庁キャリア、さらには公安総務課長もうちの二課長同様に警察庁キャリアなんだよ。目指すところはやや違うかもしれないが、悪を叩く気持ちは一緒なんだからな」

「そうですね……確かに『公安部の秘密主義』はよく言われますが、それは『二課の隠密』と似通っているのかもしれませんね」

「だから公安総務課長と警視庁の二課長は情報を共有しているんだよ」

「えっ、そうなんですか？」

「この数年の事件捜査は公安部のデータによるところもいくつかあるのが実情なんだ」

「そうだったんですか？」

事件担当係長が驚いたような声を出した。

「公安部が事件をできない……と言っている連中は公安部の本当の怖さを知らないからなんだな。公安部が事件化した案件のほとんどは、公安部員が命がけで摑んだ情報に基づいていることを知らないからだよ」

「確かに天下国家を論じている公安部の敵も命がけの連中ですからね……」

「その敵の組織に何十年も潜入している捜査員のことを考えただけでゾッとしてしまうよ」

「そんな潜入捜査のようなことが本当に行われているのですか？」

「本当のようだな。現在、その仕切りをしている警察庁キャリアを私はよく知っているからな」

「そうなんですか……背中に汗が流れてしまいました」

事件担当係長の顔が青ざめているのに隆一も気付いていた。一呼吸おいて隆一が言った。

「以前、捜査一課と合同で行った詐欺事件が結果的に上からの命令で止まってしまったただろう？　その事件の前段には大掛かりな売春組織の存在があったんだよ」

「売春……マル暴がらみの……そういえば結構報道されていましたよね」

「ただ、それは事件の半分に過ぎなくて、実は、もっと悪質な児童売春組織の存在があったんだ」

「あの被疑者が自殺したフラワーエンジェル事件のことですね。児童買春処罰法ができていたのに、どうしてそんなことをやったんでしょうね？」

「言葉は悪いが需要と供給のバランスの問題だな。特に反社会的勢力にとっては売買双方に対して『みかじめ』の対象にも脅しの材料にもなるから、こんなおいしい話はない」

「すると双方の名簿は出てきたのでしょう？」

「膨大なデータだったようだ。しかし、その中身が凄すぎたようだ」

隆一がため息交じりに言うと事件担当係長が怪訝な顔つきで訊ねた。

「政財界のお偉方の名前でも出ていたのですか？」

「そうらしいな……刑事部の上層部は東京地検に持って行き相談することもできなかったようだ」

「まさかお蔵入り……ということはなかったのでしょう？」

「実質的にそうなってしまった。被疑者が自殺した……ということでね。買った方の大物財界人の一人は自殺してしまったからな」

「買春を悔いて自殺したのではないのでしょうね？」

「それならまだ可愛げがあるが、脅されて特殊株主に関する顧客データを反社会的勢力に流してしまったらしい」

「知らぬ存ぜぬ……はできなかったのでしょうか？」

「恥ずかしい写真を撮られていた。大企業のトップが涎掛《よだれか》けを付けて全裸の若い女の子の膝枕にうっとりとした顔をしていたんだ」

「はい？」

　事件担当係長は唖然とした顔つきだった。

「そんな写真が表に出ただけでも生きてはいけなかっただろう……表の顔は厳しい人だったようだからな」

「そのデータはどこで保管されているのですか？」

「当時のデータは紛失したことになったらしい」

「紛失？　……そんなことあり得ないじゃないですか」

「常識的にはそうなんだが、それでカタがついてしまったのだから仕方なかったんだな」

「酷い捜査ですね。誰も処分されなかったのですか？」

「どうやらそうだったらしい。上からの命令だったのだろう。何もかもな……」

事件担当係長は言葉を失ったように呆然としていた。隆一はこれを見て言った。

「ところが今回、組対三課が行った捜査で、再び児童売春組織を一網打尽にしたんだが、そこで得た資料の中にフラワーエンジェル事件の時のものと思われる名簿を発見したようなんだよ」

「えっ、どうしてフラワーエンジェル事件のものとわかったのですか？」

「フラワーエンジェル事件で自殺した被疑者の連絡先が入っていたようなんだ」

「そ、それで、フラワーエンジェル事件の被疑者と今回の被疑者との関係は明らかになったのですか？」

「今のところバックにいたのは稲山会だろう」

「今のところ……ですか？」

「都内にも、様々な分野に岡広組の影が忍び寄っているようだからね」

「反社会的勢力の中で東西の戦いが始まるのですか」

「その可能性が高いな。既に八王子では数年前から複数の宗教団体を巻き込んだ、様々な争いが始まっている」

「例の地面師詐欺の案件ですか？」

「そう、あの事件を捜査した事件担当係長は今年退官したが、結果的に地面師と反社会的勢力のつながりまで立証できないままだった。あの事件の端緒は元捜査四課、現在の組対三課で、その時の最初の情報を摑んだ捜査員が、今回の事件でも捜査の中心にいたんだよ」

「組対三課にも情報担当があるのですか？」

「いや、彼は捜査を進めながら調べ上げていくタイプなんだ」

「管理官はその捜査員をご存じなんですか？」

「個人的に知っている……というところだな」

「個人的に……ですか……。一緒に捜査をされたわけではないのですね」

「僕が刑事課長代理として赴任した時に、刑事課のマル暴担当刑事だった」

「そういう関係だったのですか……ところで、今回の名簿はちゃんと保管されているのでしょうね」

「捜査員も馬鹿じゃないからね」

そこまで言って隆一は笑顔を見せて続けた。

「フラワーエンジェル事件の時だって、現場の捜査員は激しい憤りを覚えたに違いない。上司の勝手な忖度で刑事のプライドがズタズタにされたんだからな」

「すると今度は刑事の逆襲が始まるわけですね」

「今回の事件で組対三課が捜査二課だけでなく公安部まで巻き込んだのは、絶対に事件を潰させない……という強い意識があったからだと思うよ」

「すると、名簿も三つの所属でそれぞれ解析保存されることになるのでしょうね。そうなると戦々恐々の人たちが政財官の中に出てくるわけですね」

「そうなるだろうな」

「高杉補佐はお持ちじゃないのですか？」

「残念ながら、持つ勇気がなかったな……」

隆一は笑いながら答えた。すると事件担当係長が訊ねた。

「しかし、児童買春となると、児童保護の観点から少年育成課には連絡が行っているのではないですか？」

「そのはずだな。売っている方だが、実質的には被害者の可能性が高いからな」

「少年育成課にはデータは行っていないのでしょうか？」

「売りのデータは行っているが、買いの方は送っていないらしい」

「そうなんですね……ところで国会議員もいたのですか？」

「三人いたようだな。そのうちの一人は児童買春の法律案を作る側にいた野郎だ」

『児童買春、児童ポルノに係る行為等の規制及び処罰並びに児童の保護等に関する法律』は平成十一年に議員立法によって成立施行された法律である。この法律ができた背景には一九九六年（平成八年）にスウェーデンのストックホルムで開かれた「子どもの商業的性的搾取に反対する世界会議」において、「日本が東南アジアで児童買春の加害者となり、児童ポルノの輸出大国になっている」と、国際社会から非難されたことにあった。

その際、与党三党のプロジェクトチームはタイに児童買春の現状視察を行ったのだが、その時に一人の議員が実際に買春をしていたことが発覚していた。その議員の名前が今回の事件の「買い」側の名簿に載っていたのだった。

「そんな野郎の名前は公にしてもらいたいものですね」

「将来の脅しの道具に使うつもりかもしれないが、局長級の上級幹部では、そのチャンスはないはずなんだけどな」

「しかし、ヤクザもんは知っているのでしょう？」

「データが別に残っていれば……の話だな。今回、ヤクザもんの事務所のガサでパソコンもサーバも記憶媒体も全て押さえているからな」

「なるほど……それにしても、反社会的勢力が関わる詐欺事件というのは、なかなか立件が難しいのですね」

「経済ヤクザというのは本当によく勉強している。しかも、奴ら専門の弁護士には元地検特捜検事も揃っているわけだから、そう簡単に尻尾は出さないさ。ただ、指示を出している連中と、実働グループの間の能力格差が大きいから、必ずどこかでミスを犯す。そこを如何に押さえるかが我々の使命になってくるんだ」

隆一が真顔になって言うと、事件担当係長が二度頷いて、背筋を伸ばして語り始めた。

「今回の組対三課から詐欺の案件としてうちに伝えられたのは、当初、霊園の『墓じまい』に関する書類の偽造と、墓石の不法投棄だったのですが、この『墓じまい』には様々な手続きが必要で、様々な業者が入り込む中で、当然ながら寺社という宗教法人も関わってきました」

『墓じまい』とは、墓石を撤去し、墓所を更地にして使用権を返還することである。墓じまいにかかる費用の相場は約五十万円から百万円が一般的である。近年は少子化問題も含めて、墓じまいは増える傾向にあると言われている。さらには「無縁墓」とも言われる供養を執り行える家族や親戚がいなくなった墓も増えており、その墓じまいは自治体の負担となっている。

「そうだな、しかし、それにしてはその後に大きな展開があったじゃないか」

「はい、ただ、高杉補佐から頂いた相関図が非常に役に立ちました」

隆一は公安部の相関図ソフトのデータを基に、さまざまな案件ごとに独自に相関図を作り直して捜査二課の事件担当者に渡していたのだった。

「なるほど……そうだったのか。僕も捜査記録に全て目を通したわけではないんだが、それを全て洗い出すのは大変な作業だっただろう?」

隆一の問いに事件担当係長が言った。

「実は事件を担当していた組対三課の遊軍の捜査員が、こっそり事件の背後にある大きな闇を教えてくれたんです」

「組対三課の遊軍か……本城長だな」

「えっ、どうしてご存じなのですか?」

「彼とは情報を共有する仲でもあったし、彼は関東だけでなく関西の裏社会も熟知しているからな。反社会的勢力との政界ルートにも詳しいはずだ」

「実はそうなんです。使用済み墓石の不法投棄を調べているうちに、不法投棄の残土等の中には、多くの不動産会社だけでなく、営団地下鉄、都営地下鉄工事で出た土石、国内最大の道路トンネルである山手トンネル工事で出た土石、そして防災地下神殿とも呼ばれている首都圏外郭放水路工事で出たものも含まれていたんです。それらの処理に関しては国会議員、地方議員だけでなく、担当する公共団体職員等も関わっていました」

「そうか……目の付けどころが違うな……」

「組対でやるよりも、これは二課のテリトリーの方が大きいだろう……とも言ってくれたんですよ」

「悪い奴らというのは裏でつながっているものだよ。その全体を見るのはなかなか困難だが、これを積み上げていけば大きなデータができる。捜査二課もその時代に入ってきた……ということだな」

隆一は満足げに頷きながら、ふと、清四郎が大笑いしている姿を思い浮かべていた。

その頃清四郎は新たに稲山会内藤組の裏活動の一つである「似非同和」による、食肉産業に対する威力業務妨害事案を追おうとしていた。すると、これを察知した本橋管理官は、清四郎を課内の応接室に呼んだ。

「本城長、この件はもう少し待て。来春には異動だろう」

この年の早秋に行われた警部補昇任試験に清四郎は合格していた。

「昇任試験の成績が今一つだったので、管区入校がラス前になってしまいましたからね」

「順位はともかく、昇任試験に合格しておけばいいんだよ。昇任異動なんだからな」

警視庁の定期交流は年に二度であるが、巡査部長と警部補の昇任配置は各昇任試験の成績順に行われている。

「まあそうですけど……。似非同和の問題は着手だけでもしておきたいと思ったものですから」

「この一年半、前部長命でやったコールドケースの捜査も、ほぼ解決できたのは本城長の力によるところが極めて大きいことは前部長も認めている。前部長も本城長の居座り昇任を目論んだようなんだが、人事との交渉で来秋には組対三課に戻すことで納得させたらしい」

「そうなると所轄勤務は一年足らずになってしまいますよ」

「そこは前部長も考えていたようだ。余人に代えがたい……という前部長の置き土産なんだ」

「そうだったのですか……ありがたいことです」

「前部長の方がそれ以上にありがたがっていたよ。そこで……だ。今回のコールドケース両案件で、二人の悪女を地検が起訴猶予にしたのは、組対部だけでなく公安部の意向をも検察が汲んでくれた結果だということだが、さらに奥にある事件を見つけたからだろう？」

「そのようです。まだまだ、先がある強欲ババアたちですからね」

「その捜査の方向性もまだ決定していない段階で、警視庁でもほとんど着手して来なかった似非同和の捜査に踏み込むのは無謀だと思うんだ。実は本城長の昇任先もすでに決まっていて、そこで態勢を組んで捜査に着手すべき……というのが現部長の判断だ。これにも大物国会議員が出てくることがほぼ確実のようだしな」

「なるほど……そういうことでしたか」

「また新たな敵が出てくるが、組織で勝負していこうじゃないか。また公安や捜査二課も関わってくるかもしれないけどな」

「なんだか楽しみになってきました」

清四郎の言葉に本橋管理官が握手を求めて言った。

「本城長の荷物は置いていっていいからな。ついでに捜査管理システムのパソコンはそのまま所轄に持って行ってくれよ」

エピローグ

二〇〇六年初夏の日曜日の昼前、隆一、清四郎、和彦の三人が久しぶりに顔を揃えて南麻布にある、大人が集う隠れ家のような地中海料理屋のテーブル席でグラスシャンパンを飲んでいた。

「いい店知っているな」

「店は三年前に居抜きで始めたそうなんだが、ちょっとした重々しい趣が好きで、しかも、いくつかの料理がまた美味いんだ」

笑顔で答えた和彦に、清四郎が訊ねた。

「ところで和彦、お前、タバコ止めてないな」

不意の問いかけに和彦は着ていた半袖ポロシャツの袖部分に鼻を当てながら答えた。

「わかるか？」

「駅の改札口で会った時にわかったよ」

「四十歳近くになってまた始めてしまったからな」

「禁煙をする中高年が増えている中で、まだ止められないんだな」

「まあ、一種のストレス解消のつもりで安易に始めたのがいけなかったな」

「家でも吸っているのか？」

「嫁さんの前では吸わないようにしているが、自室では吸ってしまうな」

「今の職場環境もよくないのか？」

「職場環境は極めていいんだが、上司との人間関係だな」

「お前らしくないな……」

「僕はお前たちみたいに運動に通じる趣味を持っていないからな。隆一は剣道何段になったんだ？」

「六段だ」

「凄いよな……清四郎は今、どれくらいのスコアでコースを回っているんだ？」

「コースによるが、平均七十五では回るな」

「やっぱり凄いや。コンペではいつも優勝しているんじゃないのか」

「グロスで負けることはまずないが、コンペは親睦会のようなものだから、いろんな種類のハンディキャップを使って、なるべく多くの人に優勝のチャンスがあるようにしている」

「そうか……そういう配慮も必要になってくるんだろうな。そして何よりも健康的な汗をかくというのは本当に大切なことだと思うよ」

「和彦は全くやらないのか？」

「さすがにこの歳でアメリカンフットボールはできないし、目的がないベンチプレスをやっても面白くないからな」

「立場上、酒を飲む機会は多いんだろう？」

「そうだな……警察庁の頃は年に四回、全国を回らなければならなかったからな。今でも、当時一緒に仕事をした全国の仲間が上京して来るたびに飲んでいるな」

「四十六道府県からやってくるだろう？」

「警視庁公安部は公安の元締め的立場だから仕方がない。おまけに、本部長が警備公安畑のところは、長官賞や警備局長賞を期待しているからな。どうしても官官接待になってしまうんだ」

「接待が審査に影響を与えるわけではないだろう？」

隆一の言葉に和彦は首を傾げながら答えた。

「僕はそれをなくそうと、道府県を回りながら訴えているんだが、僕たちの世界では下克上がないからな。ある程度のポジションになると『鰈《かれい》、鮃《ひらめ》症候群』になる連中が増えてくるんだ」

「鰈と鮃か……上ばかり見ている連中か……。下克上の世界でも最後は人事だから、そういう連中はたくさんいるさ。〇〇一派なんていうのができていて、警部にまでなって、上司の家の犬の散歩をさせて出勤してくる輩までいるんだからな」

「まだ、そんな馬鹿が警視庁にもいるのか？」

そう言っているところに六種類のオリーブオイルのボトルが並べられ、それぞれを入れる皿も置かれて、女性店員がそれぞれのオリーブオイルの説明を始めた。オリーブの種類、産地、収穫時期によって色も香りも異なっていた。地中海料理ながらカリフォルニア産のものも用意されていた。

オリーブオイルが揃ったところに「ひよこ豆のハムス」が運ばれ、これには「フラット・ブレッド」と呼ばれる、その名のとおり薄いパン状の物が添えられた。和彦が食べ方を二人に教えた。

「このフラット・ブレッドを軽く折りたたんで、そこにハムスを載せ、一見ダムのような形状にしたところにオリーブオイルを入れて、こうやって一緒に食べるんだよ」

食べ方を間違えるとオリーブオイルがこぼれてしまいそうだったが、二人とも和彦の真似をして上手く口の中に入れることができた。オリーブオイルと共に、ハムスと呼ばれるひよこ豆のディップが口の中に広がる。さらに土台になっているフラット・ブレッドの食感と味が追いかけてくる。隆一と清四郎が思わず顔を見合わせて、食べ終わると同時に言った。

「これは美味い!!　和彦。凄いなこれ」

オリーブオイルを変えながら次々に口に運び、ビールと白ワインを同時に注文して、おかわり自由のフラット・ブレッドを追加した。

「オリーブオイルにこんな違いがあるとは思わなかった。それにしてもこのハムスは何でできているんだ?」

「スペイン語でガルバンゾという『ひよこ豆』をメインに、白ごまをペースト状にした調味料『タヒニ』や塩、レモン汁、ニンニク、オリーブオイルなどを合わせてペースト状にしたものだな」

「ひよこ豆自体を知らないんだが……」

「豆自体の形が楕円形でなく、突起がくちばしのように見えることから『ひよこ豆』と呼ばれているらしい」

「相変わず博学だな……」

「いや、うちのかみさんがここのオーナーから聞いたことを僕に教えてくれたんだ」

ハムスもおかわりを注文しているうちに、次の料理が運ばれてきた。小さなイカに幅広の楊枝で封をしたような詰め物だった。

「プロシュートとハーブを詰めたカラマリのローストでございます」

「カラマリはイカのことか？」

「そう、この二種類がこの店の最も特徴的なもので、僕が好きな料理だ」

カラマリをナイフで半分に切って口に入れた清四郎が言った。

「確かに、口の中に地中海とアジアを同時に感じる神秘的な味覚が広がるような食べ物だな……これも感動する」

「清四郎、なかなかの食レポだな。嫁さんとさんざん食べ歩いているだけのことはある」

隆一がからかうと、和彦も笑いながら言った。

「嫁さんたちも三人で女子会ならぬ夫の悪口会を始めたようだからな。しかも三人揃ってご懐妊ときているんで、大好きな酒が飲めないとぼやいている」

「好きでもない酒を無理して飲まされている夫の苦しみを分けてやりたいくらいなん

清四郎の言葉に三人が笑った。珍しく酒のペースが上がった和彦が言った。

「こうやって三人で飲み食いしている時間が僕には一番嬉しいんだよ。タバコを吸いたいとも思わないからな」

「タバコなんてやめちまえよ」

清四郎が言うと隆一が言った。

「しかし、キャリアの喫煙率は高いよな。国会待機で溜池辺りの雀荘に行くと、ほとんどが官僚で、そのほとんどがまたタバコを吸っているからな」

「国会答弁も自分でできない大臣の答弁原稿を作るのが大事な仕事の一つだからな。ストレスがたまっているんだろう。せっかく答弁書を書いてやっても、漢字を読み間違える大臣のなんと多いことか」

「『云々《うんぬん》』を『でんでん』と呼んだ人は何人もいたしな」

和彦の言葉に清四郎が思わず吹き出し訊ねた。

「そんなものなのか？」

「そんなもんだな」

和彦にしては珍しく鼻で笑った態度で答えていた。これを見た隆一が訊ねた。

「和彦、国会議員から直接苦情を受けることもあったのか？」

「僕クラスのポストでは直接の接点がないから、それはないんだが、時折、警備警察の実情を知らない、しかも自分自身の首筋が寒い国会議員や秘書が、官房長クラスに直接電話を架けて恫喝してくるんだ」

「恫喝？」

「『警察庁警備局が俺に関する怪文書を国会内で配っている』とか言ってね」

「そんな怪文書が実際にあったのか？」

「結果的には自作自演なんだよ。実際には警視庁公安部が追っていた事件で、その秘書を東京地検特捜部が逮捕したし、議員もその責任を取って辞職したからな」

「結果オーライだった……ということか？」

「まあ、そうだけど。警備局長にしてみれば面白くなかっただろうな。馬鹿な秘書から『おれの言葉は代議士の言葉と思え』なんて言われていたようだからな」

「本当にいたんだな、そんな秘書が……」

この時、清四郎が思い出したように話題を変えて隆一に言った。

「隆一、実は前から気になっていたことがあって、お前に言おうと思っていたことなんだけど、二年前、俺がコールドケース捜査に着手する時のことなんだ」

「二年前か……お互いに忙しくなった時だな」

「実はその時、当時の組対三課長と一緒に公安総務課長室に行ったことがあったんだ」

「ああ、上原さんと会った時のことだろう？」

「そう、その時、例の相関図ソフトを俺たちの目の前で当時の上原理事官が操作して、中京圏で問題になった国会議員が関与した疑いがある案件をデータに加えてくれた時、その結果を見て上原理事官の手が微妙に震えていたんだよな」

「手が震えていた……？」

「当時の公総課長もその結果を見て『パンドラの箱を開けた……』とか言って興奮していたんだけど……その時の上原理事官の様子が妙に気になって俺の頭の片隅に残っていたんだ」

「国会議員絡みか……その時、上原さんも何か重大な案件に気付いたのかもしれないな……」

「まさにそんな感じだったな……」

これを聞いて和彦が言った。

「上原氏か……公安部理事官から愛宕署長になった優秀な人材だ。知識の幅も広いから、何かに気付いたのかもしれないな……中京圏で問題になった国会議員が関与した疑いがある案件か……そうか、警察ＯＢが絡んでいたからだな……そのうち三人で一緒に事件化することになるかもしれないな」

「そうなのか？」

清四郎が驚いた顔をしていると、隆一もホッとした顔つきで言った。

「そうだったのか……僕は上原さんに何かあったのかと思ったよ」

これを聞いて和彦がため息交じりに答えた。

「国会というところはまさに魑魅魍魎の巣だからな。特に比例代表で出てくるような議員の中には、なんでこんな奴が国民の代表なんだ……と思ってしまう輩もいるのが事実だ」

「そういうのを選ぶのも政党なんだから仕方がないんじゃないか？」

隆一が言うと和彦が答えた。

「その政党に金を払っているのは国民の税金からなんだけどな」

「政党交付金か……嫌な法律を作ったものだな」

「企業・労働組合・団体などから政党・政治団体への政治献金を制限する代償という名目で、政治改革四法案として、政治家にとって都合のいいようにしただけのことだ」

「とはいえ、企業からの政治献金は規制が掛からないままになっているんじゃないのか？」

「実はそうなんだ。政治家の発想が国民からますます乖離していることを、一旦政治家になってしまうと忘れてしまうんだな。今年の政党交付金は総額三百十七億三千百四十五万円だからな。まさに濡れ手で粟とはこのことだ。しかも、この金に関しては使途に制限がないんだ」

「何に使ってもいいのか？」

「政党の政治活動の自由を尊重する観点から、政党交付金の使途について制限してはならないと定められている」

「タクシー代、高級料亭などでの飲食でもいいのか？」

「何でも構わない。自動車税の支払いから、人件費の名目で、議員の子息への飲食費や、情報提供者の謝礼などに流用される例も多数存在しているようだ。だから、ほとんどの議員はこの金だけは使い切るのが当たり前になっているんだ。与野党とも政治家ではなく政治屋ばかり。自分で金を稼ぐことを知らないから大物が少なくなるんだな」

「確かに議員要覧を見ても、スポーツ選手や芸能人を客寄せパンダにしておかなければ客も集まらない連中が多いし、そもそも与野党とも議員削減をマニフェストに出しておきながら実行しない。だんだん誰も政治屋を信用しなくなってしまうのは誰のせいでもなく、政治屋自身の責任なんだな」

「しかし、同様に国民というよりも有権者側の不勉強もあるのではないかとも思ってしまう。議員の数が多すぎるというのは、国会だけでなく地方議員にも言えることじゃないかな。その中でも特に国会議員は衆・参合わせて七百二十二人もいるんだからな。参議院の必要性の有無も、そろそろ考える時期に来ていると思う。落選議員の返り咲き機関の様相を呈してきていると言っても決して過言じゃないからな」

「与野党ともに議員数削減は口を揃えてはいるものの、一票の格差問題による選挙区の区割り問題が一向に進まないためまったく実現する気配がないのは事実だ。リストラを求められる一般企業ではありえない現状なんだけどな」

これを聞いた清四郎が訊ねた。

「参議院の必要性はどこにあるんだ？」

「アメリカでは慣例上、上院が外交、下院が内政と、役割分担しているのだが、日本は同じことを同じように審議しているだけで、何の意味もないような気がする。参議院はまさに産業廃棄物のような存在だと思う」

「確かに『無駄』という印象はぬぐえないな……それに加えて地方議員が三万人もいる必要があるのか……区議会議員の定数がはたして妥当かどうか……だな。時代に合わせて組織改革を行う勇気と決断ができる政治家が出てくることを祈るばかりだ」

「『決断』か……『政治』という文字も、元は中国の治水を語源としているからな。大所高所から物事を見る人物が出てきてほしいよ。俺のような能力の者でさえ思うのに、和彦のように日本のトップの大学を出た人たちにどうしてその思いが届かないのだろうと考えると不思議な気がする」

清四郎の言葉に隆一が訊ねた。

「もし、日本に大統領制を持ち込んだらどうなると思う？」

「議院内閣制の失敗事例のような国だからな……大統領制は夢のまた夢だな。政権交代するたびに野党が馬鹿に思えてくる。もう当分、政権交代は起こらないだろうが、日本の世界における立ち位置を再確認すると、地政学上では最も厳しい環境にあると言っても過言ではない。一番近く、同じ資本主義国家の大韓民国を誰も信用していないんだからな」

「韓国だって大統領制だからな……いろんな大統領が出ては消されている現状を見て

いると、アジア的感覚では大統領制は根付かないのかもしれないな」

「アジア的感覚？　どういう感覚なんだ？」

「真の独立を経験していない、常にアングロサクソンの支配下にある……ということだ」

「独立か……中国は共産主義国家、北朝鮮は独裁国家、ロシアも共産主義に回帰しているからな……。日本は第二次世界大戦の敗戦をずっと引きずっていかなければならないのか……と思うと悲しくなるよ」

「UNの中にある限りそうなるしかないんだろうな」

「UNか……世界の癌、病巣なんだが、仕方がない。あの組織を頼りにしなければ生きていくことができない国家が三分の二以上存在しているんだからな」

「しかし、日本はUNを通して世界に十分償いをしてきただろう？」

「アメリカの庇護の下に経済は発展したし、日本人の勤勉さと日本独特の『良心』は高く評価されていると思う。何と言っても、財布を落としても、お金と一緒に戻ってくる国だからな。そこにはほぼ単一民族という他国にはない、地政学上恵まれた環境が背景にあると思う。しかし、その反動として難民受け入れが少ない先進国であるともいえるけどな」

「人口密度が高いのだから仕方がないだろう？　人が住むことができない山が列島に連なっているんだからな」

「それでも、主食の米だって生産調整をしているんだ。贅沢な国だと思うよ」

「米を輸出できればいいんだが、逆にアメリカから買わされている始末だしな」

「その米だって新潟の魚沼産のものは、米袋が裏社会で売買されている情けない現状だってあるし、産地偽装なんて日常茶飯事じゃないか。他国の貧しさをあげつらえるほど日本に豊かさはないんだよ。明治維新だって天皇制があってこそできたわけで、現在の天皇制になって、本当のリーダーが生まれるのは日本にエネルギー革命でも起こらない限り不可能なんだよ」

「エネルギーか……資源がない国の悲哀だな……」

「ないない尽くしの国だからこそ、強いリーダーが求められるんだが、難しいんだろうな……」

ため息交じりに言った清四郎の顔を見て、隆一と和彦も頷くしかなかった。

二本目の白ワインが空いた時、和彦が言った。

「軽く日本酒でも飲みに行くか？」

これに隆一が笑いながら答えた。

「美味い地中海料理を食べ過ぎて、日本の良さを忘れそうになったかもしれないな」

「今回の捜査は二勝二敗だったから、今一歩盛り上がらなかったかな」

「事件そのものが途絶えたわけじゃない。必ずリベンジできる時は来るさ」

「しかし、新橋のガード下……という気分じゃないな」

隆一が答えると、和彦が提案した。

「銀座のコリドー街に美味い焼き鳥屋があるんだが……」

銀座と聞いて清四郎が嬉しそうに言った。

「銀座の焼き鳥か……いいな。庶民的ながらもちょっとだけ上……という前向きな気持ちになりそうだ」

「とはいえ、コリドー街だから高速会社線のガード下だけどな」

和彦の言葉に三人は声を出して笑った。

この作品は完全なるフィクションであり、
登場する人物や団体名などは、
実在のものといっさい関係ありません。

|著者| 濱 嘉之　1957年、福岡県生まれ。中央大学法学部法律学科卒業後、警視庁入庁。警備部警備第一課、公安部公安総務課、警察庁警備局警備企画課、内閣官房内閣情報調査室、再び公安部公安総務課を経て、生活安全部少年事件課に勤務。警視総監賞、警察庁警備局長賞など受賞多数。2004年、警視庁警視で辞職。衆議院議員政策担当秘書を経て、2007年『警視庁情報官』で作家デビュー。主な著書に「警視庁情報官」「ヒトイチ　警視庁人事一課監察係」「院内刑事《デカ》」「プライド」シリーズ（以上、講談社文庫）、「警視庁公安部・片野坂彰」シリーズ（文春文庫）など。現在は、危機管理コンサルティングに従事するかたわら、TVや紙誌などでコメンテーターとしても活躍中。

プライド2《ツー》　捜査手法《そうさしゅほう》

濱《はま》 嘉之《よしゆき》

講談社文庫

定価はカバーに表示してあります

2024年1月16日第1刷発行

発行者——森田浩章

発行所——株式会社　講談社

東京都文京区音羽2-12-21　〒112-8001

電話　出版（03）5395-3814

販売（03）5395-5817

業務（03）5395-3615

Printed in Japan

KODANSHA

デザイン—菊地信義

本文データ制作—講談社デジタル製作

印刷———TOPPAN株式会社

製本———株式会社国宝社

ISBN978-4-06-534527-6

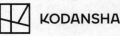

講談社文庫刊行の辞

二十一世紀の到来を目睫に望みながら、われわれはいま、人類史上かつて例を見ない巨大な転換期をむかえようとしている。

世界も、日本も、激動の予兆に対する期待とおののきを内に蔵して、未知の時代に歩み入ろうとしている。このときにあたり、創業の人野間清治の「ナショナル・エデュケイター」への志を現代に甦らせようと意図して、われわれはここに古今の文芸作品はいうまでもなく、ひろく人文・社会・自然の諸科学から東西の名著を網羅する、新しい綜合文庫の発刊を決意した。

激動の転換期はまた断絶の時代である。われわれは戦後二十五年間の出版文化のありかたへの深い反省をこめて、この断絶の時代にあえて人間的な持続を求めようとする。いたずらに浮薄な商業主義のあだ花を追い求めることなく、長期にわたって良書に生命をあたえようとつとめるところにしか、今後の出版文化の真の繁栄はあり得ないと信じるからである。

同時にわれわれはこの綜合文庫の刊行を通じて、人文・社会・自然の諸科学が、結局人間の学にほかならないことを立証しようと願っている。かつて知識とは、「汝自身を知る」ことにつきていた。現代社会の瑣末な情報の氾濫のなかから、力強い知識の源泉を掘り起し、技術文明のただなかに、生きた人間の姿を復活させること。それこそわれわれの切なる希求である。

われわれは権威に盲従せず、俗流に媚びることなく、渾然一体となって日本の「草の根」をかたちづくる若く新しい世代の人々に、心をこめてこの新しい綜合文庫をおくり届けたい。それは知識の泉であるとともに感受性のふるさとであり、もっとも有機的に組織され、社会に開かれた万人のための大学をめざしている。大方の支援と協力を衷心より切望してやまない。

一九七一年七月

野間省一